Sara Brandt

SCHATTENENGEL

PARADIES

SARA BRANDT

SCHATTENENGEL

– PARADIES –

Eisermann Verlag

Schattenengel Buch III – Paradies

Taschenbuchausgabe 1. Auflage 05/2018

Printed in Poland 2018
Umschlaggestaltung: Legendary Fangirl Design
Satz: André Piotrowski
Lektorat: Christine Hochberger
Korrektur: Sophie Met

http://www.Eisermann-Verlag.de
ISBN: 978-3-96173-097-1

Dieses Buch ist Sonja gewidmet – der Mutter, die ich gebraucht habe.

1

LANG ERWARTETES WIEDERSEHEN

Die Welt ging unter, verschwand unter einer schwarzen Decke aus Schatten. Doch alles, woran Michael denken konnte, war sie.

»Lizzie!« Er brüllte ihren Namen und richtete sich mühsam wieder auf. Die Explosion, ausgelöst durch den Kontakt von Azraels Magie mit der Dunkelheit, hatte auch ihn nach hinten geschleudert. Aber das war nicht möglich. Jemand rief die Schatten, doch das konnte nur eine einzige Person. Und wie hätte Sam den Weg in den Himmel finden sollen? Das ergab keinen Sinn.

Michael stützte sich an der Hauswand ab, während die Welt sich langsam weiterdrehte. Die schwarzen Schwaden verzogen sich, hingen wie Nebel über dem Höhlenboden. In seinen Ohren dröhnte es dumpf. Wie in Trance sah Michael den Flammenbällen zu, die Meteoriten gleich vom Himmel fielen, als wollten sie die Schatten höchstpersönlich vertreiben. Sie stürzten auf die Stadt der Rebellen, ihr Einschlag erschütterte die Erde und ließ einige der Häuser zusammenstürzen. Das Feuer setzte all das in Brand, was die Rebellen sich in den letzten Jahrhunderten aufgebaut hatten. Innerhalb weniger Minuten wurde ihr Lebenswerk zerstört. Jeder Engel, der sich den Himmelswölfen in den Weg stellte, wurde getötet. Azraels Krieger waren nicht hier, um Gefangene zu machen. Sie marschierten durch die Stadt, mit einem klaren Ziel vor Augen: Lizzie.

Rauch erfüllte die Luft, erstickte die Schreie der fliehenden Rebellen. Kaum einer wagte es, sich den Wölfen entgegenzustellen. Falls doch, so wurden sie zur Seite gefegt.

Hilflos sah Michael ihnen zu, der Schmerz dröhnte durch seinen Kopf. Krachend schlug ein weiterer Feuerball in einen Baum, der auf das nächststehende Haus stürzte und es mit sich zu Boden riss.

Er fühlte, wie die Hauswand unter seinen Händen vibrierte, als die Erschütterung über die Erde jagte.

»Lizzie!« Michael kämpfte sich an dem Graben entlang, der sie voneinander trennte. Er hielt verzweifelt Ausschau nach der vertrauten Gestalt seiner Nichte. Sie konnte nicht weit sein. Er hatte gesehen, wie sie zu Boden gestürzt war. Was, wenn er zu spät kam? Wenn ihr in der Zwischenzeit etwas passiert war?

Um ihn herum drehte sich alles. Michael griff sich an die Stirn und bemerkte das Blut an seinen Fingerspitzen. Dunkel erinnerte er sich an seinen Sturz, an den Angriff Azraels, an die Schatten, die sich zwischen sie schoben.

Er hielt sich an den Trümmern der Häuserwand neben ihm fest und taumelte einen Schritt nach vorn. *Konzentriere dich!* Irgendwie musste er einen Weg hier raus finden, er musste zu Lizzie. Sie mussten aus der Rebellenstadt fliehen, solange sie noch die Chance dazu hatten.

Die Rebellen hasteten an ihm vorbei, stießen ihn an und versuchten, ihn mit sich zu ziehen. Nur mit Mühe riss Michael sich los und stemmte sich gegen den Strom.

»Lauft!«, rief er ihnen zu. Er würde nicht mit ihnen fliehen, nicht, bevor er Lizzie gefunden hatte. »Raus hier!« Azrael würde nicht zögern, jeden Einzelnen von ihnen töten zu lassen. Wie es aussah, hatte der Himmelsherrscher genug von dem Widerstand.

Michael deutete auf den Fluss der Gaben, an dem noch immer einige der Boote vertäut waren. Viele waren nicht mehr vorhanden. »Flieht! Macht, dass ihr fortkommt!«, rief er den Rebellen zu. Er lief weiter an dem Graben entlang, bis er endlich das Ende dieses unnatürlichen Spalts erreicht hatte. In diesem Moment spürte er die Bedrohung in seinem Rücken.

Michael fuhr herum, dachte nicht einmal darüber nach, als er seine Flammen rief. Einem Drachen gleich schossen sie aus seiner Hand, stürzten sich auf den Himmelswolf und töteten ihn. Mit schnellen Schritten war Michael bei ihm, um sich eines Schwerts zu bemächtigen. Durch das vertraute Gewicht einer Waffe in seiner Hand fühlte er sich gleich besser, er hatte das Gefühl, tatsächlich etwas bewirken zu können.

»Lizzie!« Langsam konnte er wieder klar denken. Wieso antwortete sie nicht? Er kämpfte sich durch die fliehenden Rebellen voran, weiter und immer weiter. Sie musste hier irgendwo sein, dies war die Stelle, an der Azrael sie angegriffen hatte. Wieso nur war sie nicht ausgewichen? Was sollte er tun, wenn Asriel erneut die Kontrolle ihres Körpers übernommen hatte? Er konnte nicht gleichzeitig gegen sie und Azrael kämpfen.

Er schob die Engel zur Seite, während er einen weiteren Wolf davon abhielt, einen der Rebellen zu töten. Rasch stieß er dem Himmelswolf das Schwert in den Unterleib. Michael wusste, dass er dem Widerstand helfen konnte, dass er es tun sollte. Auch sie waren nur Engel. Sie waren Teil seines Volkes, sie gehörten zum Himmel und damit zu denen, die zu beschützen er vor langer Zeit geschworen hatte. Alles in ihm schrie danach, sich ihnen anzuschließen, ihnen den Weg zu weisen, damit sie in Sicherheit wären.

Aber er konnte es nicht. Nicht ohne Lizzie.

Vor ihm lichtete sich die Menge. Durch den Rauch konnte er seine Umgebung nun deutlicher erkennen. Als er Lizzie sah, setzte sein Herz jedoch einen Schlag aus, unter ihm knickten die Beine weg. Haltsuchend stützte sich Michael an einer Wand ab. Die Spitze seines Schwertes sank zu Boden, Blut lief langsam die Klinge hinunter.

Mitten im Chaos kniete Lizzie.

Die Rebellen hasteten an ihr vorbei und schienen nicht zu bemerken, was direkt zwischen ihnen geschah. Blut lief Lizzie über die Stirn und tropfte langsam zu Boden. Sie achtete nicht auf den Krieg, der um sie herum tobte. Die Himmelswölfe jagten die Rebellen durch die Stadt, aber keiner der Angriffe traf Lizzie, als trauten sich nicht einmal die Elemente, diesen Augenblick zu stören.

Denn alles, worauf Lizzie achtete, war die Gestalt direkt unter ihr. Ihr Blick ruhte auf einem jungen Mann mit kastanienbraunen Haaren und nasser Kleidung.

Sam, fuhr es ihm durch den Kopf. Michael hatte ihn in Lizzies Erinnerungen gesehen. Dieser Junge war der Grund für die Schatten, er hatte Lizzie vor Azraels Angriff gerettet. Doch wie war das möglich? Wie hatte der Dämon einen Weg in den Himmel gefunden?

Michael schluckte den Kloß in seinem Hals hinunter und ging einen Schritt auf die beiden zu.

Er sah, wie Lizzie zitternd eine Hand ausstreckte, um Sams Wange zu berühren. Fast erwartete Michael, dass sich die Gestalt des jungen Mannes auflösen würde, aber nichts dergleichen geschah.

Stattdessen lächelte Sam.

* * *

»Sam?« Lizzie konnte nicht glauben, dass er hier war.

»Bitte sag mir, dass das ein Trugbild ist«, bat sie Asriel. *»Bitte nimm mir nicht meine letzte Hoffnung.«* Die Hoffnung, dass Sam in Sicherheit war, dass er zu Hause auf sie wartete. Damit sie eines Tages wieder zusammen sein konnten.

»Es tut mir leid«, erwiderte Asriel leise. *»Sieht so aus, als wäre er wirklich hier.«*

Lizzie strich mit den Fingerspitzen über Sams Wange, sie hatte die Stoppeln viel kürzer in Erinnerung. Sie ertastete die kleine Narbe an seinem Kinn, atmete tief seinen Duft ein. Es roch nach verbrannter Erde, nach Blut und Schweiß, aber über alledem lag ein Hauch von Zimt. Das konnte keine Einbildung sein, niemand konnte diesen Duft nachahmen.

Er lachte, ein leises und ehrliches Lachen, das aus den Tiefen seiner Seele zu stammen schien. Es klang so unwirklich, es passte nicht an diesen Ort und in dieses Chaos. Und doch fuhr Lizzie ein Schauer über den Rücken. Sie kannte dieses Lachen, hätte es überall wiedererkannt. Es war dasselbe Lachen, das sie in ihren Gedanken hörte. Immer dann, wenn sie sich mit aller Macht an eine der ihr noch verbliebenen Erinnerungen klammerte. Es war ein Lachen aus einer anderen Zeit, von einem fernen, schlammigen Flussufer. Trotz allem, was passiert war, hatte sich dieses Lachen seine Unschuld bewahren können.

»Natürlich bin ich es«, erwiderte Sam, als könnte er ihre Gedanken lesen. Bei dem Klang seiner Stimme erzitterten ihre Knie. Seine Hand bedeckte ihre und drückte sie sanft an seine Wange. »Oder hast du jemand anderen erwartet?« Er lächelte. »Dann wäre ich persönlich beleidigt.«

Sie stieß ein Schnauben aus, nicht wissend, ob sie lachen oder weinen sollte.

Sam nahm ihr die Entscheidung ab. Er zog sie zu sich runter und nahm sie in die Arme. Drückte sie an sich, als wäre es das Letzte, was er jemals tun würde. »Ich bin da«, flüsterte er. »Hast du wirklich gedacht, ich würde dich das allein durchmachen lassen?«

Ihr Ohr lag an seiner Brust, sie konnte seinen hämmernden Herzschlag hören. Ein Geräusch, das ihr so vertraut war wie ihr eigenes Herz. Sie wagte kaum zu atmen, aus Angst, dass sich all das einfach auflösen könnte. Sie wollte nicht, dass er hier war und gleichzeitig wünschte sie sich mit aller Kraft, dass es real war.

»Aber ... wie?«

»Gabbs«, erklärte er, ein leises Lachen vibrierte in seiner Brust. »Allerdings weiß ich nicht, ob sie mir damit helfen oder mich umbringen wollte.«

»Das ist nicht lustig!«, schimpfte sie. Lizzie musste lachen und doch liefen ihr die Tränen über die Wange. »Du solltest nicht hier sein«, fügte sie leise hinzu.

»Dasselbe wollte ich dir auch gerade sagen.« Sam drehte vorsichtig ihren Kopf, damit er ihr ins Gesicht sehen konnte. Er musterte sie. Sicherlich sah er die dunklen Schatten unter ihren Augen und dachte sich seinen Teil. Sein Blick verfinsterte sich. Er strich ihr über die Wange, verwischte sanft die Tränen darauf. »Wir kommen hier raus«, versprach er.

Sie nickte und richtete sich halb auf. Plötzlich wurde sie von hinten gepackt, wobei sie einen erschrockenen Schrei ausstieß.

Mit einem Sprung war Sam auf den Beinen. Die Schatten eilten an seine Seite, bereit, sich auf ihren Angreifer zu stürzen. Sie stürmten auf die Gestalt hinter Lizzie zu, aber sie stellte sich ihnen ruckartig entgegen.

»Nicht!« Mit ausgestreckter Hand hielt sie die Dunkelheit auf, sie erkannte Michaels Hand auf ihrer Schulter. Abrupt hielten die Schatten inne und Sam sah sie verwirrt an. »Er ist mein Freund«, erklärte sie, sah ihm in die Augen. Sie konnte die Dunkelheit darin flackern sehen, finsterer und tiefer als sonst. Was hatte Sam durchstehen müssen, bis er sie hier gefunden hatte? Er schien nahe am Rand des Wahnsinns zu stehen. Wie in dem Traum, den sie von ihm gehabt hatte. Hoffentlich würde er diese Freundschaft verstehen. Nur zu gut wusste sie, welche Bedenken Sam gegen Michael geäußert hatte, aber der Engel war nicht mehr derselbe Mann wie zuvor.

Sam schüttelte den Kopf, sah an Lizzie vorbei zu Michael. »Ich hoffe, du weißt, was du tust«, meinte er und blickte ihr wieder in die Augen.

»Könnten wir uns darüber vielleicht später unterhalten?«, schaltete Michael sich ein. Mit einer Hand deutete er auf Azrael, der mithilfe seiner Himmelswölfe langsam wieder auf die Beine kam. Sams Angriff hatte ihn gegen eines der Häuser geschleudert.

»Sie darf nicht verletzt werden!«, befahl Azrael seinen Wölfen und sah zu ihnen herüber. »Bringt sie zu mir!«

Die Wölfe riefen nach ihren Elementen, Feuer und Wasser zischten gleichermaßen durch die Luft.

»Los jetzt!«, befahl Michael. »Ich habe keine Lust, dass du meinem Vater erneut gegenüberstehst!«

»Erneut?« Sam hob eine Augenbraue.

Lizzie nickte. Später war noch genug Zeit, um ihm alles zu erklären. Michael hatte recht, sie mussten hier raus.

»Später.« Sam nickte, schien ihre Gedanken zu erraten. Er bewegte die Hand und die Schatten bewegten sich mit ihm, als er sie aus seinem Griff entließ. Wütend fauchten sie, bahnten sich ihren Weg durch die Rebellen. Sie wehrten die Feuerbälle der Krieger ab, stürzten sich auf sie wie eine Meute hungriger Hunde. Schreie ertönten aus der Dunkelheit, Stahl blitzte auf.

Michael zog Lizzie mit sich. Er strebte in Richtung des Flusses.

Sie stolperte hinter ihm drein. Hastig sah sic sich nach Sam um.

»Ich bin hier.« Er griff nach ihrer anderen Hand. Aber sie konnte in seinen schwarzen Augen sehen, dass er nicht wirklich hier war. Er kämpfte mit sich, kämpfte gegen den Drang in seinem Innern. Es war ein Kampf, den er nicht gewinnen konnte. Lizzie ahnte, was in ihm vorging, es musste sich ähnlich wie bei ihr anfühlen. Wie in den Momenten, in denen Asriel versuchte, sie zurückzudrängen, die Kontrolle über ihren Körper an sich zu reißen. Sie wollte Sam diesen Druck nehmen, ihm sagen, dass sie ihm helfen konnte.

»Vorsicht!«, rief sie stattdessen, beschwor den Wind und wehrte so Azraels Angriff ab.

Seine Wassermagie prallte an ihrem Schutz ab. Lizzie taumelte einen Schritt zurück, bis Michael sie auffing. Sie griff sich an die Nase, das Blut lief über ihre Fingerspitzen.

Sam fuhr zu ihr herum, ein verstörter Ausdruck huschte über sein Gesicht. Zornig zogen sich seine Augenbrauen zusammen. Mit geballten Fäusten wandte er sich zu Azrael um. Er rief die Schatten, schickte sie zu dem Himmelsherrscher wie eine brodelnde Flutwelle der Vernichtung.

»Dafür ist keine Zeit!«, rief Michael, zog Lizzie weiter um die Ecke der Häuserwand herum. »Runter!«, brachte er im selben Atemzug heraus, riss sie mit sich zu Boden und beschützte sie mit seinem Körper.

Die Explosion erschütterte die Erde, kleinere Gesteinsbrocken fielen von der Decke. Lizzie krümmte sich zusammen, das Krachen dröhnte in ihren Ohren. Sie klammerte sich an Michael fest, der sich nach wenigen Minuten wieder aufrichtete. Blut lief ihm über die Stirn.

»Alles in Ordnung?«

Sie nickte, doch bevor sie antworten konnte, zog er sie wieder auf die Beine.

»Sam!« Sie schrie seinen Namen und er eilte an ihre Seite.

»Ich hasse Wölfe!«, fluchte er.

»Da bist du nicht der Einzige. Hier entlang!« Michael übernahm die Führung, er schien zu wissen, wohin sie gehen mussten.

Sie hatte die Orientierung verloren, sah nur noch die Zerstörung um sich herum. So stellte sie sich die Apokalypse vor, voller Chaos, Blut und Gewalt. Ihr einziger Trost bestand darin, dass sie Azrael aus den Augen verloren hatten.

Plötzlich blieb Michael stehen, drückte sie mit einem Arm an die Hauswand. Himmelswölfe marschierten an ihnen vorbei, schienen sie aber nicht zu bemerken. Sollten sie wirklich so viel Glück haben?

Neben ihr griff Sam nach ihrer Hand und drückte sie. Lizzie wandte ihm lächelnd den Kopf zu. Er sollte nicht hier sein und doch war sie froh über seine Anwesenheit. Wenn sie zusammen waren, konnte ihnen nichts geschehen. Dabei geschah das alles nur ihretwegen. Sie war diejenige, nach der Azrael suchte. Sie war der Grund, aus dem die Rebellenstadt in Flammen stand.

»Du musst etwas tun!«, bat sie Asriel. *»Du kannst den Engeln helfen, du musst es!«*

»Ich bin nicht wegen der Rebellen hier«, entgegnete der Engel. *»Wir müssen zum Weltenbaum. Nur darauf kommt es an.«*

»Das kann unmöglich dein Ernst sein! Schau dich doch um, willst du das alles ignorieren?«

»Es geht um mehr als das!«, fauchte der Engel. *»Wir sind so weit gekommen, das werde ich jetzt nicht für ein paar Engel aufs Spiel setzen! Also geh weiter, konzentriere dich darauf, hier rauszukommen!«*

»Lizzie!« Sam packte sie an den Schultern, schüttelte sie. »Lizzie, komm zu dir!«

»Das ist Asriel!«, schimpfte Michael, wobei er ihr einen besorgten Blick zuwarf.

»Es geht schon.« Sie wich seinem Blick aus und wischte sich das Blut aus dem Gesicht. Wie sollte sie ihm sagen, dass für sie keine Hoffnung mehr bestand? Asriel war nicht bereit, ihnen zu helfen. Sie würden alle hier unten sterben.

Sam fuhr herum, seine Augen blitzten. »Bring sie hier raus!«, fuhr er Michael an.

»Was denkst du, was ich hier versuche!«

»Hört auf!« Sie stellte sich zwischen die beiden. »Das hilft uns nicht weiter!« Erneut rief sie den Wind zu Hilfe, als sich ihnen zwei Himmelswölfe näherten. Sie wurden nach hinten geschleudert, in einen der brennenden Bäume. Schreiend versuchten sie, zu entkommen, die Flammen auf ihrer Kleidung zu ersticken.

Asriel fluchte. *»Hör auf, unsere Zeit zu verschwenden! Wir müssen hier raus!«*

»Du erteilst mir keine Befehle«, murmelte Lizzie.

Michael schüttelte sie. »Lass dich nicht darauf ein! Das ist wirklich nicht der richtige Zeitpunkt für eine Diskussion mit Asriel!«

»Weiß ich auch!« Doch was sollte sie tun?

Ihr Onkel deutete nach rechts. »Weiter! Nicht stehen bleiben!«

»Zu spät.« Sam wies auf die Gestalten, die durch den Rauch auf sie zukamen. Langsam, mit gemächlichen Schritten. Noch waren sie einige Minuten entfernt, aber ihr Ziel war klar. Mitten unter ihnen erkannte Lizzie eine hochgewachsene Gestalt von edler Statur und festem Schritt.

»Azrael.« Es durchlief sie eiskalt, ihre Hände zitterten. Eine weitere Begegnung mit ihm konnte sie nicht ertragen. Seine grauen Augen hatten sich in ihr Gedächtnis gebohrt, sie fühlte noch immer seine Hände, die sie festgehalten, sie zu einem grotesken Tanz gezwungen hatten. Vielleicht wäre es besser gewesen, wenn er sie gleich getötet hätte.

Auch Michael schien keinen Wert auf ein weiteres Treffen mit seinem Vater zu legen. »Zum Fluss!«, befahl er, griff nach Lizzies Handgelenk und zog sie mit sich.

Fluchend folgte Sam ihnen. Die Schatten brachen aus ihm heraus und hielten auf Azrael zu. Er wartete die Reaktion des Himmelsherrschers nicht ab, drehte sich auf dem Absatz herum und folgte ihnen. »Beeil dich!«, befahl er Lizzie. Die Dunkelheit in seinen Augen schien noch tiefer geworden zu sein. Aber es hielt ihn nicht davon ab, immer weiter zu kämpfen.

Von den Seiten näherten sich ihnen weitere Himmelswölfe, zogen ihre Schwerter und liefen auf sie zu.

»Werden die denn niemals weniger?« Sam griff in die Schatten, zog die Finsternis daraus hervor. Wie Schlangen, tödlich und hungrig, schossen die Schatten über den Boden auf die Wölfe zu.

»Halt dich zurück, Sam!« Michael beschwor seinerseits das Feuer, das in einem rot glühenden Feuerball davonstürmte. »Du verlierst die Kontrolle!«

Lizzie sah es ebenfalls. Sams finsteren Blick, die zusammengezogenen Brauen. Er zitterte am ganzen Körper, Schweiß durchnässte seine Kleidung. Seine Erschöpfung war offensichtlich, er konnte kaum noch auf den Beinen stehen. Dennoch wich er keinen Schritt zurück. Verbissen kämpften er und Michael Seite an Seite, gemeinsam bildeten sie einen schützenden Kreis um Lizzie.

Die Wölfe kamen aus allen Richtungen auf sie zu, trieben sie weiter, bis sie mit dem Rücken am Fluss der Gaben standen. Hektisch sah Lizzie sich um, das Herz pochte wild in ihrer Brust. Sie waren eingekreist, es gab keine Boote mehr am Ufer. Der einzige Ausweg führte durch die Reihen der Himmelswölfe – und damit in Azraels Arme.

Dennoch kämpften die beiden Männer weiter, als hätten sie trotz allem eine Chance, heil aus diesem Chaos zu gelangen. Noch hatte Azrael sie nicht erreicht, aber es war nur noch eine Frage von Minuten.

Sam bediente sich der Schatten, beschwor die Dunkelheit mit all der Macht, zu der er fähig war. Unbarmherzig vernichteten sie ihre Gegner, löschten sie aus. Doch es schienen immer neue Wölfe zu kommen, von allen Seiten. Michael unterstützte Sam mit seinem Feuer, aber sie konnten die Krieger nicht zurücktreiben.

Lizzie handelte intuitiv, ignorierte Asriels Protest in ihrem Kopf. Sie wechselte fließend zwischen den Elementen hin und her, rief nach dem Feuer, beschwor das Wasser und brüllte innerlich den Namen der Erde. Jedes Element kam, jedes Element half ihr, so aussichtslos dieser Kampf auch zu sein schien. Sie keuchte, schien sich in alle Richtungen gleichzeitig zu bewegen, war überall und nirgends zugleich. Das Blut dröhnte in ihren Ohren, sie fühlte den Druck in ihrem Innern, als würde sie jeden Moment zerbersten. Lang würde ihr Körper dieser Magie nicht mehr standhalten können, doch das musste er. Sie konnte nicht zulassen, dass ihre Freunde ihren Kampf austrugen.

In diesem Moment brach Sam zusammen.

»Sam!« Sie stockte mitten in der Bewegung und sah völlig erstarrt zu, wie ihr Freund auf die Knie sank. Er warf den Kopf in den Nacken, öffnete den Mund zu einem Schrei, doch kein Laut ertönte. Sie hetzte zu ihm und sank neben ihm nieder. Da bemerkte sie die Schatten, die sich um ihn wanden. »Nein«, flüsterte Lizzie. Sie griff nach seiner Hand, als könnte sie ihm so den notwendigen Halt für diese Welt geben. Doch er schien sie nicht einmal zu bemerken, seine schwarzen Augen sahen durch sie hindurch. Sie blickten an einen Ort, den sie niemals würde erreichen können.

»Sam, nicht.« Sie nahm sein Gesicht in beide Hände, fühlte die Hitze, die von seiner Haut ausging. »Tu mir das nicht an, Sammy. Komm zu dir!« Irgendwie musste sie zu ihm durchdringen, sie durfte ihn nicht schon wieder verlieren. Nicht, nachdem sie sich endlich wiedergefunden hatten.

»Bring ihn hier weg!«, befahl Michael und trat an ihre Seite. Mit einem Flammenschweif hielt er die Himmelswölfe davon ab, ihnen noch näher zu kommen. Unaufhörlich strömten die Schatten aus Sam heraus, verdichteten sich und griffen nach ihm, als wollten sie ihn zu sich in die Finsternis ziehen.

»Du kannst ihm nicht mehr helfen!«, mischte sich Asriel ein. *»Nicht dieses Mal, Lizzie. Du musst ihn gehen lassen, bring dich in Sicherheit! Wenn Sam die Kontrolle verliert, wird er alles in seinem Umfeld vernichten!«*

»Das ist mir egal! Ich kann ihn nicht einfach hier zurücklassen!« Schon bei dem Gedanken daran krampfte sich ihr Herz zusammen. Sie war nicht bereit, Sam erneut zu verlieren. Nicht hier und schon gar nicht auf diese Weise.

»Du musst! Sonst war alles umsonst, was wir bisher durchgemacht haben! Unser Plan …«

»Das ist dein Plan!«, fauchte Lizzie. *»Nicht meiner! Ohne Sam werde ich nicht weitergehen!«* Nur ihretwegen war er hier, nur für sie hatte er einen Weg in den Himmel gefunden.

»Dann muss ich dich dazu zwingen.«

Die Kopfschmerzen schlugen mit voller Wucht zu und Lizzie entfuhr ein Keuchen. Asriel bekämpfte sie, griff mit aller Macht an. Lizzie schloss die Augen, Schwindel erfasste sie. Aber sie ließ Sams Hand nicht los. Dieses Mal würde Asriel nicht gewinnen. Es war ihr egal, wie viele Erinnerungen es sie kosten würde, ob ihr Körper daran zerbrach oder nicht.

»Ich bin nicht du«, erklärte Lizzie, biss sich auf die Lippe, dass sie blutete. Der Schmerz erinnerte sie daran, dass sie noch immer da war, dass sie noch immer die Herrin über ihren Körper war. Sie umklammerte Sams Hand noch fester als zuvor.

Asriel ließ nicht locker. Übelkeit stieg in Lizzie auf, als die Kopfschmerzen stärker wurden. Ihre Gedanken entglitten ihr, sie sah

Bilder, die sie nicht zuordnen konnte, Bilder von einem zerfallenen Gebäude im Wald.

»Gib nach!«, forderte der Engel sie auf. *»Du kannst das nicht ewig durchhalten. Ich will doch nur, dass wir beide hier rauskommen!«*

»Das betrifft nicht mehr nur uns beide.« Lizzie dachte an Michael, der in diesem Moment für sie kämpfte. Sie dachte an Camael und Idriel, betete, dass es ihnen gut ging. Nicht nur sie und Asriel hatten in diesem Krieg einiges zu verlieren. Es ging um so viel mehr, als nur den Weg zurück nach Hause zu finden.

Lizzie hob angestrengt den Kopf, sie sah die Zerstörung, die Azrael und seine Wölfe angerichtet hatten. *Das war nicht notwendig*, schoss es ihr durch den Kopf. Sie konnte nicht so viel Bedeutung haben, dass man eine ganze Stadt ihretwegen in Schutt und Asche legte.

»Geht!«, forderte Michaels Stimme sie auf. »Lizzie, ihr müsst gehen, hörst du mich? Ich werde euch so viel Zeit verschaffen, wie ich kann!« Er schüttelte sie mit einer Hand an der Schulter, seine grünen Augen blickten in ihre. »Schick Asriel endlich zur Hölle!«, forderte er grimmig und wehrte mit einer Handbewegung einen Angriff ab. »Los doch! Verschwinde endlich, nimm Sam mit!«

Wie in Trance sah Lizzie zu, wie Azrael aus dem Rauch trat. Er hatte sie gefunden. Und der Einzige, der zwischen ihr und dem Himmelsherrscher stand, war Michael.

* * *

»Lizzie, lauf!« Das Feuer in Michael brannte, brodelnd strebte es an die Oberfläche. Es war lange her, seit er seine Kräfte derart angestrengt hatte, nun forderten sie ihren Tribut. Sie verlangten die Herrschaft über Michaels Körper und seinen Verstand, flossen heiß unter seiner Haut und feuerten sein Herz an. »Bring Sam hier weg!«

Sam brauchte ihre Hilfe, ohne sie würde er es nicht schaffen. Sobald er wieder bei Verstand war, würden sie beide einen Weg nach Hause finden. Wenn Sam sie hier gefunden hatte, dann konnte er sie auch wieder zurückbringen. Zurück in ihre eigene Welt, fort von diesem Wahnsinn.

Asriel hatte recht gehabt mit dem, was sie damals am Fluss zu ihm gesagt hatte: Nur um Sam und Lizzie war es die ganze Zeit gegangen. Michael spielte in diesem Krieg keine Rolle, auf ihn kam es nicht an.

Durch den Rauch der Stadt schritt Azrael auf sie zu. Als er Michael sah, runzelte er die Stirn, machte jedoch keine Anstalten, seine Magie zu rufen oder seinen Schritt zu verlangsamen.

Michael stach sein Schwert in die Erde. In einem Kampf gegen seinen Vater würde ihm diese Waffe nichts bringen, er brauchte seine Magie.

Schützend stellte er sich vor Lizzie und Sam. Wieso waren sie noch immer hier, wieso liefen sie nicht endlich fort? Wussten sie denn nicht, dass es nur auf sie ankam? Lizzies Auftauchen im Himmel, in seinem Leben, hatte alles verändert. Was ein einfacher Auftrag hätte werden sollen, Lizzie zum Himmelsgericht zu bringen, hatte sich zu etwas Persönlichem entwickelt. Zu einer Familiensache.

Doch für den Himmelsherrscher schien Familie genauso wenig eine Bedeutung zu haben wie für Asriel. Sie hätte Michael sterben lassen, als die Wölfe ihm und Lizzie am Fluss aufgelauert hatten. So, wie Azrael ihn jetzt töten würde und dann Lizzie. Er würde sie am Weltenbaum opfern, als Zeichen für die Engel. In seinen Augen war sie nur ein Mensch, der ihm im Weg stand. Azrael wollte nur Asriel, damit es niemanden mehr gab, der ihn in seinem Wahnsinn aufhalten konnte.

Michael konnte und wollte nicht zulassen, dass Lizzie seinem Vater zum Opfer fiel. Azrael und Asriel hatten bereits genug Schaden angerichtet. Lizzie war die Einzige von ihnen, die unbeschadet aufgewachsen war, ohne eine Ahnung davon, in welche Familie sie hereingeboren worden war. Es war ihre freie, unvoreingenommene Seele, auf die Asriel es abgesehen hatte. Aber weder sie noch Azrael würden diese bekommen.

Grimmig ballte Michael die Fäuste. Er griff tief in sein Innerstes, beschwor das Feuer und die Flammen, die er so lange unterdrückt hatte. Es war an der Zeit, sie zu neuem Leben zu erwecken. Selbst, wenn es ihn mehr als nur seine Kontrolle kosten würde.

»Michael, nicht!«, rief Lizzie hinter ihm. Über die Schulter warf er ihr einen schnellen Blick zu. Sie hockte noch immer neben Sam, aber in ihre Augen kehrte langsam die grüne Farbe zurück. Neben ihr barst die Erde auseinander, doch sie schien es nicht einmal zu bemerken. Auch dann nicht, als die Gesteinsbrocken ihr die Haut aufrissen und Blut ihre Wange hinunterlief. Ihr Blick ruhte einzig und allein auf Michael, als wüsste sie, was in ihm vorging. Er hoffte nur, dass sie ihn nicht vergessen würde. Eines Tages würde sie es vielleicht verstehen.

Michael biss sich auf die Lippe und wandte sich wieder Azrael zu. Er sammelte seine Kräfte, die Flammen um seine Hand zuckten höher. Dennoch wusste er, dass er diesen Kampf nicht überleben würde, er spürte es in jeder einzelnen Faser seines Körpers. So oft war er in den letzten Tagen dem Tod entronnen, dieses Mal würde ihm das nicht gelingen.

Er griff an.

Die Flammen stürzten wie eine Sturmflut auf den Himmelsherrscher zu. Doch Azrael wischte den Angriff mit einer Hand zur Seite, als hätte er keinerlei Bedeutung. Entsetzt wich Michael einen Schritt zurück, er taumelte.

»Nach all den Jahren, Michael?«, erkundigte sich Azrael leise. »Entscheidest du dich jetzt doch gegen mich?«

»Das war schon lange überfällig.« Michael sammelte sich für einen weiteren Angriff. Das Feuer knisterte in seinen Händen, verlangte zischend nach einem Opfer.

Azrael schüttelte den Kopf. »Das solltest du nicht tun. In diesem Krieg geht es nicht um dich, Michael.« Fast schon bedauernd sah er ihn an. In seinen Händen beschwor er einen Wirbelsturm.

»Ich habe es satt, dass mir das ständig alle sagen!«, erwiderte Michael und schickte im selben Moment wie Azrael seine Magie los.

Die beiden Elemente stürmten aufeinander zu. Azraels Wind schoss durch das Feuer hindurch und ließ es zischend hinter sich zurück. Michael stieß einen Fluch aus, rief erneut nach dem Feuer und stemmte sich gegen den Wind.

»Lizzie!«, brüllte Sam.

Michael fuhr herum. Das Letzte, was er sah, war Lizzies Gestalt, die sich zwischen ihn und seinen Vater stellte.

Dann erschütterte die Explosion die gesamte Stadt, als Azraels donnernde Magie ihr Ziel traf.

2

UNERWARTETER BESUCH

Gabriel schreckte mitten in der Nacht hoch. Hämmernd dröhnte das Herz in ihrer Brust, instinktiv griff sie nach der Bettdecke, als könnte sie dort Halt finden. »Nur ein Traum«, flüsterte sie, langsam beruhigte sich ihr Herzschlag. »Es war nur ein Traum.«

Im Zimmer war es stockdunkel, die Sonne würde erst in ein paar Stunden aufgehen. Sie strich sich die goldfarbenen Haare aus dem Gesicht und versuchte, sich zu beruhigen. Nach einigen Minuten gab sie es jedoch auf. Immer wieder zogen die Bilder des Traums an ihrem geistigen Auge vorbei. Sie konnte das Gefühl nicht abschütteln, dass es mehr als ein Traum gewesen sein könnte und das beunruhigte sie am meisten.

Gabriel schüttelte den Kopf, schwang die Beine über den Bettrand, griff nach dem Handy neben sich und tippte die ersten Worte der Nachricht ein. Doch dann hielt sie inne. Ihre Hände sanken ermattet nieder, sie sah blinzelnd auf das hell erleuchtete Display.

Was für einen Sinn hatte es, ihr zu schreiben? Anders als bei ihrem letzten Albtraum würde sie keine beruhigende Nachricht von Lizzie erhalten, keinen Trost in ihren Worten finden. Sie wusste nicht einmal, ob sie je wieder etwas von ihrer Nichte hören würde. Wie standen die Chancen, dass sie tatsächlich ihren Weg zurück auf die Erde fand? Nach dem, was Gabriel in ihrem Traum gesehen hatte, schien diese Möglichkeit immer geringer zu werden.

Sie schlüpfte in ihre Stiefel und zog sich einen Morgenmantel über. Es war ihr egal, ob noch andere Engel wach waren oder nicht. Wer um diese Zeit durch die Fabrikhallen wanderte, sah vermutlich nicht viel besser aus als sie.

Leise ging sie aus dem Zimmer und folgte der kleinen Galerie nach unten. Im Erdgeschoss hatte Raphael mit der Hilfe anderer Engel eine behelfsmäßige Küche eingerichtet. Früher musste dies die Kantine gewesen sein, aber im Laufe der Zeit waren diese Räumlichkeiten der Natur zum Opfer gefallen. Als sie hier angekommen waren, waren Efeu und Gras an den unmöglichsten Stellen gewachsen, Sonnenlicht hatte durch die zerbrochenen Fenster gelinst und dem Ganzen das Aussehen einer anderen Welt verliehen.

Doch dank Raphaels Arbeit hatten sie nun sogar wieder die Möglichkeit, frischen Kaffee zu bekommen. Gabriel konnte den Duft förmlich riechen, das leichte Röstaroma kribbelte auf ihrer Zunge und Erleichterung durchflutete sie. Mit einer Tasse Kaffee würde die Nacht nicht mehr so schrecklich aussehen, wie es noch vor wenigen Minuten der Fall gewesen war. Die braune Brühe war auch stets Lizzies Beruhigungsmittel gewesen, wenn sie nicht hatte schlafen können. Sie konnte sich nicht einmal mehr daran erinnern, wie oft sie ihre Nichte nachts in der Küche des bunten Hauses getroffen hatte, die Hände zitternd um die Kaffeetasse geschlungen.

Die Engel um Gabriel herum schienen tief und fest zu schlafen, niemand hielt Wache oder schien dem Schlaf trotzen zu wollen. Gabriel zog sich den Morgenmantel enger um den Körper, während sie die Zelte und behelfsmäßigen Lager betrachtete. Ein Schlafplatz reihte sich an den anderen, bis auf schmale Gassen war der Boden der Fabrikhalle ausgefüllt. Viele Engel zogen es vor, woanders zu übernachten. Das konnte sie ihnen nicht verübeln. Trotz der Wut auf Azrael, die sie alle vereinte, hatte keiner damit gerechnet, dass so viele Engel sich ihnen anschließen würden. Allerdings war es ein Kampf, bei dem niemand wusste, wie er ausgehen würde. Sie konnten siegreich hervorgehen oder alle bei dem Versuch untergehen. Viel hing davon ab, was Lizzie im Himmel erlebte und tat.

Rasch ging sie auf die Kantine zu und trat ein.

»Zack?« Gabriel hielt überrascht inne, als sie den Dämon am Tisch sitzen sah. Er blickte von seinem Buch auf und schien nicht minder verwundert zu sein, Gabriel hier zu sehen.

»Geht es dir gut?« Besorgt stand er auf. »Ist etwas passiert?«

»Das …« Sie blinzelte und suchte vergeblich nach den richtigen Worten. Wieso fiel ihr das in seiner Nähe so schwer? »Es geht mir gut«, brachte sie heraus.

Zack setzte sich merklich unschlüssig wieder. Er schien noch nicht überzeugt zu sein.

»Ich habe nur schlecht geträumt«, fügte sie hinzu, sie deutete auf den Platz gegenüber von ihm. »Darf ich?«

»Sicher, setz dich.« Er stand auf, nahm eine Tasse von der Anrichte, stellte sie vor Gabriel und schenkte ihr aus der Thermoskanne Kaffee ein.

Dankbar legte sie ihre Hände um das heiße Gefäß. Für einen Augenblick schloss sie die Augen, genoss die Wärme, die von dem Getränk ausging. »Danke.«

»Keine Ursache.« Er setzte sich wieder und betrachtete sie. »Du siehst nicht aus, als hättest du gut geschlafen.«

»Das sind nicht die Worte, die ich jetzt hören wollte.« Sie rollte mit den Augen und nahm einen tiefen Schluck aus ihrer Tasse. Gabriel war sich nicht sicher, ob es an dem Kaffee oder an Zack lag, aber sogleich fühlte sie sich ruhiger. Es war immerhin nur ein Traum gewesen, nichts weiter. Sie sollte dem Ganzen keine zu große Bedeutung beimessen.

Zacks Blick nach zu urteilen, sah er dies jedoch anders. Seine blassblauen Augen ruhten auf ihr, als wüsste er genau, was in ihr vorging.

* * *

»Willst du mir davon erzählen?«, erkundigte sich Zack leise. Er legte sein Lesezeichen in Luzifers Tagebuch und schloss es. »Manchmal hilft es, darüber zu sprechen.« Wenn er nach den Schatten unter ihren Augen ging, schien es nicht ihr erster Albtraum gewesen zu sein. Das überraschte ihn nicht. Gabriel versuchte nach wie vor, ihre Zuneigung zu Lizzie zu verbergen, dabei hätte es offensichtlicher nicht sein können. Sie litt unter dieser Situation nicht weniger als Raphael. Es schien zu stimmen, was sie damals in der Halle gesagt hatte: Lizzie war für sie wie ihre eigene Tochter. Darüber im

Unklaren zu sein, wie es Lizzie ging, musste sie an den Rand ihrer Kräfte bringen.

Gabriel stieß ein Schnauben aus. »Dasselbe hat Sam zu Lizzie gesagt, wenn sie einen ihrer Träume hatte. Aber ein Gespräch kann nicht alle Wunden heilen.« Sie schüttelte den Kopf, atmete tief ein. »Es war nur ein Traum, Zack. Keine Vision. Zumindest denke ich nicht, dass es eine war.«

»Ich vermute mal, es ging um Lizzie?« Es gab nur sehr wenige Personen, über die Gabriel derart in Sorge geraten würde. Zwei davon befanden sich gerade im Himmel.

Sie lächelte schwach. »Es geht immer um Lizzie. Sind wir nicht alle ihretwegen hier?« Sie nahm einen weiteren Schluck aus der Kaffeetasse, ihre Hand zitterte. »In meinem Traum kämpfte sie gegen Azrael«, ergänzte sie leise.

Er beugte sich vor, die Haare in seinem Nacken stellten sich auf. »Gegen Azrael? Was ist passiert?« War der Kampf im Himmel näher, als sie gedacht hatten? Hatten sie den Krieg verloren, bevor er begonnen hatte?

»Ich weiß nicht genau, was geschehen ist. Lizzie war in einer unterirdischen Stadt, ich konnte Felswände erkennen. Es herrschte völliges Chaos, Häuser brannten und Engel liefen um ihr Leben. Normalerweise ein typisches Zeichen dafür, dass mein Vater mit seinen Wölfen in der Nähe ist.« Sie zog eine Grimasse, aber Zack sah die Müdigkeit in ihrem Blick. »Von Sam oder einem anderen bekannten Gesicht fehlte jede Spur. Lediglich Lizzie konnte ich sehen. Es war, als würde ich neben ihr stehen, ihr zusehen, wie sie sich Azrael entgegenstellte. Deswegen kann es auch keine Vision gewesen sein. Wieso sollte sie gegen ihn kämpfen wollen? Das ist Selbstmord, besonders in ihrer Lage.« Sie blickte kurz hoch, aber sie wartete seine Antwort nicht ab. »Es fühlte sich an, als wären wir eine Person, als würden wir gemeinsam handeln. Wir hoben die Arme und beschworen den Fluss hinter uns. Wir bewegten uns so geschmeidig, als wollten wir das Wasser zu einem Tanz auffordern. Es schraubte sich in die Höhe, formte einen zischenden Wirbel. Mich durchströmte eine Kraft, wie ich sie lange nicht mehr gefühlt habe, voller Ruhe und Zuversicht. Das Wasser schien mich zu durchdringen, komplett auszufüllen. Für diesen Moment war ich nicht mehr länger ein Elementar, ich war das Wasser. Jedenfalls bis zu dem Punkt, an dem Lizzie und ich mit dem Fluss Azrael angriffen. Dann wurde alles schwarz.«

»Du hast nicht gesehen, ob der Angriff erfolgreich war?«

Sie schüttelte den Kopf. Zack lehnte sich zurück und betrachtete den Wasserengel nachdenklich. Selbst jetzt, ungeschminkt und gerade aus dem Bett gestiegen, wirkte sie wie eine Göttin aus einer fernen Welt. Einer Welt, in der Wunder möglich waren.

Er schüttelte den Gedanken ab. »Bist du sicher, dass dein Traum nicht real war?«

»Ich kann keine Visionen mehr empfangen. Das weißt du doch!« Missmutig griff sie nach ihrer Kaffeetasse. Als könnte sie es nicht ertragen, der Zukunft derart blind entgegenzutreten, nachdem sie so lang über Visionen verfügt hatte.

»Es muss ja auch keine Vision gewesen sein«, lenkte er ein. »Was, wenn ihr, du und Lizzie, eine Verbindung zueinander habt? Ähnlich der, die sie und Sam haben?«

»Was denn für eine Verbindung?«

»Als Azrael die Fabrik angriff und Lizzie entführte, wurde Sam verletzt. Ich heilte ihn, aber ich war nicht allein. Es ist schwierig zu beschreiben, aber da war eine andere Präsenz in ihm. Sam konnte spüren, wie Lizzie geheilt wurde, obwohl sie sich bereits im Himmel aufhielt. Es hätte unmöglich sein müssen, dass Sam etwas davon mitbekam. Aber er tat es und er hat gefühlt, dass sie lebte.« Zack erinnerte sich noch gut an das Gefühl eines Bandes zwischen den Welten. »Er hat mir erzählt, dass sie schon als Kinder eine ähnliche Verbindung hatten, wie bei Zwillingen. Jetzt scheint es jedoch intensiver zu sein als früher.«

»Lizzie hat so etwas mal angedeutet.« Gabriel runzelte die Stirn. »Aber sie und ich hatten nie ein derartiges Band. Von ihrer Entführung habe ich erst gehört, als Sam zu mir kam. Hätte ich das sonst nicht ebenfalls spüren müssen? Wieso sollte sich das jetzt geändert haben?«

»Vielleicht hängt es mit Asriel oder den Elementen zusammen.« In den letzten Tagen hatte er viel Zeit gehabt, sich seine Gedanken zu machen, auch wenn er vermehrt in die Gemeinschaft der Engel eingebunden wurde. Doch es blieben viele Fragen offen. Nicht zuletzt die, welche Auswirkungen Asriels Rückkehr auf die Elemente hatte. Wie würden sie reagieren, wenn jemand mit ihren Fähigkeiten zurückkehrte? Immerhin wurde sie von vielen für einen Urengel gehalten, für ein Wesen, das so alt war wie die Zeit selbst. »Gehen wir davon aus, dass dein Traum mehr als nur ein Traum war. Dann könnte es genauso geschehen sein, wie du es gesehen hast. Lizzie beschwor diesen Fluss und griff Azrael an. Sie bediente sich des Wassers. Nach deinen Beschreibungen klang das nach keiner kleinen Aktion. Du bist jedoch nach wie vor der Wasserelementar. Was, wenn genau das eure Verbindung ist? Wenn du Lizzie sehen und spüren konntest, weil ihr beide in diesem Moment mit demselben Element verbunden wart?«

»Selbst in unserer Welt klingt das verrückt.« Sie runzelte die Stirn. »Von so etwas habe ich noch nie gehört. Eine Verbindung über die Elemente? Nach dieser Theorie müsste ich es doch auch spüren, wenn Azrael das Wasser beschwört. Oder irgendjemand sonst.«

»Theoretisch, vielleicht, ja. Allerdings wissen wir beide, dass die Dinge im Zusammenhang mit Lizzie meistens etwas anders sind.« Er lächelte. »Es ist auch nur eine Idee. Vielleicht ist das völliger Blödsinn, aber wir sollten es zumindest in Betracht ziehen. Nach wie vor frage ich mich, wie das alles mit Lizzie zusammenhängt.«

»Asriel hat vermutlich einfach jemanden gesucht, der verrückt genug für einen Pakt war.«

»Aber wieso hatte Lizzie dann schon vorher Kräfte?«

»Was?« Gabriel blinzelte. »Wovon redest du? Sie hatte nie Kräfte. Raphael und ich haben immer ein Auge darauf gehabt.«

»Zumindest nach dem ersten Angriff durch Azrael hatte sie welche«, widersprach Zack. »Ich konnte sie spüren, als ich Lizzie nach den Geschehnissen am Krankenhaus heilte. Eine Energie, die durch ihren Körper tobte, noch bevor sie den Pakt mit Asriel einging.«

»Das ist mir neu.« Gabriel lehnte sich zurück. »Kann es sein, dass du dich geirrt hast? Lizzie ist nur ein Mensch. Mit nur einem

Engel als Elternteil vererben sich Kräfte nicht. Nicht einmal bei einem Erzengel.«

»Glaub mir, ich wünschte, dass ich mir das nur eingebildet hätte. Aber selbst jetzt bekomme ich bei dem Gedanken an diese Kraft ein ungutes Gefühl. Möglicherweise steckt doch mehr hinter diesem Pakt, als wir angenommen haben.«

»Das will ich nicht hoffen. Ich kann mir nicht vorstellen, dass das etwas Gutes für meine Nichte bedeuten würde.«

»Da wäre ich mir nicht so sicher. Denk an die positiven Seiten dieser Idee und deine dazugehörigen Träume.«

»Was ist denn daran positiv, wenn ich solche Dinge träume?«

Zack musste lachen. Einen großen Teil ihrer Impulsivität hatte Lizzie sicherlich von ihrer Tante geerbt. »Es bedeutet, dass Lizzie noch am Leben ist. Was wiederum heißt, dass sie Asriels Seele immer noch Widerstand bietet. Sie kämpft und sie weiß, wie man das Wasser kontrolliert. Vielleicht hat sie das sogar diesen Kräften in ihr selbst zu verdanken. Außerdem scheint sie bereit zu sein, gegen Azrael zu kämpfen.« Ob das allerdings eine gute Idee war, stand auf einem anderen Blatt geschrieben.

Gabriel setzte ihre Tasse ab. »Wie machst du das?«

»Wie mache ich was?«

Sie stieß ein Schnauben aus. »Gerade eben noch bin ich völlig verstört in die Küche gelaufen, dieser Albtraum beherrschte meine ganzen Gedanken und jetzt ist meine Verwirrung verschwunden.« Stirnrunzelnd sah sie ihn an. »Nun denke ich tatsächlich, dass du recht haben könntest. Dass dieser Traum, oder was auch immer es gewesen sein mag, ein gutes Zeichen sein könnte.«

Er senkte den Kopf, verbarg sein Lächeln. Für einen Moment hatte er gedacht, Gabriel verärgert zu haben, obwohl sie sich in den letzten Tagen wieder nähergekommen waren. In manchen Momenten war es, als würden sie sich schon ewig kennen, und dann wieder wusste er nicht, was sie als Nächstes tun würde.

Gabriel lächelte und schüttelte den Kopf. Sie sah ihn an, als würden ihr ähnliche Gedanken durch den Kopf schießen. Doch auch sie schien diesen Moment nicht mit Worten unterbrechen zu wollen.

Der Engel warf einen Blick aus dem Fenster und Zack folgte ihrem Blick. Am Horizont brach bereits die Sonne durch, es wurde langsam Tag. Träge suchten sich die Strahlen einen Weg durch den Forb-Wald. Hoffentlich würde es ein guter Tag werden. Seit Audriel sich ihnen angeschlossen hatte, waren immer mehr Engel zu ihnen gestoßen. Wesentlich mehr, als Zack erwartet hatte. Kaum ein Tag verging, an dem sich nicht mindestens ein Dutzend weiterer Engel dem Kampf gegen Azrael anschlossen. Die Geschichte um Sam und Lizzie hatte bereits die Runde gemacht, allerdings in unterschiedlichen Varianten. Manche behaupteten, Lizzie hätte sich Asriel untertan gemacht. Andere dachten, dass es genau andersherum wäre. Oder dass Lizzie schon immer mit der Engelsseele verbunden gewesen wäre, dass es in Wahrheit Asriel sei, die Sam hatte retten wollen. Ab und an unternahm Zack den Versuch, ihnen die Wahrheit zu erzählen, doch nur wenige wollten zuhören. In den Geschichten der Engel hatten Lizzie und Sam bereits jetzt ihren Platz gefunden. Allein durch ihre Verbindung zueinander waren sie zu einem Teil der Legenden geworden. Sollten sie diesen Krieg überleben, dann würden noch viele Generationen davon erzählen, was geschehen war.

Zack löste sich von seinen Gedanken. »Denkst du, es werden noch mehr Engel kommen?«, erkundigte er sich leise.

Gabriel sah auf. »Ich hoffe es. Wir können wirklich jede Hilfe gebrauchen. Nicht nur, weil das Siegel jeden Moment brechen könnte. Sondern auch, weil wir mit mehr Engeln vielleicht ihre fehlende Kampferfahrung kompensieren können. Haben sich die Höllenfürsten schon bei dir gemeldet?«

Zack schüttelte den Kopf. Seit dem letzten Gespräch mit Abaddon war von den Fürsten nichts mehr zu hören gewesen. Weder ob sie sich entschieden hatten noch ob sie weiterhin miteinander verhandelten. Ohne Sam würde es schwer sein, sie zu einer gemeinsamen Entscheidung zu bewegen. Was, wenn die Fürsten oder Nakariel nun versuchten, die Herrschaft über die Dämonen an sich zu reißen? Ohne den Erben Luzifers lag die Verantwortung bei ihnen.

»Hat Raphael immer noch so viel zu tun?«, erkundigte er sich. Der Erzengel war in den letzten Tagen kaum zum Schlafen gekommen. Während des Trainings mit Magie verletzten sich die Engel ständig, weswegen Raphael eine Heilung nach der anderen durchführte. Bei manchen konnte Zack ihm helfen, doch nicht alle Engel vertrauten ihm. So blieb der Großteil der Arbeit an Raphael hängen.

»Es hört nicht auf. Als ich ihn das letzte Mal sah, ist er beinahe vor Erschöpfung zusammengebrochen. Die Magie fordert auch bei ihm ihren Tribut.« Gabriel wirkte besorgt. Sie hielt sich noch immer an ihrer Tasse fest. »Wenn nicht bald ein Wunder geschieht, werden sie den Himmelswölfen nie ebenbürtig sein. Unter diesen Umständen können wir nicht gewinnen. Ich wünschte, dass Raphael ihnen endlich zeigen würde, wie man richtig kämpft.«

»Ich kann ihn mir nur sehr schwer als Krieger vorstellen.« Zack kannte die Geschichten um den legendären Windengel, er war schließlich mit ihnen aufgewachsen. Sie hatten einen großen Einfluss auf sein Verständnis gegenüber der Magie genommen. Aber er kannte auch Raphael. Wie konnte jemand, der derart sanft war und sich so um seine Familie sorgte, einst eine solch gefürchtete Gestalt gewesen sein?

»So geht es auch den anderen Engeln. Sie sehen in ihm nur einen Heiler, vielleicht nicht einmal einen Erzengel. Kaum jemand kann glauben, zu was er wirklich fähig ist. Ich habe ihn erlebt, aber viele andere nicht. Falls doch, ist ihre Erinnerung daran verblasst. Er sieht furchtbar aus.« Sie schluckte den Kloß in ihrem Hals hinunter. »Ich bin mir nicht sicher, was ihm mehr zu schaffen macht: die Sorge um seine Kinder, oder dass er rund um die Uhr Engel heilen muss.«

»Ich fühle mich durch eure Sorgen geehrt, aber ihr müsst euch um mich keine Gedanken machen«, meldete sich eine Stimme von der Tür.

Sie zuckten beide zusammen.

Als Zack aufsah, musste er Gabriel im Stillen recht geben. Raphael sah wirklich nicht gut aus, er wirkte um Jahre gealtert, war blass und ging leicht gebeugt. Die Heilungen zehrten an seiner Kraft und an ihm selbst. Wenn man bedachte, wie angestrengt Raphael in den letzten Jahren seine Kräfte unterdrückt hatte, war das jedoch auch kein Wunder.

Der Engel lächelte dennoch und kam näher. »Ihr seid schon ziemlich früh auf«, stellte er fest und setzte sich neben seine Schwester.

Gabriel rollte mit den Augen. »Bei dir klingt das so, als würde ich immer bis mittags schlafen.«

»Es ist nicht so, als wäre das noch nicht vorgekommen.« Raphael zuckte zusammen, als Gabriel ihm sachte in die Seite boxte.

»Wir konnten beide nicht viel Schlaf finden.« Zack bot ihm die Thermoskanne an, aber der Windengel lehnte dankend ab. Dafür warf Gabriel Zack einen überraschten Blick zu. Er deutete stumm auf seine Narbe, die sich quer über sein linkes Auge zog und sie nickte. Das schien ihre Frage zu beantworten.

»Diese Zeit ist für uns alle sehr nervenaufreibend«, stimmte Raphael zu. »Aber es ist gut, dass ihr schon wach seid. Wir haben wieder Besuch bekommen.«

Gabriel runzelte die Stirn. »Sind es endlich die Höllenfürsten?«

Krachend flog die Tür auf. »Dass ich diese Worte einmal aus deinem Mund hören würde, hätte ich nie gedacht!«, dröhnte eine amüsierte Stimme.

Gabriel fuhr herum, stand hastig auf und blickte dem Neuankömmling entgegen, als könnte sie ihren Augen nicht trauen. »Lyrael?«

»Natürlich!« Er lachte schallend. »Wie könnte ich dich in diesem Chaos allein lassen?« Der Neuankömmling breitete seine kräftigen Arme aus und Gabriel stürmte auf ihn zu. Sie warf sich in seine Umarmung und er wirbelte sie herum.

»Was ... Wer ist das?« Ungläubig betrachtete Zack die Szene. Er hatte Gabriel noch nie so ausgelassen erlebt. Bei den anderen Engeln hielt sie sich stets ein wenig zurück. Wieso begrüßte sie diesen so freudig? Ihr Gesicht strahlte. Noch nie hatte er sie so lachen gesehen. Sicher, der Engel war groß und er sah gut aus, seine langen, blonden Haare hatte er zu einem Zopf gebunden. Aber das erklärte nicht, wieso Gabriel so außer sich war.

»Das ist Lyrael«, sagte Raphael und lächelte Zack zu. Er wies mit dem Kopf auf Gabriel und den Engel, die bereits in eine angeregte Unterhaltung vertieft waren. »Man könnte sagen, dass er so etwas wie ihr Verlobter ist«, fügte er hinzu. »Man hat vor langer Zeit

Partner für uns ausgewählt, damit wir nicht unter unserer Würde heiraten. Lyrael wurde für Gabbs ausgesucht.«

»Das … freut mich.« Zack schwirrte der Kopf, er stand auf. »Bitte entschuldige mich.« Mit raschen Schritten verließ er die Kantine, ohne sich noch einmal umzusehen. Er ballte die Fäuste. Seit sie sich kannten, hatte sie diesen Namen oder diese Tatsache nie erwähnt.

Gabriel war verlobt?

3

ENTSCHEIDUNGEN DES HERZENS

»Nein!« Michael schützte sein Gesicht mit einem Arm, als ihn die Explosion fast von den Füßen riss. Instinktiv entfalteten sich seine Flügel und verschafften ihm den Halt, den er brauchte. Er stemmte sich gegen diese Kraft, geschützt von seinen auflodernden Flammen, während neben ihm ein weiteres Haus zusammenstürzte. *Das kann sie nicht überlebt haben*, fuhr es ihm durch den Kopf. *Unmöglich.*

»Lizzie!«

Doch als Michael wieder sehen konnte, wurden seine Befürchtungen zur Seite gedrängt. Eiskalt durchfuhr es ihn. Er ballte die Fäuste, dass sich die Fingernägel in seine Haut gruben. Lizzie hatte den Angriff überlebt, doch zu welchem Preis? Selbst er hatte Schwierigkeiten gehabt, nach dieser Explosion noch auf den Beinen zu stehen. Einen einfachen Menschen hätte Azraels Kraft einfach ausgelöscht, es hätte nichts mehr von ihr übrig sein dürfen.

Es sei denn, sie war nicht mehr Lizzie.

Nach und nach sank der Staub zu Boden, den die Magie aufgewirbelt hatte. Noch immer stand Lizzie zwischen ihm und seinem Vater, er konnte nur ihren Rücken sehen. Wieso hatte sie das getan? Wieso war sie nicht mit Sam fortgelaufen?

Sein Herz erstarrte, setzte einen Schlag aus. Er sah zu, wie Lizzie tief einatmete, sie wich keinen Schritt zurück, obwohl sie von Kopf bis Fuß zitterte.

Er streckte eine Hand aus und legte sie auf ihre Schulter. Wer würde ihm entgegensehen? Das Mädchen, das zu beschützen er sich zur Aufgabe gemacht hatte? Oder seine Mutter, die sie alle in den Untergang treiben würde?

»Es geht mir gut«, erklärte sie und wandte ihm über die Schulter hinweg leicht den Kopf zu.

Erleichterung durchflutete ihn. Noch immer waren ihre Augen grün, es war keine Spur von Asriel in ihnen zu sehen. Aber war das tatsächlich eine gute Nachricht? Wenn Lizzie diese Magie ohne Asriels Hilfe eingesetzt hatte, wie viel von ihr war dann noch menschlich?

Azrael trat einen Schritt auf sie zu und holte so Michael zurück in die Gegenwart. Er griff nach Lizzies Arm, als Azrael die Augenbrauen zusammenzog. Auch ihm schien klar zu sein, wen er vor sich hatte.

»Geht jetzt!«, befahl Michael ihr leise. Einen weiteren Angriff dieser Art würde sie nicht überstehen.

Sie löste sich von seiner Hand, trat vor und wandte sich zu Azrael, sie schien seinen Blick zu erwidern. »Nein«, erklärte sie leise. »Ich laufe nicht mehr davon.«

* * *

Bevor Azrael etwas entgegen konnte, begann Lizzie sich zu konzentrieren. Sie konnte den Wind fühlen, die Luft um sich herum. Vertraut wie die Anwesenheit ihres Vaters, als wäre der Wind nur eine weitere Form von ihm. Fast konnte sie seinen beruhigenden Händedruck auf ihren Schultern fühlen, wie damals am Fluss. *Du musst den Wind spüren*, hatte er ihr zugeflüstert. *Vertraue auf dein Gefühl, Lizzie.*

Und das tat sie, ohne darüber nachzudenken.

Die Magie knisterte zwischen ihren Fingern, sie konnte die Kraft förmlich sehen. Sie schwang die Arme um sich herum, wob einen Kokon aus Luft, einen Schutz aus purer Magie. Aus demselben Element, mit dem Azrael sie vor wenigen Minuten beinahe getötet hätte. Lizzie griff zurück auf ein Wissen, das sie nicht hätte haben dürfen, auf Magie, die älter war als die Elemente. Doch wenn sie sich dieses Wissens nicht bediente, dann würde es niemand tun. Asriel würde nicht einschreiten, um sie zu retten, im Gegenteil. Es kümmerte sie nicht, was ihretwegen oder um sie herum geschah.

Sie musste sich selbst retten.

Lizzie schluckte den Kloß in ihrem Hals hinunter.

Sämtliche Elemente schienen gleichzeitig durch ihren Körper zu fluten, riefen ihr Dinge zu und zerrten an ihr. Es war ein Chaos, dem sie auf Dauer nicht würde standhalten können. Für den Augenblick waren sie sicher vor Azrael, aber was würde danach kommen?

Langsam drehte Lizzie sich zu ihren Freunden um. Sie begegnete Michaels skeptischem Blick, erahnte seine Gedanken und Sorgen. Noch hatte sie jedoch die Kontrolle über ihren Körper, noch beschloss sie, was getan wurde, und sie hatte ihre Entscheidung getroffen.

Ihr blieb nicht viel Zeit. Sie wusste nicht, wie lange sie den Engel noch unterdrücken konnte. Asriel war von ihrem Vorhaben alles andere als begeistert, warf sich mit aller Macht gegen ihre Kontrolle. Lizzie griff nach dem roten Stein zwischen ihren Schlüsselbeinen, als könnte er ihr die nötige Kraft geben, den Engel unter Verschluss zu halten. Eine Weile musste sie noch durchhalten.

Sam stand auf und stolperte auf sie zu. Mit einem Schritt war Lizzie bei ihm, stützte ihn und ließ sich mit ihm zu Boden sinken.

»Nicht«, bat sie ihn leise. »Du darfst deine Schatten nicht mehr rufen.« Sonst würde sie nichts mehr für ihn tun können. War es das, was Gabriel damals in ihrer Vision gesehen hatte? War dies der Ort, an dem Sam die Kontrolle über seine Schatten verlieren würde?

»Wir müssen hier weg!«, brachte er mühsam heraus und klammerte sich an sie.

Sie sah ihm in die Augen, doch noch immer war die Dunkelheit darin zu sehen. Unruhig flackerte sie in seinem Blick. Sam kämpfte darum, seine Kontrolle zurückzuerlangen, aber er brauchte mehr Zeit.

Sie warf einen Blick über ihre Schulter. Die Himmelswölfe standen unschlüssig hinter Azrael. Der Engel umkreiste langsam ihren Schutz aus Wind, er suchte nach Schwachstellen darin. Es würde nicht lange dauern, bis er welche fände. Dann würde er fortsetzen, was er begonnen hatte. Azrael würde Sam und Michael töten, denn es gab nichts, was die beiden ihm jetzt noch entgegensetzen könnten. Er würde Lizzie dabei zusehen lassen, bis sie zerbrach. Erst wenn sie fort war, wenn nichts mehr von ihr übrig war, konnte Asriel zurückkehren.

»Ich kann nicht wieder wegrennen«, sagte sie leise. Sie sah zu Michael, der sie jedoch nur verständnislos ansah. Er schien nach Worten zu suchen, nach etwas, was er sagen konnte, um sie zur Vernunft zu bringen. Schließlich schüttelte er den Kopf.

»Lizzie, Sam hat recht. Azrael wird erneut angreifen!« Er deutete auf seinen Vater, der sie aufmerksam zu betrachten schien. »Ihr müsst hier weg!«

»Lizzie, uns bleibt keine Zeit mehr!«

Sie half Sam, sich aufzurichten. Er hielt ihre Hand fest in seiner und runzelte die Stirn. Sein Atem ging schwer, er blinzelte und hatte sichtbare Mühe, die Geschehnisse um sich herum zu verstehen.

Sie schüttelte den Kopf. »Nein.«

»Nein? Was soll das heißen? Wir ...«

»Sam, das geht nicht.« Lizzie stützte ihn, erneut sah sie ihm in seine schwarzen Augen. Er schien nicht zu verstehen, was geschah. Vielleicht war das auch besser so.

Sie atmete tief durch, ballte die Hand zur Faust. So sehr hatte sie sich danach gesehnt, wieder bei Sam zu sein und seine Hand zu halten. Sie wollte friedlich den Rest ihrer Tage mit ihm verbringen, gemeinsam mit ihm alt werden und über diese Erlebnisse reden, als wären sie nichts weiter als eine ferne Erinnerung. Bis sie eines Tages friedlich von dieser Welt gehen würden, Seite an Seite, gemeinsam.

Aber solange es Azrael gab, würde es für keinen von ihnen Frieden geben. Weder für sie, noch für Michael, Raphael oder Gabriel. Niemand war vor ihm sicher, egal wo sie sich befanden. Sie konnten nicht weiter davonlaufen und das wollte sie auch nicht mehr.

Sie blickte zu Michael. Wie sollte sie es ihm erklären? Gab es überhaupt die Möglichkeit, dass er und Sam es verstehen würden? Lizzie sah wieder zu Sam. Sein Gesicht war grau, er versuchte mit aller Macht, nicht das Bewusstsein zu verlieren. Sanft strich sie ihm über die stoppelige Wange. Er hatte so viel gegeben, um zu ihr zu gelangen. Der Himmel allein wusste, was noch auf ihn wartete.

»Wir können nicht mehr davonlaufen. Azrael wird uns jagen, Sammy. Uns und alle, die uns wichtig sind. Jeden, der versucht, uns zu helfen.«

Er schloss die Augen und lehnte seine Stirn erschöpft an ihre. Seine Haut glühte, als könnte er dem Kampf in seinem Innern nicht mehr lange standhalten. »Sie sehen nur Asriel«, wandte er heiser ein. »Du und ich, wir sind ihnen völlig egal. Willst du wirklich dein Leben für sie aufs Spiel setzen?«

»Nicht allen von ihnen sind wir egal.« Sie dachte an Camael und Michael, die in den letzten Tagen Unmögliches auf sich genommen hatten, um ihr zu helfen. Um ihr zu ermöglichen, einen Weg zurück nach Hause zu finden. Sie und Sam standen nicht mehr allein gegen den Rest der Welt, sie hatten Freunde an ihrer Seite. Alles hatte sich verändert.

»Dann willst du aufgeben?« Sams Griff um ihre Schulter verstärkte sich. Sie sah ihm an, welche Anstrengung ihn der Kampf gegen die Schatten kostete. Langsam gewann er die Kontrolle zurück, doch noch hatte er nicht die Oberhand.

»Ganz im Gegenteil.« Lizzie biss sich auf die Lippe. Das hier war Sam, immer noch ihr Sam. Ein Teil von ihr schrie auf, dass er jetzt endlich da war, dass sie wieder zusammen waren. Sie konnten endlich gemeinsam fort von hier, aus diesem Wahnsinn verschwinden.

Aber ein anderer Teil in ihr flüsterte, dass das nicht möglich war. Sie hatte ihre Entscheidung bereits getroffen. Viel wichtiger war die Frage: Würde Sam ihr verzeihen können?

»Jemand muss Azrael aufhalten, Sammy. Ich muss ihn aufhalten.«

»Du bist verrückt.« Er schüttelte sie, als hätte sie den Verstand verloren. »Das ist Asriel, die aus dir spricht. Das bist nicht du!«

Michael schritt ein, zog Sam ein Stück von Lizzie weg und hielt ihn fest. Unwirsch versuchte Sam, sich aus dem Griff des Erzengels zu befreien, aber selbst dafür fehlte ihm die Kraft. Stumm musterte Michael sie über Sam hinweg.

»Ich muss es tun.« Lizzie wich einen Schritt zurück, ballte die Fäuste. »Ich bin die Einzige, die ihn aufhalten kann.« Nichts würde sie lieber tun, als jetzt mit ihnen beiden fortzugehen. Sie wollte

Sam an die Hand nehmen und alles hinter sich lassen. Nach wie vor wünschte sie sich, dass das alles nur ein Albtraum wäre, aus dem sie erwachen könnte.

Doch es lag an ihr, diesen Traum zu beenden, für sich und für alle anderen. Eine andere Möglichkeit gab es nicht.

»Ich kann so nicht weitermachen. Immer auf der Flucht zu sein, immer voller Angst vor Azrael und seinen Wölfen zu leben. Es geht nicht mehr länger nur um mich oder uns, Sammy!« Lizzie ging einen Schritt auf ihn zu, aber dann stockte sie. Je näher sie ihm kam, desto eher würde sie es sich anders überlegen. Aber Azrael musste aufgehalten werden. »Es muss aufhören.«

»Dann machen wir es gemeinsam!« Michael hielt Sam zurück, als dieser auf Lizzie zugehen wollte.

»Nein.« Sie schüttelte entschlossen den Kopf. Dazu würde sie es nicht kommen lassen. »Du bist nicht in der Verfassung, jetzt noch weiterzukämpfen und das weißt du. Ich lasse nicht zu, dass Gabriels Vision sich hier erfüllt. Das ist eine Sache zwischen mir und Azrael.« Das war es bereits gewesen, als der Himmelsherrscher seine Wölfe zu ihnen geschickt hatte, um ihnen auf dem Dach des Krankenhauses aufzulauern. »Du wirst mit Michael gehen«, ergänzte sie. Sam und ihr Onkel steckten schon tief genug mit drin. Wenn sie diesen Weg weiter mit ihr gehen würden, dann wäre das ihr Untergang.

»Was?«, entfuhr es Michael. Nun war er derjenige, der vortrat. »Auf keinen Fall! Sam hat recht, wir können Azrael gemeinsam aufhalten!«

»Vielleicht, ja. Doch ihr werdet euch in diesen Kampf nicht einmischen.«

»Aber …«

»Nein.« Fest entschlossen sah sie Michael an, blickte in die grünen Augen, die den ihren so ähnlich waren. Sie wollte nicht darauf zurückgreifen, aber er ließ ihr keine andere Wahl. Damit er überlebte, musste er gehen. Es musste jemanden geben, der hiervon berichtete. Jemanden, der ihrem Vater sagte, dass sie bis zuletzt sie selbst geblieben war. Jemanden, der ihren Namen nicht vergessen würde. Der Himmel brauchte Michael, brauchte einen Anführer.

Nur so könnte dieser Ort wieder zu dem werden, was er einst gewesen war. Michael würde dafür sorgen, dass der Himmel wieder in neuem Glanz erstrahlte.

»Du sagtest, du stehst in meiner Schuld«, erklärte sie leise. Sie biss sich auf die Lippe, als Michael unter ihren Worten zusammenzuckte, aber sie konnte nicht mehr zurück. »Ich bitte dich nun, diese Schuld einzulösen.« Sie ging auf ihn zu, berührte ihn zögerlich am Arm und musste das sagen, was sie nicht aussprechen wollte. So weit hatte sie niemals gehen wollen.

»Bring Sam hier weg«, bat sie ihn. »Ohne deine Hilfe schaffe ich es nicht, Michael. Bitte sorg dafür, dass euch beiden nichts geschieht.«

»Ihr habt alle beide den Verstand verloren!«, begehrte Sam auf. Er riss sich von Michael los und taumelte gegen eine Hauswand.

Lizzie konzentrierte sich auf Michael. Sie sah den Schmerz in seinem Gesicht, sah, wie sein Ehrgefühl wegen des gegebenen Versprechens mit dem Wunsch rang, bei ihr zu bleiben.

Plötzlich umarmte sie ihn. »Es tut mir leid«, brachte sie heraus. Aus ganzem Herzen wünschte sie sich, dass sie Michael dem nicht aussetzen müsste. Aber er durfte nicht bei ihr bleiben, keiner von ihnen. Nicht, solange sich Asriels Seele in ihr befand. Nicht, solange sie nicht sicher waren. »Ich wollte dich nie in diese Lage bringen.«

»Ich weiß.« Michaels Stimme klang rau, als er sie an sich drückte. Sie spürte die Wärme seines Körpers und hörte seinen Herzschlag. »Du weißt, dass ich mit dir gegangen wäre.«

»Ja.« Mit dem Handrücken wischte sie sich über die Augen und drückte ihren Onkel fester.

Zögerlich löste er sich von ihr, er musste schwer schlucken. »Versprich mir, dass du auf dich aufpasst«, verlangte er mit ernstem Blick, »dass wir uns am Weltenbaum wieder treffen werden.«

Sie lächelte, ihre Augen brannten. »Stellt nichts an«, flüsterte sie.

»Niemals.«

»Hört auf!« Sam löste sich von der Wand und stolperte auf sie zu. »Ihr ...«

Lizzie wandte sich ihm zu, nahm sein Gesicht in beide Hände

und küsste ihn. Sie legte all die Sehnsucht hinein, die sie in den letzten Tagen empfunden hatte. All das, was sie ihm nicht hatte sagen können, wofür jetzt trotz allem nicht der richtige Zeitpunkt war. Vielleicht würde dieser Zeitpunkt nie kommen, vielleicht hatten sie den richtigen Moment vor langer Zeit verpasst. Alles, was ihnen blieb, war dieser winzige Augenblick an einem Ort, der dem Untergang geweiht war.

»Es tut mir leid.« Sie schob Sam an den Schultern von sich. Sanft strich sie über sein erhitztes, zerkratztes Gesicht und rief den Wind. Mit aller Kraft wünschte sie sich, dass sie das nicht tun müsste, dass jemand sie aufhielte.

»Wir sehen uns wieder«, versprach sie. Wenn nicht in diesem, dann in ihrem nächsten Leben. Sie würde weiter auf ihn warten, bis die Ewigkeit vorbei war.

Der Wind fuhr in Sams Körper, vertrieb die Schatten aus seinen Augen und seiner Seele. Als er merkte, was Lizzie tat, wollte er sich gegen sie wehren, doch der Wind hatte ihn fest in seinem Griff. Haltlos sackte Sam in sich zusammen, als der Schlaf ihn übermannte. Noch im Sturz wollte er nach ihrer Hand greifen, aber es war Michael, der ihn auffing.

Schweigend nickte der Erzengel ihr zu, dann griff er sich Sam und machte sich auf den Weg.

Lizzie sah ihnen nach, doch Michael warf keinen Blick zurück. Sie war sich sicher, dass er auf Sam aufpassen würde. Es würde alles gut gehen.

Rasch wandte sie sich ab und schob die schützende Luft hinter sich. Sie brauchte diese Mauer nicht mehr.

Azrael schnaubte, er hielt in seinen Bewegungen inne. »Das wurde aber auch Zeit.« Spöttisch hob er eine Augenbraue. »Dann hat deine Vernunft also gesiegt. Wirst du nun mit mir kommen?«

»Du weißt, dass ich das nicht kann.« Langsam umrundeten sie sich, wie Raubtiere auf dem Sprung. Bis Lizzie erneut mit dem Rücken zum Fluss stand.

Er legte den Kopf schief, als er sie betrachtete. »Ja, so etwas habe ich vermutet«, murmelte er. »Aber du bist immer noch du, nicht wahr?« Darüber schien er nicht überrascht zu sein.

Sie ballte die Fäuste, um ein Zittern zu unterdrücken. Sam und Michael brauchten mehr Zeit. Schon einmal hatte sie verhindert, dass Gabriels Vision sich erfüllte, es musste auch dieses Mal funktionieren. »Dir ist doch klar, dass Asriel nicht zu dir zurückkehren wird, oder?«

Azrael lachte. »Was bringt dich auf den Gedanken, dass ich das möchte?« Er schüttelte den Kopf. »Es sind die Elemente, die ich brauche. Dieselben Kräfte, die Asriel einst besaß. Alles andere ist nur Fassade. Dein menschlicher Körper ist eine Hülle für etwas, das viel älter ist und deinen Verstand übersteigt.«

Er beschwor das Feuer. Zischend wirbelte es zwischen seinen Fingern umher, lebendig und zornig.

Lizzie schluckte ihre Angst hinunter. Was, wenn sie sich überschätzt hatte? Wenn Asriels Kräfte sie genau jetzt im Stich ließen? Aber nein, das war nicht möglich. Sie konnte die Elemente fühlen, jedes einzelne von ihnen. Diese Kräfte mochten alt sein, aber sie würden nicht von ihrer Seite weichen.

Sie waren um sie herum, waren in ihr. Lizzie schloss die Augen. Da war die Luft, die ihr zärtlich über die Haut strich, ihr zuflüsterte, was sie tun sollte und wozu sie fähig war. Erde unter ihren Füßen, bereit, sich jederzeit schützend vor sie zu stellen. Das Feuer in den Fackeln an den Wänden flammte auf, strebte zu ihr, fauchend wie ein Wildtier, das man vermeintlich gezähmt hatte. Der vertraute Geruch von Zimt stieg ihr in die Nase und löste sich von der Dunkelheit. Wärme stieg von dem roten Stein ihrer Kette auf.

Doch alles, was Lizzie brauchte, befand sich direkt hinter ihr. Es war, als wäre das Wasser in ihr, ein Teil ihres Selbst. Ihr ganzes Leben war mit diesem Element verbunden. Angefangen bei dem Fluss, in den sie als junges Mädchen gefallen war, bis hierhin, zu diesem Ort in einer fremden Welt. An einen Fluss mit Gaben, die für jemand anderen bestimmt waren.

Unwillkürlich musste sie lächeln. Immer wieder zog es sie zu diesem Element, als würde es sie rufen. Möglicherweise steckte mehr von Gabbs in ihr, als sie gedacht hatte.

Lizzie bewegte die Hände. Sie konnte den Fluss spüren, der sich mit ihr bewegte und sich aus seinem Bett erhob. Mit all den

Geschenken und Bittgesuchen, die sich in ihm befanden. Er folgte Lizzies wortlosem Ruf, der Bitte, die sie an ihn richtete. Bewegte sich mit ihr, als wären sie eine einzige Person, verbunden durch denselben Herzschlag, durch dasselbe Ziel. Sie konnte den Fluss fühlen, mit jeder Faser ihres Körpers, beruhigend und berauschend zugleich. Es war nicht wie damals, als Camael ihr beigebracht hatte, das Wasser zu rufen. Damals waren sie ungleiche Partner in einem Tanz gewesen, den Lizzie nicht verstanden hatte. Nun verstand sie.

Azrael wich ein Stück zurück. Er hob den Kopf, während sich das Wasser über ihr auftürmte, um sich zu einer Wand zu formen. Die Wassertropfen fielen um sie herum zu Boden, tropften auf ihre Haut und sickerten in den Erdboden.

Lizzie schwang ihre Hände. Sie führte den Fluss in einem rauschenden Wirbel um sich herum, schneller und immer schneller. Das Wasser schraubte sich weiter in die Höhe, ein Strudel aus tödlicher Kraft.

Der Himmelsherrscher griff auf das Feuer zurück, als hoffte er, so ihre Magie auszulöschen. Er warf ihr seine entgegen, größer und machtvoller als je zuvor.

Sie entließ den Fluss aus seinem Wirbel. Ruckartig führte sie ihn mit beiden Händen gegen Azrael. Das Wasser folgte ihrer Bewegung, stürzte sich tosend dem Himmelsherrscher entgegen.

Zwischen den Fluten erlosch Azraels Feuer zischend, als hätte es nie existiert. Unbeirrt raste der Fluss weiter, geradewegs auf ihren Gegner und seine erstarrten Krieger zu. Schützend riss er die Hand nach oben, wollte den Angriff abfangen, doch es war zu spät.

Der Fluss erfasste ihn, riss ihn fauchend von den Füßen und zog ihn mit sich fort. Er rauschte durch die engen Gassen der Rebellenstadt, brach sich an den Wänden wie ein wütender Drache. Bereit, alles zu zerstören, was eine Bedrohung für ihn oder die seinen darstellte. Er zog Azrael und die Wölfe mit sich, fort aus der Rebellenstadt.

Zitternd ließ Lizzie die Arme sinken, kappte die Verbindung zwischen sich und dem Fluss. Noch immer konnte sie dieses gewaltige Pulsieren in sich spüren, dennoch fühlte sie sich leer, ausgebrannt; wie nach Michaels Heilung, nur dass dieses Mal die dunkle Präsenz fehlte. Ihre Knie bebten, sie konnte sich kaum noch auf den Beinen halten. Aber das musste sie, sie durfte jetzt nicht die Besinnung verlieren. Sie musste zu Sam, musste ihn und Michael finden. Das Versprechen einlösen, das sie dem Feuerengel gegeben hatte.

Schwindel erfasste sie. Lizzie stolperte nach hinten. Sie verlor den Halt, als die Kopfschmerzen sie mit voller Wucht trafen. Rücklings fiel sie in die Überreste des Flusses, gab den Kampf gegen die Ohnmacht auf. Das Wasser, das sie gerade eben noch gerettet hatte, schlug nun über ihr zusammen und machte sie zu einem Teil von sich. Es holte sie nach Hause, in ein ruhiges und friedliches Heim. Einen Ort, an dem es keinen Verlust gab, keinen Krieg. Einen Ort, an dem niemand leiden musste.

Lizzie schloss die Augen. Sie hatte nicht mehr die Kraft, weiterzukämpfen. Sie war einfach nur müde, so unglaublich müde.

»Lizzie!«, brüllte Asriel in ihrem Kopf, während sie in die Tiefe sank.

4

AM FLUSSUFER

»Wach endlich auf!« Rhythmisch drückte Michael gegen Sams Brust, zählte in Gedanken mit. Er versuchte, das Wasser aus der Lunge des Jungen zu pressen. Doch der lag weiterhin reglos unter ihm. »Los jetzt!«

Um ihn herum zogen Rebellen Engel aus dem Fluss der Gaben und waren mit Wiederbelebungsversuchen beschäftigt. Die meisten waren von der plötzlichen Flutwelle überrascht und bis hierher gespült worden, mitten ins Nirgendwo. Aber immerhin waren sie aus der Stadt entkommen. Noch war von den Himmelswölfen nichts zu sehen, sicherlich würden sie nicht lange auf sich warten lassen.

Michael fluchte, hörte mit seinen Bemühungen jedoch nicht auf. So leicht würde er den Dämon nicht davonkommen lassen. Immerhin hatte er Lizzie versprochen, dass er sich um diesen Idioten kümmern würde, dass er auf ihn aufpasste. Sie hätte sich alles von ihm wünschen können, aber wie immer war es ihr nur um Sam gegangen. Dieses Versprechen konnte also unmöglich hier schon enden, das durfte es nicht. Es war der einzige Weg, seine Schuld bei Lizzie zu begleichen. »Sam!«

Hustend kam dieser wieder zu sich und bäumte sich auf. Er würgte das Flusswasser hervor, das den Weg in seine Lunge gefunden hatte. Er warf sich auf die Seite, sein Körper bebte von Kopf bis Fuß. Heftig zog er die Luft ein, die ihm verwehrt gewesen war.

* * *

Seine Lungen brannten vor Schmerz, doch sein Herz blieb stumm. Es war ihm egal, dass er dem Fluss beinahe zum Opfer gefallen oder durch die Schatten fast vernichtet worden wäre. Er fühlte sich leer, verlassen und konnte nur an Lizzie denken. An ihre Hände, die sein Gesicht berührt hatten, den trostlosen Blick in ihren Augen und wie sie sich abgewandt hatte.

Tropfnass richtete Sam sich auf. Lizzie war fort, sie war ohne ihn gegangen. Es gab nichts, was er dagegen tun konnte. Außer, denjenigen zur Rechenschaft zu ziehen, der dafür verantwortlich war. Wut wallte in ihm auf und vernebelte seine Sinne. Ohne Vorwarnung stürzte Sam sich auf den Erzengel und riss ihn mit einem zornigen Brüllen zu Boden. »Du!« Dieser Engel war an allem schuld, wieso hatte er Lizzie nicht von diesem wahnsinnigen Plan abgehalten? Er hätte sie aufhalten müssen!

Michael fiel flach nach hinten, schlug mit dem Rücken auf dem Boden auf. »Was zur Hölle soll das denn?« Er packte Sam an den Schultern und rollte sich mit ihm herum.

»Es ist deine Schuld!«, fauchte Sam. Um ihn herum bäumten sich die Schatten auf, aber es war ihm egal, sollten sie ihn doch in die Finsternis ziehen. Es gab nichts mehr, was ihn hier hielt. »Du hast sie zurückgelassen!« Mit voller Wucht stieß er dem Engel das Knie in den Magen und Michael krümmte sich ächzend zusammen. Sam rappelte sich hastig auf, als Michael von ihm fiel. Doch der Engel ließ ihn mit einem gezielten Tritt gegen sein Knie erneut zu Boden stürzen.

»Komm zu dir!«, befahl Michael harsch, während er schwer atmend auf die Beine kam. Er funkelte ihn wütend an. »Hast du jetzt vollends den Verstand verloren?«

Sam sprang auf. Sein Herz raste, pulsierte gemeinsam mit der Dunkelheit, die seine Augen und Sinne vernebelte. Die Schatten erhoben sich drohend und ließen die Rebellen um sie herum ängstlich zurückweichen.

»Du hast sie Azrael überlassen!«, fuhr Sam den Engel an und ballte die Fäuste. Zornig funkelnd stand er Michael gegenüber. Wenn der Erzengel Lizzie nicht geholfen hätte, dann hätte er, Sam, dieses Fiasko vermeiden können. Michael hätte Lizzie aufhalten und sie zur Vernunft bringen können. Sie hatte ihm vertraut, ihn als Freund bezeichnet. Es musste Michael viel Kraft gekostet haben, dieses Schauspiel die ganze Zeit aufrechtzuerhalten. Dabei hatte Sam gewusst, dass man dem Engel nicht trauen konnte. Er hatte Lizzie vor ihm gewarnt. Sie könnte noch hier sein, wenn sie auf ihn gehört hätte. Michael hatte zu lange unter Azrael gelebt, niemand wusste, was er alles unter dem Befehl seines Vaters getan hatte. Doch für diesen Verrat an Lizzie würde Sam ihn zur Rechenschaft ziehen. Sollten die Rebellen ruhig sehen, was geschah, wenn man sich zwischen ihn und Lizzie stellte.

»Es war Lizzies Entscheidung, nicht meine!«, sagte Michael, als hätte er seine Gedanken gelesen. Michael stellte sich Sam gegenüber und schien sich nicht um die Schatten zu kümmern.

»Du hättest sie davon abhalten müssen!«

»Denkst du denn, das ist mir leichtgefallen?« Der Erzengel ballte die Fäuste. »Lizzie gehen zu lassen, war eine der schwersten Entscheidungen, die ich jemals treffen musste! Wenn es nach mir ginge, würde ich sofort losgehen und sie suchen, aber sie hat mich darum gebeten, es nicht zu tun!«

»Wahrscheinlich war das von Anfang an dein Plan«, fauchte Sam und ging auf Michael zu. Die Schatten bewegten sich mit ihm in Richtung des Erzengels. Michael war genauso ein Verräter wie Nakariel und er hatte genug von Verrat.

»Nie wieder!« Der Erzengel schien zu explodieren. Michaels Flügel brachen hervor, bäumten sich auf. Weißer als Schnee reflektierten sie das Sonnenlicht, ließen Umstehende geblendet zurückfahren. Sie vertrieben Sams Schatten und rissen ihn von den Füßen.

Der Kronprinz des Himmels richtete sich zu seiner vollen Größe auf. »Wage es nie wieder, meine Freundschaft zu Lizzie infrage zu stellen!«, donnerte seine Stimme über den Himmel, sie forderte Respekt und Ehrfurcht ein.

»Das ...«

»Genug!« Dieses eine Wort war mächtig genug, um Sam innehalten zu lassen.

»Es reicht.«

* * *

Michael holte tief Luft. Seine weißen Flügel klappten zusammen, bevor er die Kontrolle über sich verlor. Atemzug für Atemzug versuchte er, sich wieder zu beruhigen, entspannte langsam seine zitternden Fäuste. Es brachte niemandem etwas, wenn er sich so aufregte, schon gar nicht Lizzie.

»Ich will nicht mit dir kämpfen, Sam«, sagte er leise. Etwas, von dem er gedacht hatte, dass er es niemals zu einem Dämon sagen würde. Schon gar nicht zu dem Nachfolger seines Bruders.

Sam schüttelte den Kopf. »Ich kann das nicht«, flüsterte er. Der Dämon war kalkbleich im Gesicht, kniend sah er auf den schlammigen Boden unter sich, als könnte er dort die Antworten auf seine Fragen finden. Als könnte er so verstehen, wieso Lizzie allein gegen Azrael kämpfen wollte.

»Wie stellt sie sich das vor?« Der Dämon schien keine Antwort zu erwarten. Er kniete im Schlamm und ballte seine Hände zu Fäusten. »Ich kann sie fühlen, Michael. Was, wenn dies meine letzte Begegnung mit ihr war? Wenn diese Erinnerungen alles ist, was mir noch von ihr bleibt? Wie soll ich ohne sie den Weg zurück finden? Ich brauche sie.«

»Dann finde sie!«

»Aber wie? Sie ist wieder unerreichbar. Ich kann das nicht noch einmal durchstehen.«

Michael stieß einen Seufzer aus. Noch vor wenigen Tagen hätte er mit Sam und jedem anderen Dämon kurzen Prozess gemacht. Vermutlich sogar, ohne einen weiteren Gedanken darauf zu verschwenden, denn so war es bisher immer gewesen. Dämonen waren ihre Feinde.

Doch das war vor Lizzie gewesen.

Er betrachtete Sam. Der Junge war Luzifer in vielen Punkten sehr ähnlich, und doch waren sie grundverschieden. Sam wirkte völlig normal auf ihn, nicht wie die anderen Dämonen, die Michael kennengelernt hatte. Er wirkte nicht beseelt von dem Gedanken, den Dämonen zu neuer Macht zu verhelfen oder den Himmel zu stürzen. Sam wollte nicht kämpfen, vermutlich wollte er nicht einmal hier sein. Hätten andere Dämonen, oder gar Erben Luzifers, den

Weg in den Himmel gefunden, wären gewiss ganz andere Dinge geschehen.

Alles, was Sam offenbar wollte, war Lizzie. Sie war der Grund, aus dem er hier war. Er brauchte sie tatsächlich. Michael hatte gesehen, wie Sam in der Stadt beinahe den Schatten verfallen wäre. Es hätte nicht mehr viel gefehlt, um den letzten Schritt zu gehen. Es war Lizzie gewesen, die ihn davor bewahrt hatte. Als wäre sie Sams Anker, um ihn weiterhin in dieser Welt zu halten. Was würde geschehen, wenn diese Verbindung riss? Bereits jetzt wirkte Sam ohne sie verloren. Seine Wut war genauso schnell verschwunden, wie sie aufgekommen war.

Der Dämon fuhr sich mit den Fingern durch das nasse Haar und schüttelte den Kopf. »Ich war so nahe bei ihr«, flüsterte er, als könnte er Michaels Gedanken lesen. Sachte bewegte er die Fingerspitzen.

»Himmel, Sam! Jetzt komm mal wieder zurück auf den Boden der Tatsachen!« Michael rollte mit den Augen. Sam war sicherlich ein Dämon, den man nicht verärgern durfte. Ihm war klar, wie gefährlich dieser junge Mann war. Er hatte die Geschichten über ihn gehört, die Gerüchte unter den Himmelswölfen. Erzählungen über die zahllosen Krieger, die nicht von der Erde zurückgekehrt waren. Niemand machte zweimal den Fehler, sich mit dem Erben Luzifers anzulegen. In den letzten Jahren hatte Sam dafür gesorgt, dass die Reihen der Wölfe an Stärke verloren hatten.

Im Moment war Sam jedoch einfach nur jemand, der an seine Freundin dachte. Andere an Sams Stelle wären nicht so weit gekommen, aber auf der anderen Seite hätte auch sonst kaum jemand seine Seele gegeben. Was war das nur mit den beiden, was sie immer wieder zueinandertrieb?

Michael ging vor Sam in die Hocke. »Du darfst jetzt nicht aufgeben. Beim Kampf gegen Azrael kannst du Lizzie nicht helfen. Sie hat ihre Entscheidung bereits getroffen.« Dank der letzten Tage wusste Michael, dass niemand Lizzie von diesem Plan abbringen konnte. Sie würde alles tun, um ihn und Sam von dem Kampf gegen den Himmelsherrscher fernzuhalten. »Doch das bedeutet noch lange nicht, dass jetzt alle Hoffnung verloren ist.«

Sam lachte trocken auf. »Was bleibt uns denn jetzt noch, Michael? Wie du schon sagtest, sie hat ihre Wahl getroffen.« Er schüttelte den Kopf. »Ich verstehe es nicht.« Sam setzte sich hin, als hätte er nicht mehr die Kraft, sich aufrecht zu halten. »Wie konnte sie das tun? Ich habe ihr versprochen, sie zu finden. Ich habe sie gefunden! Wieso hat sie mich bei dieser Entscheidung außen vor gelassen?«

»Sie tat es deinetwegen.«

»Das ist doch Blödsinn! Dann hätte sie mit mir gehen müssen. Zusammen hätten wir einen Ausweg gefunden!«

»Und wohin hättet ihr gehen wollen?«, erkundigte Michael sich leise und sah den Dämon ernst an. »Seit du weißt, dass du kein Mensch bist, befindest du dich auf der Flucht. Fühlst dich hin- und hergerissen zwischen den Welten, ohne irgendwo wirklich reinzupassen. Du bist weder Mensch noch Dämon, sondern eine heimatlose Kreatur genau dazwischen. So geht es jedem von uns. Wir haben keinen Ort, an den wir gehen können. Azrael würde uns finden. Es gibt kein Versteck, in keiner der drei Welten, in dem ihr euch vor ihm schützen könntet.«

»Ich wollte nur mit ihr zusammen sein.« Sam stieß einen Seufzer aus. »Das war alles, was ich je wollte. Menschen, Engel, Dämonen – die sind mir völlig egal. Von mir aus können sie alle untergehen.«

»Lizzie scheint das ein wenig anders zu sehen. Deswegen hat sie sich gegen Azrael gestellt. Begreifst du das denn nicht? Sie will ebenfalls mit dir zusammen sein, aber ihr könnt niemals Frieden finden, solange Azrael lebt. Niemand kann das. Aber Lizzie ist in der Lage, das zu ändern.« Michael deutete das Flussufer entlang.

Die geretteten Engel dankten Asriel, sie knieten nieder und verbeugten sich zum Fluss hin. Sie ließen ihren Tränen freien Lauf, als wären sie endlich erhört worden. In ihren Augen war Asriel zurückgekehrt und sie würde ihnen die lang ersehnte Erlösung bringen.

Lizzie!, wollte Michael ihnen zurufen. *Ihr Name ist Lizzie, eure Rettung hat nichts mit Asriel zu tun!* Doch stattdessen schüttelte er den Kopf. »Das sind nur die Engel, die sie heute gerettet hat«, sagte er. »Wenn Lizzie wirklich das Siegel bricht, werden es noch viele weitere sein.«

»Sofern Asriel oder Azrael sie nicht vorher töten.«

»Ehrlich gesagt, bin ich mir da nicht so sicher.«

Sam sah ihn irritiert an. Michael zögerte, ihm gegenüber seine Beobachtungen auszusprechen. Oder die Befürchtung, die sich in den letzten Tagen in ihm aufgebaut hatte. Zumal die Rebellen um sie herum sie aufmerksam beobachteten. Doch Sam hatte ein Recht darauf, die Wahrheit zu erfahren. »Asriel kommt mir nicht wie die Frau vor, die sich damals angeblich gegen Azrael behauptet hat. Sie hat sich verändert.«

Sam schnaubte. »Asriel ist ohnehin völlig durchgeknallt.«

»Möglicherweise«, stimmte Michael ihm zu. Dieser Gedanke war ihm ebenfalls schon gekommen. »Es sah eine Zeit lang so aus, als würde Asriel die Kontrolle über Lizzie erlangen. Aber in den letzten Tagen ...« Er schüttelte den Kopf. Er konnte sich gut an das Blut erinnern, das Lizzie aus der Nase gelaufen war. Oder an ihren Zusammenbruch am Fluss. Nach außen hin schien sich ihr Zustand verbessert zu haben, aber er hatte es an den Schatten unter ihren Augen sehen können, an ihrem müden Blick: Asriel war noch immer da und mit ihr Michaels Furcht, dass Lizzies Zeit bald vorbei sein würde. Und das, noch ehe er sie richtig kennenlernen konnte. Sollte seine Zeit mit ihr wirklich nur so kurz gewesen sein? Sie wurde dahingerafft von einem himmlischen Wesen, das sich keinen Deut darum kümmerte, was um es herum geschah.

»Niemand weiß, was in Asriels krankem Hirn vor sich geht.« Sam zuckte mit den Schultern. »Sie verfolgt ihre eigenen Pläne, so viel ist klar. Mich beunruhigt nur, dass Lizzie in diese Pläne involviert ist. Ich denke jedenfalls nicht, dass es Asriel um die Rettung des Himmels geht.«

»Wichtig ist nur, dass es Lizzie gut geht.«

Noch konnte sie Asriel Widerstand bieten. Ihre Augen waren grün gewesen, als sie sich voneinander verabschiedet hatten. Michael warf einen nachdenklichen Blick auf den Fluss, als könnte er darin ein Lebenszeichen von ihr entdecken. Einen Hinweis darauf, dass sie es geschafft hatte. Asriel war ihm egal, sollte sie doch zurück in die Hölle fahren, aus der sie gekommen war. Aber von

Lizzie war weit und breit nichts zu sehen, trügerisch ruhig floss der Fluss der Gaben durch die Ebene.

»Du magst sie wirklich«, riss Sams Stimme ihn aus seinen Gedanken. »Was ist passiert? Ich dachte, du wärst Azrael treu ergeben.«

»Eine ganze Weile war ich das auch. Sein letzter Auftrag an mich lautete, sie zum Himmelsgericht zu begleiten.« Michael zuckte mit den Schultern. Wieso fiel es Sam so schwer, ihm seine Freundschaft zu Lizzie zu glauben? Es war schwierig, sie nicht zu mögen. Sie war dickköpfig, oft nervig und wie ihr Vater schrecklich naiv. Doch Lizzie hatte auch Raphaels Gutherzigkeit geerbt, Gabriels Entschlossenheit und Uriels Sanftmut. Wenn das Lächeln und ihre Offenheit von ihrer Mutter Elizabeth stammten, dann konnte Michael nachvollziehen, wieso Raphael, entgegen aller Regeln, eine Beziehung zu einem Menschen eingegangen war. »Lizzie ist alles an Familie, was ich noch habe«, erklärte Michael dem Dämon. »Und genau das ist sie auch in erster Linie für mich: Lizzie. Nicht Asriel oder das, was die Engel gerne in ihr sehen würden. Kein Engel, kein Mensch. Sondern meine Nichte und Freundin.« Michael hatte das, was er für Lizzie empfand, zum ersten Mal laut ausgesprochen. Es fühlte sich ungewohnt an, aber auch gut. Richtig. Ja, er und Lizzie waren Freunde geworden.

Sam holte tief Luft, nickte dann aber. Es schien ihm nach wie vor schwerzufallen, Michaels Worten Glauben zu schenken. »Ich mache mir ebenfalls Sorgen um sie.«

»Das Gefühl kenne ich gut.« Michael lächelte knapp. »Aber es hängt weniger mit der Sorge um den bevorstehenden Krieg zusammen, sondern viel eher mit ihrer Kraft. Ich muss dir nicht erklären, wie schwierig Kontrolle sein kann; nicht bei einer Macht wie deiner oder meiner. Lizzies Kraft scheint die unsere jedoch noch zu übersteigen.« Besonders dann, wenn man berücksichtigte, dass sie ihn von der Schwelle des Todes zurückgeholt hatte. Ganz zu schweigen davon, dass sie den Fluss der Gaben beschworen hatte. Er bezweifelte, dass Gabriel eine solche Magie gelungen wäre.

»Du denkst, Lizzie wird die Kontrolle verlieren?«

»Ich bin mir nicht sicher. Ehrlich gesagt, scheint Lizzie das ziemlich gut im Griff zu haben. Was genau der Punkt ist, der mich so irritiert. Wieso fällt ihr das so leicht? Ich kenne Engel, die ihr ganzes Leben dieser Kraft gewidmet haben, ohne jemals so weit wie sie gekommen zu sein. Selbst wir Erzengel haben lange gebraucht, um den Umgang mit diesen Kräften zu lernen.«

Sam zuckte mit den Schultern. »Lizzie ist schon früher anders an die Dinge herangegangen, als man erwarten würde. Vergiss nicht, dass sie sich plötzlich in einer Welt aus Engeln und Dämonen wiederfand, ganz zu schweigen von Azrael und dem Himmel. Dennoch ist sie nicht verrückt geworden.«

Michael nickte, dennoch war er nicht ganz überzeugt.

»Also schön, wie lautet der Plan?«

»Der Plan?« Michael blinzelte. »Habe ich was verpasst?«

»Ja, der Plan.« Sam stand auf und streckte die Glieder. »Wenn Lizzie das Siegel wirklich brechen will, dann muss sie zum Weltenbaum, richtig? Azrael wird nicht zulassen, dass sie ihn erreicht. Schon gar nicht nach der Niederlage, die er gerade erfahren hat.«

»Er wird auf sie warten«, stimmte Michael zu. Lizzie lief geradewegs in ihr Verderben.

»Dann haben wir nur wenige Möglichkeiten. Wir können Azrael aufhalten, wofür ich nach der heutigen Darbietung seiner Kräfte allerdings nur geringe Chancen sehe. Oder wir halten ihn lange genug zurück und lenken ihn ab, damit Lizzie es schaffen kann.«

Michael runzelte die Stirn. »Nicht nur Azrael wird bei Yggdrasil sein. Was Lizzie vorhin getan hat, war praktisch eine offene Kriegserklärung. Azrael wird sich auf einen Krieg einstellen, ob Lizzie nun allein kommt oder nicht. Aber er wird jeden einzelnen Himmelswolf dabei haben.«

»Keine sehr verlockende Aussicht.« Sam verzog das Gesicht. »Ein paar Krieger sind nicht das Problem, aber eine ganze Armee? Wir werden Hilfe brauchen.«

»Wer sollte denn so verrückt sein, gegen die Himmelswölfe zu kämpfen? Du weißt genau so gut wie ich, dass das Selbstmord wäre.«

»Für solche Aktionen sind wir praktisch prädestiniert«, meinte Idriel.

Als Michael ihre Stimme hörte, zuckte er zusammen und fuhr

herum. »Idriel?« Sein Herz schlug schneller, als wäre ihr Name das Signal dafür gewesen, nun auf sich aufmerksam zu machen. »Wie bist du hierhergekommen?« Dem Himmel sei Dank, dass sie diesen Angriff überlebt hatte.

»Das kann keine ernst gemeinte Frage gewesen sein.« Sie sah ihn irritiert an und er schlug sich gedanklich vor die Stirn. Doch sie lächelte, schüttelte den Kopf und wrang ihren roten Zopf aus. »Wo ist Lizzie?« Suchend sah sie sich um und warf die nassen Haare hinter sich. »Ich dachte, Camael hätte sie noch rechtzeitig erreicht.«

»Camael? Bist du dir sicher?« Michael trat einen Schritt auf sie zu. Das waren gute Neuigkeiten. Wenn Camael Lizzie begleitete, stiegen ihre Chancen beträchtlich.

»Habt ihr das nicht gesehen? Praktisch alle Augen waren auf Lizzie gerichtet! Ich kenne einige Wasserelementare, die nun ziemlich eifersüchtig sind.«

»Wir waren mehr mit Überleben beschäftigt«, warf Sam ein.

Idriel wandte sich zu ihm. »Du bist also Sam.« Es war keine Frage, sie schien die Antwort darauf bereits zu kennen. Sie musterte ihn. »Zumindest siehst du nicht schlecht aus.«

»Das tröstet mich.«

Sie musste lächeln. »Lizzie hat viel von dir erzählt. Ich habe mir einfach ein Bild von dir gemacht.«

»Herrje.« Nun schoss ihm doch die Röte ins Gesicht und Michael musste schmunzeln. Die geröteten Wangen machten Sam menschlicher, ließen den jungen Mann erkennen, der er eigentlich war.

Idriel winkte ab. »Mach dir keine Gedanken. Da war nichts bei, was dir unangenehm sein müsste.«

»Dann hat Lizzie die ganzen guten Geschichten wohl für sich behalten.« Sam erwiderte das Lächeln und reichte ihr die Hand. »Freut mich.«

»Gleichfalls. Du kannst mich Idriel nennen.« Sie schüttelte seine Hand, während Michael sie sprachlos beobachtete. Das hatte ihm gerade noch gefehlt, dass die beiden sich gut verstanden.

Sie wandte sich zu ihm um. »Lizzie will also wirklich gegen Azrael kämpfen?«

»Ja.« Seine Stimme klang ungewollt rau und seine Flügel waren geknickt. »Sieht ganz so aus.«

»Dann sollten wir das dem Rebellenrat sagen.« Nachdenklich runzelte sie die Stirn. »Das ist der Moment, auf den wir gewartet haben.«

»Wird der Rat uns überhaupt zuhören? Lizzie hat ihren Standpunkt beim letzten Mal ziemlich deutlich gemacht. Und der Rat war nicht begeistert.«

Idriel schnaubte. »Es spielt keine Rolle, was sie gesagt hat. Sie hat heute unter Beweis gestellt, dass sie kämpfen wird und das ändert die Dinge beträchtlich. Glaub mir, der Rat wird uns zuhören. Falls nicht, können wir ihm immer noch mit Sam drohen«, fügte sie lächelnd hinzu.

»Für so etwas bin ich stets zu haben«, bestätigte der Dämon.

»Also schön.« Michael stieß einen Seufzer aus. »Gehen wir den Rebellenrat suchen.«

5

ERINNERUNGEN UND GEHEIMNISSE

Lizzie kümmerte sich nicht um Asriels Schrei. Sie ließ sich weiter in die Tiefe sinken, während die Welt um sie herum immer dunkler wurde. Als die Erinnerungen des Engels über sie kamen, wehrte sie sich nicht.

Es war ein warmer Tag. Die Sonne brannte heiß auf ihrer Haut, als könnte sie diese schon allein durch ihre bloße Anwesenheit in Brand setzen. Sie stand am Ufer des Flusses, drei Männer vor ihr, deren Absichten ihnen klar ins Gesicht geschrieben standen.

»Bleibt weg!«, befahl Asriel und wich einen Schritt zurück. Doch die Männer lächelten nur stumm. Sie hatte nichts an sich, was auf die Typen einschüchternd wirken könnte. Nichts, was sie von ihrem Vorhaben abbringen könnte. Sie war nur ein Mensch.

Asriel ballte ihre Hände zu Fäusten, ging weiter zurück, bis sie den Rand des Ufers erreicht hatte. Der erste Mann streckte bereits einen Arm nach ihr aus.

»Das würde ich lassen«, meldete sich hinter den Männern jemand zu Wort, eine tiefe und befehlsgewohnte Stimme. Der Mann vor ihr erstarrte mitten in der Bewegung. Sie hob den Kopf und sah den Fremden, der vor einigen Tagen in ihr Dorf gekommen war. Mit vor der Brust verschränkten Armen blickte er die Männer an, seine grauen Augen blitzten wütend. Die Männer schienen zu spüren, dass sie ihn nicht herausfordern sollten und wichen einen Schritt zurück.

Azrael ging auf Asriel zu, als wäre es völlig selbstverständlich. Er trat zwischen den Männern hindurch, die stumm zurückwichen. Sie wandten sich ab, warfen ihr jedoch einen vielsagenden Blick zu. Sie zitterte am ganzen Leib. Das würde nicht ihre letzte Begegnung bleiben, sie würden wiederkommen. Dann, wenn niemand kam, um ihr zu helfen.

Mit ruhigem Schritt kam Azrael auf sie zu. Er blieb kurz vor ihr stehen, als wollte er eine unsichtbare Grenze nicht überschreiten. Stattdessen streckte er die Hand aus. »Du brauchst keine Angst zu haben«, erklärte er leise. Seine Augen, die vor wenigen Sekunden noch wie der Abgrund selbst gewirkt hatten, waren nun sanft. »Es ist nicht dein Schicksal, heute zu sterben.«

»Woher willst du das wissen?« Argwöhnisch sah sie ihn an. Sie wusste nichts über den Fremden. Wieso sollte er ihr helfen wollen? Die meisten hielten sich von ihm fern, sie spürten, dass er anders war.

»Weil ich hier bin.« Er lächelte offen und selbstsicher. Nichts Böses lag in diesem Lächeln. »Du bist nicht mehr allein. Ich kann dir zeigen, wie du dich verteidigen kannst.«

Sie zögerte. Was, wenn er sie nur in Sicherheit wiegen wollte? Andererseits hatte er ihr das Leben gerettet. Wenn er sie töten wollte, dann hätte er das schon längst tun können.

Vielleicht hatte er recht. Möglicherweise hatte das Schicksal nicht vorgesehen, dass sie an diesem Tag starb. Sie wusste nicht, ob es an seinem Lächeln oder an seinen Augen lag. Aber er hatte etwas an sich, was sie dazu brachte, ihm vertrauen zu wollen. Asriel holte tief Luft, dann nickte sie und legte ihre Hand in seine.

Die Erinnerung löste sich auf, während Lizzie weiter und weiter von dem Fluss der Gaben fortgezogen wurde.

»Du warst einst ein Mensch«, stellte sie überrascht fest. Asriel war nicht immer ein Engel gewesen. Irgendwann, vor sehr langer Zeit, war sie wie Lizzie ein Mensch gewesen.

Die Gedanken wirbelten durch ihren benebelten Kopf, drehten sich im Kreis. Immer weiter entfernte sie sich von der rettenden Oberfläche des Flusses. Wie hatte das passieren können? Wie hatte aus dem Menschen am Fluss ein Engel werden können, mit mehr Macht, als sich irgendjemand vorstellen konnte?

»Lizzie, du musst schwimmen! Tauch auf, sonst ertrinken wir beide!«

»Du hast mich belogen.« Lizzie schloss die Augen. Die ganze Zeit

hatte sie sich an den Gedanken geklammert, dass sie und Asriel sich nicht ähnelten. Dass sie zwei grundverschiedene Persönlichkeiten waren, ohne jegliche Gemeinsamkeiten. Aber was, wenn sie sich mehr ähnelten, als Lizzie wahrhaben wollte? Wenn es ihr Schicksal war, genauso zu werden wie der vermeintliche Engel? Sie liebten beide ein Wesen, das kein Mensch war. Verfügten über Kräfte wie keiner zuvor, getrieben von einem Ziel, einem Wunsch.

»Tauch auf, Lizzie! Lass uns später darüber reden und ich verspreche dir, dass ich dir alles erklären werde, was du wissen musst. Aber bitte, beweg dich endlich!«

»Nein.« Sie wollte nicht mehr kämpfen. Wollte nicht noch mehr Lügen und Geheimnisse in ihrem Leben. Wenn sie nun sterben würde, wäre alles vorbei. Hier im Himmel würde niemand einen Pakt mit Asriel eingehen, die Reihe würde mit ihr enden. Sie würde Asriel mit sich in den Tod reißen. Ihre Freunde und ihre Familie wären endlich sicher. Dann hätte auch Azrael keinen Grund mehr, sie zu jagen. Es könnte alles vorbei sein.

Doch kräftige Hände zogen Lizzie aus dem Wasser. Sie ließen nicht zu, dass sie dem Fluss der Gaben ihren Tribut zollte. Die Hände schoben sie zurück auf das rettende Ufer.

»Atme!«, grollte eine tiefe, raue Stimme. »Atme gefälligst!«

Lizzie gehorchte instinktiv. Tief sog sie die kostbare, verbrannt schmeckende Luft ein. Sie öffnete die Augen, als ihre Lunge zum Leben erwachte und nach dem Atem lechzte, der ihr verwehrt geblieben war. Lizzie sah blinzelnd auf, undeutlich erkannte sie Camaels Gestalt.

Der Schmerz hämmerte durch ihren Kopf, als Asriel mit aller Macht versuchte, mit ihr Kontakt aufzunehmen. Aber Lizzie wollte jetzt nicht mit ihr sprechen, sie konnte es nicht. Zitternd richtete sie sich auf, während ihr die Tränen stumm über das Gesicht liefen und sich mit dem Flusswasser vermischten.

»Schon gut, es ist alles gut.« Camael drückte sie an sich, hielt sie sicher auf dem trockenen Boden. »Ich bin da, ich hab dich.« Sanft umfingen seine kräftigen Arme sie.

Lizzie konnte nicht antworten. Sie hielt sich an den Schultern des Kriegers fest wie an einem Felsen. Ihr Herz pochte wild, sie konnte das Echo in ihrem gesamten Körper fühlen. Sie konnte kaum glauben, dass sie noch immer am Leben war, dass sie erneut überlebt hatte. Vielleicht wäre es besser gewesen, wenn dies nicht der Fall wäre. Camael hätte sie sterben lassen sollen. Gleichzeitig war sie froh, noch am Leben zu sein.

Leise schluchzte sie an seiner Schulter. Es war kein Traum gewesen. Sie wusste, dass Sam sie tatsächlich gefunden hatte. Er war hier, er war mit ihr im Himmel. Wenn sie jetzt starb, würde er das nicht verkraften. Um so ein Wagnis auf sich zu nehmen, die Grenze zum Himmel zu überschreiten, musste er den Verstand verloren haben. Dabei hätte sie an seiner Stelle genau dasselbe getan. Würde er je verstehen, warum sie ohne ihn weitergehen musste? Sie hoffte es. Hoffte darauf, dass sie eines Tages die Möglichkeit bekäme, es ihm zu erklären, von Angesicht zu Angesicht – als sie selbst.

Doch es hatte keinen Sinn, sie würde Asriel nicht loswerden. Im Leben wie im Tod schienen ihre Seelen miteinander verbunden zu sein. Erst wenn Asriel ihr Ziel erreicht haben würde, könnte sie Frieden finden.

»Was hast du jetzt vor?«, erkundigte sich Camael leise.

* * *

Unmerklich wiegte er sie in seinen Armen hin und her. Sie war so jung, so zerbrechlich. Trotz all der Macht, die sie in sich trug, war sie noch immer menschlich.

Sein Blick wanderte über die Zerstörung, die Azrael und seine Himmelswölfe hinterlassen hatten. Er und Lizzie waren die letzten Überlebenden, die sich noch in der Rebellenstadt aufhielten. Der Widerstand war fortgeschwemmt worden, die Straßen waren verlassen. Hier und da brannten noch vereinzelte Hütten, die vom Fluss der Gaben nicht mitgerissen worden waren. Doch alles lag in Trümmern, selbst der kleine Wald mit den Apfelbäumen. Die Rebellenstadt war völlig zerstört, sie würde nie wieder so sein wie früher. Nichts würde je wieder so sein. Wozu war Lizzie noch in der Lage, wenn sie wirklich jemandem Schaden zufügen wollte? Es war eine beängstigende Vorstellung, die ihm einen Schauer über den Rücken laufen ließ. Kontrollierte sie diese Kräfte noch, oder wurde sie bereits von ihnen kontrolliert? Camael hatte schon viel in seinem langen Leben gesehen. Angefangen bei den Kräften der Zwillinge bis hin zum Tod Uriels und dem Untergang der Hölle. Das alles war eindrucksvoll gewesen, gewaltig auf seine eigene Art. Aber es war eine andere Art von Magie, als die von Lizzie. Sie hatte nicht ausgesehen, als würde sie den Elementen Befehle erteilen, verhielt sich nicht so, wie er es ihr beigebracht hatte. Vielmehr wirkte es, als würde sie sich den Elementen hingeben.

Sie alle waren in dem Glauben aufgewachsen, dass ihr jeweiliges Element ihnen untergeben sei. Dass sie es nach ihrem Willen formen und lenken müssten, weil es sonst außer Kontrolle geriete. Nur, wenn sie diese Kräfte kontrollierten, hätten sie eine Chance zu überleben. Niemand außer Luzifer hatte sich je Gedanken darüber gemacht, dass es auch anders sein könnte. Lizzie hatte die Elemente um Hilfe gebeten und sie waren gekommen, jedes einzelne von ihnen. Sie hatten gemeinsam den Herrscher des Himmels fortgerissen, als wäre Azrael nur ein geringfügiges Hindernis. Was in diesem Augenblick auch tatsächlich der Fall gewesen war. Nur Lizzie war wichtig gewesen, die Verbindung zwischen ihr, den Elementen und etwas, was Camael noch nicht ganz begriff. Angeblich lag der Ursprung ihrer Kräfte hinter den Himmelstoren, abgeschirmt durch Azraels Siegel. Allerdings zweifelte Camael langsam daran. Denn was genau war dieser Ursprung, wenn Lizzie jetzt noch mit derartiger Kraft auf die Elemente zurückgreifen konnte? Was lag hinter den Toren, die Azrael so unbedingt verschlossen halten wollte? Wenn das Siegel brach, würden sich auch Lizzies Kräfte verändern. Camael war sich jedoch nicht sicher, ob das etwas Gutes war. Konnte ein einzelnes Wesen überhaupt so viel Macht in sich tragen, ohne daran zu zerbrechen? Was, wenn Lizzie, wie Azrael, immer mehr dem Wahnsinn verfallen würde?

»Ich weiß nicht, was ich jetzt machen soll.« Lizzies Stimme war leise, als sie sich von ihm löste.

Er erschrak über den leeren Ausdruck in ihren Augen, die Hoffnungslosigkeit dahinter. Das war nicht mehr das Mädchen, das er kannte. Etwas hatte sich verändert, Lizzie hatte sich verändert.

»Vermutlich werde ich mich auf den Weg zu den Himmelstoren machen.«

»Du hast es dir nicht gerade leichter gemacht. Azrael wird das nicht auf sich sitzen lassen, Lizzie. Du hast nicht nur ihn und seine Fähigkeiten infrage gestellt, sondern alles, was er verkörpert.« Niemand würde nach diesem Tag noch daran glauben, dass Azrael unbesiegbar war. Ohne sich wirklich darüber im Klaren zu sein, hatte Lizzie den Engeln neue Hoffnung gegeben. Die Geschichte eines Menschen, der den Himmelsherrscher in die Schranken gewiesen hatte, würde sich schon bald im ganzen Himmel verbreitet haben. Selbst diejenigen, die nie an Asriels Rückkehr geglaubt hatten, würden nun aus dem Schatten treten. Dabei war es nicht Asriel gewesen, die sie gerettet hatte, sondern Lizzie. Selbst aus der Entfernung hatte Camael sehen können, dass ihre Augen die ganze Zeit ihr gewohntes Grün beibehalten hatten. Irgendwie war es ihr gelungen, Asriel in sich unter Kontrolle zu halten. Doch würden die Engel ihr genauso folgen, wie sie Asriel gefolgt wären? Trotz allem war Lizzie in ihrem Kern noch menschlich und keine von ihnen.

»Azrael wird jeden verfügbaren Himmelswolf zum Weltenbaum schicken. Er weiß, was du vorhast. Wenn du nach Hause willst, musst du zuerst an ihm und seinen Wölfen vorbei.«

Sie schüttelte den Kopf, richtete sich ein wenig auf und verzog vor Schmerzen das Gesicht. Er stützte sie.

»Es geht nicht mehr nur darum, nach Hause zu kommen«, sagte sie. »Asriel wird nicht kommen. Es tut mir leid, aber sie ist nicht die Rettung, auf die du gehofft hast.« Sie atmete tief ein und aus. »Dennoch verfüge ich über ihre Kräfte und mit ihnen werde ich Azrael aufhalten.«

»Willst du das wirklich tun? Noch ist es nicht zu spät. Du kannst immer noch versuchen, in dein Leben zurückzukehren.« Der Gedanke, Lizzie in diesen Krieg zu schicken, erschreckte ihn bis ins Mark. Wer war er, dass er so etwas von ihr verlangen konnte? Wenn Michael hier wäre, würde er mit allen Mitteln versuchen, Lizzie von diesem Selbstmord abzuhalten. Denn nichts anderes hatte sie vor. Selbst mit Kräften, wie Asriel sie besaß, würde sie

Schwierigkeiten haben, Azrael standzuhalten. Er hatte ihr Jahrhunderte der Erfahrung voraus.

»Ich kann jetzt nicht aufhören. Und ich kann auch nicht zurück.« Sie zuckte mit den Schultern und reichte ihm die Hand, damit er ihr auf die Beine helfen konnte. »Wie kann ich nach allem, was ich gesehen habe, einfach gehen? Diese Probleme betreffen nicht mehr nur euch. Azrael war es, der mich in diesen Krieg hineingezogen hat. Nun muss er mit den Konsequenzen leben.«

»Dein Ansinnen in allen Ehren, aber das ist verrückt.« Camael schüttelte den Kopf. »Du wirst bei dem Versuch umkommen, Lizzie. Auf die eine oder andere Weise.« Sie war gefangen in einem Krieg aus Mächten, denen niemand standhalten konnte. Nicht einmal sie.

Lizzie biss sich auf die Lippe. »Wir wissen beide, dass ich ohnehin sterbe«, erwiderte sie leise und wich seinem Blick aus. »Was habe ich also noch groß zu verlieren?«

»Was ist mit Sam?« Wenn sie Michael und den Dämon wiederfänden, könnten sie Lizzie vielleicht wieder zur Vernunft bringen. Das, was sie vorhatte, war Wahnsinn. »Er wird dich brauchen, immerhin ist er nur deinetwegen hier.«

»Ich weiß.« Sie griff nach dem Anhänger ihrer Kette, schloss die Augen und hielt einen Augenblick inne. Dann drehte sie sich um und folgte dem, was vom Fluss der Gaben übrig war. »Er wird es verstehen. Eines Tages.«

Mit schmerzenden Knochen blieb Camael an ihrer Seite. »Bist du dir da sicher? Auf mich machte er nicht gerade einen sehr verständnisvollen Eindruck.«

Das brachte sie zum Lachen. »Sam ist wirklich nicht so schlimm, wie es den Anschein hat. Normalerweise hat er sich und seine Magie besser unter Kontrolle. In all den Jahren war dies das dritte Mal, dass er sich verloren hat.«

»Das erstaunt mich wirklich.« Er schüttelte den Kopf. Es war ein Wunder, dass jemand mit Sams Temperament überhaupt bis zum heutigen Tag überlebt hatte. Was hielt ihn davon ab, endgültig die Kontrolle zu verlieren?

»Du musst nicht mitkommen.« Sie sah ihn von der Seite an, verlangsamte jedoch nicht ihren Schritt. »Es ist meine Entscheidung, nicht deine. Du kannst noch immer gehen, irgendwo in die Berge vielleicht. Bring die in Sicherheit, die dir wichtig sind.«

»Das wird schwierig«, erwiderte er ruhig. »Mir sind nur zwei Personen wirklich wichtig. Eine davon ist auf der Erde; ohne Azrael oder dich werde ich Audriel also nicht wiedersehen. Sofern sie überhaupt noch auf mich wartet.« Würde sie ihn nach all diesen Jahrhunderten überhaupt wiedererkennen? »Und die andere Person legt sich vermutlich gerade mit dem Herrscher der Hölle an.«

»Ja, ich denke auch nicht, dass sie sich gut verstehen werden.« Lizzie seufzte.

»Dir ist doch klar, dass die beiden nun praktisch unbeaufsichtigt sind, oder? Sie könnten in alle möglichen Schwierigkeiten geraten.« Und auch in alle unmöglichen. Es fehlte nur noch, dass Idriel zu den beiden Männern stieß, dann wäre die Katastrophe perfekt. Die drei würden den ganzen Tag damit beschäftigt sein, sich gegenseitig umzubringen. Doch immerhin würde sie das von dem ablenken, was Lizzie bevorstand. »Es ist das erste Mal, dass ich nicht bei ihm bin«, fügte er nachdenklich hinzu. Zumindest das erste Mal in dem Wissen, dass der Erzengel seine Hilfe gut gebrauchen könnte.

Lizzie lächelte, während sie dem Fluss folgten. »Ich denke, dass Michael gut auf sich aufpassen kann. Und so oder so, Sam ist bei ihm. Zusammen werden sie schon klarkommen. Azrael wird ihnen vorerst ohnehin keine Aufmerksamkeit schenken.«

»Das befürchte ich auch. Ich fühle mich einfach nur nicht wohl dabei. Schreibe es dem Versprechen eines sentimentalen alten Mannes zu.«

»Welches Versprechen denn?«

Camael hob den Kopf, blickte den Fluss entlang. Noch immer wand er sich in Kurven durch die ehemalige Stadt, ruhig und trügerisch. »Luzifer gegenüber.« Er lächelte und dachte daran, wie sich der junge, schwarze Haarschopf und sein rothaariger Bruder verschwörerisch vor ihm niedergebeugt, ihm als Lehrer Respekt erwiesen hatten. Dabei würden sie es sein, die eines Tages den Himmel regierten, und er würde sich vor ihnen verbeugen müssen. Dank Gabriels Vision wusste jeder, dass einer der beiden den Himmel in eine bessere Zukunft führen würde. Alle hatten zu Luzifer aufgesehen, der mit seinen braunen Augen die Sanftheit selbst gewesen war. Er hatte sich um alle möglichen Tiere gekümmert, die heimatlos den Himmel bevölkerten, hatte sie wieder aufgepäppelt und in die Freiheit entlassen. Trotz seiner furchterregenden Kraft war nichts Düsteres an ihm gewesen, im Gegenteil. Ein regelrechtes Strahlen war von ihm ausgegangen, das jeden in seiner Nähe in den Bann gezogen hatte. Michael war nicht unbeliebt gewesen, aber er hatte stets im Schatten seines Bruders gestanden. Was er auch getan hatte, er war nicht an Luzifer und seinen Ruf herangekommen. Egal, wie sehr er sich angestrengt, wie viele Stunden er allein mit Camael trainiert hatte. Der Feuerengel hatte nicht die Leichtigkeit Luzifers, dessen tänzelnden Schritt oder federnde Bewegungen, dieses verwegene Schmunzeln in seinen Mundwinkeln. Dabei hatte sich Luzifer im Training oft zurückgehalten, er hatte kein Interesse daran gehabt, in irgendetwas besser als Michael zu sein. Das war etwas, was er einfach gekonnt hatte, es war ihm so leichtgefallen wie Atmen.

»Die zwei sind einst ein ziemlich gutes Team gewesen«, fügte Camael leise hinzu. »Jedem war klar, dass es Luzifer sein würde, der in Azraels Fußstapfen treten würde. Dennoch hatte er allen gegenüber klargemacht, dass er das nicht ohne Michael an seiner Seite tun würde. Dann kam der Tag, an dem Gabriels Vision Realität wurde.« Er sah Luzifer vor sich, mit seinen kurzen, schwarzen Haaren. Ganz in schwarz gekleidet, keine einzige Falte war zu sehen gewesen. Luzifer würde nach Asriel der erste Engel sein, der hinter die Tore blickte und er würde es mit all der Würde tun, zu der er fähig war. Camael hatte ihm viel Erfolg gewünscht, während Michael an seiner Seite gestanden hatte.

Aber Luzifer hatte nur schelmisch gegrinst. »Es ist das Paradies«, hatte er entgegnet. »Dahinter wird mich schon nicht der Untergang erwarten.«

Die beiden Wachen waren zur Seite getreten, sie hatten mit ihren Stäben zweimal fest auf den Boden geklopft. Auf dieses Signal hin hatten sich die schweren, in der Sonne schimmernden Himmelstore geöffnet. Licht war herausgebrochen, so gleißend hell, dass keiner einen Blick auf das hatte erhaschen können, was dahinter lag. Über die Schulter hinweg hatte Luzifer Camael noch einmal zugewunken. Dann hatten sich die Tore geschlossen und er war fort gewesen.

»Luzifer betrat das Paradies als junger Mann, der bereit war, seine Verpflichtungen gegenüber dem Himmel zu erfüllen«, sagte Camael und löste sich von seinen Erinnerungen. Es war das letzte Mal gewesen, dass er Luzifer lächeln gesehen hatte. »Als er aus dem Paradies zurückkam, war er eine völlig andere Person. Verstört, in sich gekehrt. Er wollte mit niemandem über das reden, was er gesehen hatte. Nicht einmal mit Michael.«

»Kein einziges Wort?«

»Nein.« Camael fuhr sich durch die Haare. »Was auch immer es war, was er dort gesehen hatte, er behielt es für sich. Aber es brachte ihn dazu, allem, was er liebte, den Rücken zuzuwenden. Aus dem Engel, auf dessen Schultern alle Erwartungen des Himmels gelegen hatten, wurde ein Dämon, der gegen genau das rebellierte. Viele Engel, die später als seine Höllenfürsten bekannt werden sollten, schlossen sich ihm an. Als uns bewusst wurde, dass er sich nicht länger an die Regeln halten würde, war es Michael, der ihn vertrieb. An diesem Tag wurde der Himmel in zwei Lager gespalten.« Das Unheil hatte seinen Lauf genommen. Bis heute verstand niemand, was geschehen war, und das würde auch immer so bleiben. Luzifer hatte das Geheimnis der Tore und seiner Entscheidungen mit ins Grab genommen.

»Bevor Luzifer ging, traf ich ihn«, sagte der Krieger leise. Das war etwas, was nicht einmal Michael wusste. Er hatte es für sich behalten, aber möglicherweise könnte dieses Wissen Lizzie davon abhalten, einen folgenschweren Fehler zu begehen. Was auch immer hinter den Toren liegen mochte, es hatte ein mächtiges Wesen wie Luzifer dazu gebracht, sein ganzes Leben auf den Kopf zu stellen. Ihr durfte nicht dasselbe passieren. Sie durfte nicht hinter die Tore blicken. »Ich ahnte, dass etwas in ihm vorging, immerhin kannte ich Luzifer schon, seit er laufen konnte. Also wollte ich ihn dazu bringen, sich mir anzuvertrauen. Ganz so, wie wir früher auch miteinander gesprochen hatten. Aber er tat es nicht. Stattdessen sah er mich an, als wäre er plötzlich der Lehrer und ich der Schüler. Es gab so vieles, was er mir in diesem Augenblick hätte sagen können. Bedeutende letzte Worte, die ihren Weg bis in die Schriften der Erde finden würden. Doch alles, was er wollte, waren zwei Dinge.« Er sah Lizzie ernst an. »Er wollte, dass ich bei Michael blieb. Und dass ich dafür sorgte, dass nie wieder jemand hinter die Tore gehen würde.«

Versprich es mir, hatte Luzifer ihn gebeten. Als hätte er gewusst, was sein Weggang für Michael und den Rest des Himmels bedeuten würde. *Michael wird dich brauchen, Camael. Du musst verhindern, dass er mir folgt, oder dass irgendjemand in meine Fußstapfen tritt. Bis zu dem Tag, an dem mein kleiner Bruder wahrlich zum Herrscher des Himmels wird. Bitte bleib bis dahin an seiner Seite.* Camael hatte ihm dieses Versprechen gegeben und bis zum heutigen Tag daran festgehalten. Es war Luzifers letzte Bitte gewesen. Nach seinem Fall hatte Camael seinen einstigen Schüler nie wieder gesehen.

»Luzifer war mächtig, Lizzie. Was du bei Sam gesehen hast, ist nur ein winziger Bruchteil der Kraft, über die Luzifer verfügte. Dennoch wollte er nicht, dass jemand das sah, was er gesehen hatte. Wenn jemand wie er sich davor fürchtete, ist es dann klug, seinem Rat zu trotzen?«

»Es ist die einzige Möglichkeit, wie ich Azrael aufhalten kann«, erwiderte sie leise. »Die Tore sind mir egal, ich muss nur das Siegel brechen. Dann kann jeder nach seinem freien Willen den Himmel verlassen und das Leben leben, das er sich wünscht.«

Sie hatten den Ausgang der Rebellenstadt erreicht. Die untergehende Sonne begrüßte sie, schon bald würde die Nacht hereinbrechen. Doch sie durften keine Rast einlegen, noch nicht. Lizzie musste weiter. Jeder Schritt würde sie näher ans Ende bringen. In der Ferne sah sie die Silhouette des Weltenbaums, dunkel ragte er am Horizont auf. Als wartete er nur darauf, dass sie ihn endlich erreichte.

»Dann bist du noch immer bereit, das Siegel zu brechen?« Camael zog die Augenbrauen in die Höhe. »Du wirst es mit sehr alter Magie zu tun bekommen. Älter noch als Blutmagie. Wenn du diesen Weg wirklich gehen willst, dann gibt es keinen Weg zurück.«

»Wegen Azraels Blut?« Lizzie ballte die Fäuste, als wäre dies etwas, woran sie nicht gern erinnert wurde.

»Nicht nur deswegen. Diese Art von Magie ist sehr mächtig, Lizzie. Es hat Azrael viel Kraft gekostet, dieses Siegel zu erschaffen, und selbst ihn hätte es damals beinahe umgebracht. Dabei ist er sehr erfahren in diesen Dingen. Vergiss nicht, dass er als Urengel über mehr Wissen verfügt, als wir uns vorstellen können.« Er blickte ihr ernst in die grünen Augen. »Du kannst nicht beides haben. Entweder zerstörst du das Siegel, oder du versuchst, ein Portal zu öffnen und gehst zurück auf die Erde. Für beides werden deine Kraft und deine Zeit nicht mehr ausreichen.« Sofern sie die Begegnung mit Azrael überhaupt überlebte.

»Du weißt, dass ich meine Entscheidung bereits getroffen habe«, erwiderte sie leise. »Glaub mir, ich will nach wie vor ein Leben mit Sam, mehr als alles andere. Aber in mein altes Leben kann ich nicht zurück. Ganz egal, wie sehr ich versuche, mir das einzureden.« Sie lächelte schwach. »Damit wir alle eine Chance auf eine Zukunft haben, muss das Ganze endlich aufhören. Dieser Krieg muss ein Ende haben und es kann nur mit Azrael enden. Selbst wenn ich ihn dafür töten muss.«

6

HEILUNG

Zitternd steckte Raphael den Schlüssel in das Schloss und drehte ihn herum.

»Nur Mut«, beruhigte Gabriel ihn leise. »Es ist niemand hier.« Sie sah sich aufmerksam um, doch weit und breit war niemand zu sehen. Weder Azrael, noch einer der Himmelswölfe.

»Genau das ist ja das Problem«, gab Raphael zurück. Die Tür schwang auf und gab den Blick in den Flur frei. Alles sah aus wie immer. Die Kommode mit der knarzenden Tür lehnte an der Wand, keines der Fotos stand schief oder war umgefallen, nicht eines fehlte. Die buddhistischen Gebetsfahnen wehten sanft im Hauch, der durch die geöffneten Türen zog, als wollten sie den Engel willkommen heißen. Nichts hatte sich verändert.

Dennoch war es nicht dasselbe. Selbst von hier aus konnte Raphael sehen, dass über allem eine leichte Staubschicht lag. Seit Tagen war er nicht mehr hier gewesen. Nicht, seit seine Tochter den Pakt mit Asriel eingegangen war. Es war, als wüsste selbst das Haus von den Dingen, die vorgefallen waren. Lizzies Abwesenheit war überall spürbar. Es erklang keine Musik, nirgendwo lachte jemand. Der Duft nach Lavendel war nur noch schwach wahrnehmbar.

Er sah hoch zur Treppe. Fast erwartete er, dass Lizzie sich über das Geländer beugen und ihn begrüßen würde, aber nichts geschah. Der Platz oben an der Treppe blieb leer.

Gabriel legte ihm von hinten eine Hand auf die Schulter. Raphael schluckte den Kloß in seinem Hals hinunter und nickte. Es half nichts. Sie waren aus einem bestimmten Grund hier.

»Wir müssen in mein Zimmer.«

Seine Schwester nickte.

Gemeinsam betraten sie das Haus und gingen auf die Treppe zu. Die alten Stufen hatten schon geknarzt, seit er Elizabeth kennengelernt hatte. Doch an diesem Tag schien das Holz die Stille mit seinen Lauten vollständig ausfüllen zu wollen. Jeder einzelne Schritt versetzte ihm einen Stich. So sollte das nicht sein. Zumindest eines seiner Kinder hätte hier sein müssen. Es war alles anders gekommen, und nichts davon war richtig. Wieso nur hatte er sie nicht beschützen können? War er in den letzten Jahren zu nachlässig geworden, zu unaufmerksam gegenüber möglichen Gefahren?

»Was geht dir durch den Kopf?« Seine Schwester stand direkt hinter ihm.

»Ob ich es hätte verhindern können.«

»Das mit Lizzie? Wie denn?« Sie betraten den Flur und wandten sich nach rechts. »Woher hättest du wissen sollen, dass Azrael auf die Erde kommen und sie entführen würde? Oder dass sie auf Asriel treffen und ihre Seele für Sam geben würde?«

Vor der Tür zu seinem Schlafzimmer drehte er sich zu ihr um. »Du hast es gewusst. Die ganzen Jahre hast du mich vor Sam gewarnt. Wenn ich auf dich gehört und die beiden voneinander getrennt hätte, dann …«

»Raphael, das ist Blödsinn.« Ihr Blick war sanft. »Du warst das Beste, was diesem Jungen passieren konnte. Ohne dich und Lizzie wäre Sam niemals so weit gekommen. Du hast das Richtige getan, indem du nicht auf mich gehört hast.«

Er runzelte die Stirn. »Woher der Sinneswandel?« Kopfschüttelnd wandte er sich um und betrat sein Zimmer. Diese Worte waren für Gabriel völlig untypisch. Immer wieder hatte sie ihn für verrückt erklärt und gesagt, dass es gefährlich sei, einen Dämon aufzunehmen.

Gabriel folgte ihm und sah sich um. Er folgte ihrem Blick. Im Gegensatz zu Lizzies Zimmer war seines aufgeräumt, alles lag an Ort und Stelle. Selbst das Bett war gemacht. Während Raphael zum Kleiderschrank ging, stand Gabriel unschlüssig vor der Kommode. Sie nahm eines der Bilder in die Hand und schien es nachdenklich zu betrachten.

Es war eines der ersten Bilder, die von Sam aufgenommen worden waren. Zu diesem Zeitpunkt war er noch nicht lange bei ihnen gewesen, kaum einen Monat. Entsprechend ernst und gefasst sah er noch in die Kamera, als wüsste er nach wie vor nicht, ob er zu ihnen gehörte. Lizzie saß auf dem Bild neben ihm, sie hatte seine Hand gehalten, um ihm Mut zuzusprechen.

»Ich habe in den letzten Tagen viel über Sam gesagt«, erklärte Gabriel leise. »Im Nachhinein denke ich, dass ich vor allem Angst hatte. Nicht nur wegen der Vision. Wir wussten von Anfang an, wer er war. Was er war, welche Kräfte er besaß. Wir haben beide bemerkt, wie er und Lizzie sich ansahen.« Sie zuckte andeutungsweise mit den Schultern. »Vermutlich habe ich mir einfach ein anderes Leben für meine Nichte gewünscht. Eines mit einem netten jungen Mann, der nicht zulassen würde, dass ihr etwas geschieht. Jemanden, mit dem sie ihr Glück finden würde. Es ist nach wie vor ein verstörender Gedanke, dass sie all das ausgerechnet mit Sam gefunden haben soll.«

»Er ist kein schlechter Mann«, lenkte Raphael ein.

»Nein, aber nur dank dir.« Gabriel stellte das Bild zurück. »Du hast ihn wie einen Sohn an deiner Seite aufgezogen. Was wäre geschehen, wenn du das nicht getan hättest? Wenn Sam nicht auf dem Krankenhausdach gegen die Wölfe gekämpft hätte? Vielleicht wäre es dann um Lizzie bereits geschehen gewesen.« Mit einem Seufzer ließ sie sich auf sein Bett sinken.

»Machst du dir Sorgen, dass er es nicht rechtzeitig zu ihr schafft?«

»Natürlich. Sam war immer da. Ich war es gewohnt, dass er stets an ihre Seite eilte, wenn Lizzie ihn brauchte. Ganz egal, ob er irgendwo als Luzifers Erbe gebraucht wurde oder nicht. Da vergisst man leicht, dass er trotz allem genauso jung wie Lizzie ist. Kaum alt genug, um ernsthaft als erwachsen bezeichnet werden zu können.«

»Das sind sie aber beide und zwar schon lange.« Er setzte sich an ihre Seite. »Besonders Sam ist viel zu erwachsen für sein Alter.« Das war der Junge schon gewesen, als er ihm das erste Mal begegnet war.

»Wieso habe ich dann solche Angst?« Gabriel sah auf ihre Hände. »Zum ersten Mal frage ich mich, ob es ihm gut geht. Sam sagte mal zu mir, Lizzie sei sein Anker für diese Welt. Nur durch sie verliert er nicht die Kontrolle und das glaube ich ihm auch. Aber was, wenn er diesen Anker nicht mehr hat?«

»Du solltest dir wirklich nicht so viele Gedanken machen.« Er griff nach ihrer Hand. In den letzten Tagen war so viel geschehen, dass er kaum Zeit gehabt hatte, sich mit Gabriel zu unterhalten. Ihm war nicht aufgefallen, dass sie ihre eigenen Sorgen und Nöte hatte. Auch sie hatte viel Zeit mit seinen Kindern verbracht, für sie gehörten Sam und Lizzie gleichermaßen zur Familie. »Sie werden zurückkommen, Gabbs. Alle beide. Gemeinsam werden sie einen Weg finden.«

»Sie fehlen mir.«

»Ich weiß.« Raphael schluckte den Kloß in seinem Hals hinunter. »Mir fehlen sie auch.«

Sie blieben sitzen, jeder in seine eigenen Gedanken versunken, aber vereint in ihrem Schweigen. Sie hatten die Welt der Engel und Dämonen vor langer Zeit hinter sich gelassen. Wer hätte ahnen können, dass seine Kinder eines Tages dafür bezahlen würden?

Es war Gabriel, die schließlich den Kopf schüttelte und aufstand. »Na los. Es hat keinen Sinn, weiter Trübsal zu blasen. Uns bleibt nicht mehr viel Zeit.«

Er musste lachen. »Du meinst, du willst zurück zu Zack.«

Sie verzog das Gesicht. »Sehr lustig. Außerdem denke ich, dass er genug von mir hat.«

»Wie kommst du denn auf den Gedanken?« Das war nun wirklich abwegig. Kein Mann, den er kannte, würde jemals seiner Schwester überdrüssig werden. Schon gar nicht Zack. Er hatte gesehen, wie der Dämon aufblühte, sobald seine Schwester den Raum betrat. Ihre Blicke suchten einander, wie Magnete wurden sie voneinander angezogen.

»Er geht mir aus dem Weg.«

»Vielleicht wirkst du einschüchternd auf ihn.«

Seine Schwester stieß ein Schnauben aus. »Über diesen Punkt waren wir eigentlich hinaus. Lass uns da einfach nicht mehr drüber reden. Wir sind wegen deines Bogens hier, schon vergessen?«

»Schön wäre es.« Raphael sah zu seinem Kleiderschrank. Er

reichte fast bis unter die Decke und hatte einst Elizabeth gehört. Die wiederum hatte ihn von ihrer Mutter geerbt. Er war eines der wenigen Dinge, die Raphael von Elizabeth geblieben waren. Damals hatte es sich richtig angefühlt, seinen Bogen diesem alten Familienerbstück anzuvertrauen. Allerdings hatte er auch nicht damit gerechnet, dass er seinen Bogen jemals wieder benötigen würde.

Seine Finger zitterten, als er auf dem Schrank nach dem Bogen tastete. Als sich seine Hand um das alte Eibenholz schloss, durchfuhr ihn ein Schauer. Wie konnte sich etwas so vertraut anfühlen, so richtig, obwohl er wusste, dass es falsch war?

Vorsichtig zog er den Bogen herunter. Das Holz fühlte sich fast schon warm an, lebendig. Die Haare an seinen Armen stellten sich auf, während sich die Luft im Raum bewegte. Er hörte das Echo des Bogens, einen lange verloren geglaubten Ruf.

»Ich weiß nicht, ob ich das kann«, flüsterte Raphael. Zweifelnd sah er seine Schwester an.

Sie ging einen Schritt auf ihn zu und berührte seine Hand. »Natürlich kannst du das«, erwiderte sie sanft. »Der Bogen und der Wind gehören zu dir. Du darfst sie nicht länger leugnen.«

»Und das Versprechen?«

»Du hast Elizabeth versprochen, dass du Lizzie beschützt. Wie soll dir das anders gelingen, als dafür zu sorgen, dass sie diesen Krieg überlebt? Sam wird deine Hilfe brauchen. Wir alle werden das.«

Er atmete tief ein. Einem Teil von ihm widerstrebte es, ihr zuzustimmen. Er hatte nicht vergessen, was sein Bogen anrichten konnte. Noch heute quälte ihn manchmal die Narbe, die sich quer über seine Brust zog. Dennoch hatte Gabriel recht. Lizzie und Sam hatten einen Krieg ausgelöst und er würde ihn beenden. Nur so könnte er seine Kinder nach Hause bringen.

* * *

Gabriel lehnte sich zurück und stieß einen Seufzer aus. Sie saß auf dem Dach und sah den Kämpfenden unter sich zu. Erneut trainierten die Engel, mit Waffen und Magie. Sie taten alles, um sich auf das Unvermeidliche vorzubereiten. Raphael ging zwischen ihnen hindurch, jederzeit bereit, Verletzte zu heilen.

Aber das war es nicht, worum ihre Gedanken in diesem Moment kreisten. Alles sah ganz normal aus, Zack grüßte sie, wenn sie aneinander vorbeigingen, lächelte ihr zu. Dennoch hatte sie das Gefühl, dass er ihr aus dem Weg ging. Da war etwas in seinem Blick, das sie nicht zuordnen konnte. Es war nicht mehr dasselbe Lächeln wie zuvor. Sie schienen sich seltener zu begegnen und wann immer sie nach ihm suchte, um mit ihm zu reden, war er mit Aufgaben beschäftigt.

Sie fand es gut, dass Zack langsam mehr Zugang zu den Engeln fand, sie schienen ihm zu vertrauen und er schien seine Ängste bewältigen zu können. Außerdem war es nun nicht mehr länger nur Raphaels Aufgabe, die Engel zu heilen, wenn diese sich beim Training verletzten. Immer mehr Engel baten auch Zack um Hilfe. Besonders mit Audriel schien Zack oft zusammen zu sein. In letzter Zeit sah Gabriel häufiger, wie die beiden in Gespräche verstrickt nebeneinander saßen – so dicht, dass Gabriel sich nicht traute, sie zu stören. Natürlich fragte sie sich, worüber die beiden reden mochten. Dass sie überhaupt darüber nachdachte, machte sie wahnsinnig. Es entsprach nicht ihrer Art, so viel über jemand anderen nachzudenken, schon gar nicht über einen Dämon.

Doch selbst jetzt versetzte es ihr einen Stich, als sie sah, wie Zack Audriel trainierte. Der Engel wirbelte so schnell auf dem Absatz herum, dass er mit der Umgebung zu verschwimmen schien. Doch Audriels Knöchel knickte ein und sie wäre beinahe zu Boden gestürzt. Zack fing sie gerade noch rechtzeitig auf, Audriel fiel gegen seine Arme. Er lachte, half ihr dabei, sich wieder aufzurichten und legte eine Hand auf ihre Schulter.

Gabriel wandte den Blick ab. Sie mochte Audriel und sie war dankbar für ihre Unterstützung, dennoch wünschte sie sich den Engel gerade ans andere Ende der Welt. Mühsam schluckte sie den Kloß in ihrem Hals hinunter.

»Ich dachte mir schon, dass du hier oben steckst.« Lyrael setzte sich neben sie, ließ die Beine über den Rand baumeln und blickte ebenfalls auf die Kämpfenden hinunter. »Am Teich warst du jedenfalls nicht. Beobachtest du wieder diesen Dämon?«

Sie schnaubte. »Solltest du nicht lieber unten sein und die Engel trainieren? Sie können jede Hilfe gebrauchen.« Besonders Audriel schien ein privates Training vorzuziehen.

Das brachte Lyrael zum Lachen. »Immer noch so streitlustig wie früher«, stellte er fest und beugte sich ein wenig vor. Die Herbstsonne ließ seine Haare golden erscheinen, während der Wind sanft in ihnen spielte. Es war lange her, seit sie ihn das letzte Mal gesehen hatte, aber Lyrael schien sich nicht sehr verändert zu haben. Noch immer war er ein Kämpfer, allerdings nicht mehr im Dienst des Himmels.

Er sah Gabriel an, als könnte er ihren Blick spüren. »Du musst ihn wirklich sehr mögen«, meinte er. »Ich kann mich nicht daran erinnern, dass du dich schon einmal so verhalten hast.«

»Du lässt nicht locker, oder?«

»Nein.« Lyrael lächelte. »Denk dran, wir sind immer noch verlobt.« Sie schlug nach ihm, aber er fing ihren Schlag ab. »Vorsichtig, sonst fall ich noch!«

»Wäre vielleicht nicht das Schlechteste.« Sie verdrehte die Augen. »Ich dachte, das mit der Verlobung hätten wir vor langer Zeit geklärt.«

»Wenn du mir mehr über diesen Mann erzählst, erinnere ich mich möglicherweise wieder daran.«

Sie lehnte sich an ihn und seufzte. »Ja, ich mag ihn. Zufrieden?« Es ging Lyrael gar nichts an, wie sie zu Zack stand. Doch sie war sich sicher, dass er das anders sah.

Sanft gab er ihr einen Kuss auf das Haar. »Er ist ein Dämon, nicht wahr?«

»Spielt das eine Rolle?«

»Das kommt ganz darauf an, was du vorhast. Seit wann bist du ihnen so zugetan?«

»Das bin ich nicht«, widersprach Gabriel leise. »Aber Lizzie hat meine Sicht auf die Dinge etwas geändert. Ich denke einfach nicht, dass man die Dämonen alle über einen Kamm scheren sollte. Zack war der Erste, der an unserer Seite stand. Das kann man von dem Engelsrat nicht gerade behaupten. Sie haben sogar die Himmelswölfe zu uns geschickt und ihn dabei beinahe getötet.«

»Er scheint ein netter Kerl zu sein und er kann gut kämpfen.« Lyrael wies nach unten, wo Zack noch immer mit Audriel trainierte. Er stand hinter dem Engel, zeigte ihr, wie man die Arme bewegen musste, um einen Schlag abzuwehren. Sein Gesicht war dicht neben dem von Audriel, er hätte ihr ins Ohr flüstern können.

»Langsam kann er ruhig mal mit jemand anderem trainieren«, murrte sie und löst sich von Lyrael. Audriel brauchte gar nicht so viel Training, sie war eine gute Kämpferin. Sonst hätte sie nicht bis zum heutigen Tag überleben können.

»Ist es wirklich so schlimm?« Lächelnd zog Lyrael die Augenbrauen in die Höhe. »Eifersucht wegen eines Dämons. Ich hätte nicht gedacht, dass ich so etwas jemals bei dir erleben würde.«

»Ich bin nicht eifersüchtig!«

»Natürlich bist du das, und das ist auch völlig in Ordnung.« Er duckte sich gewandt unter ihrem Schlag, wurde dann jedoch ernst. »Bist du dir denn sicher, dass er das wert ist?«

»Was soll das schon wieder heißen? Weil er ein Dämon ist?«

»Nein, das scheint dir egal zu sein und mir ebenfalls. Aber wir wissen beide, dass du sehr dickköpfig und störrisch sein kannst.« Lyrael zuckte mit den Schultern, lehnte sich zurück und schloss die Augen, als die Sonne direkt auf sein Gesicht fiel. Er sah blinzelnd zur Seite. »Kann er mit dir mithalten, Gabbs? Kann er dir standhalten? Nach seinen Narben zu urteilen, hat er schon viel in seinem Leben einstecken müssen.«

»Ja, das hat er.« Sie spannte ihre Muskeln an. Gabriel wusste, dass Zack noch immer Albträume hatte. Vermutlich würde er nie vergessen, wie er den Himmelswölfen nur knapp entkommen war. Sie wünschte sich, dass sie ihm zumindest den Schmerz dieser Erinnerung nehmen könnte, dass es irgendetwas gab, was es ihm leichter machen würde. »Er ist anders als die anderen Dämonen«, fügte sie leise hinzu. »Zack ist stärker, als es den Anschein hat.«

»Das nehme ich an. Sonst würden wir nicht hier oben sitzen und über ihn sprechen. Weiß er denn, wie du zu ihm stehst?«

»Keine Ahnung.« Unsicher sah sie ihren Freund an. »Es gab Andeutungen, den einen oder anderen Moment, aber …«

»Aber nichts Konkretes«, führte er ihren Satz zu Ende und nickte. »Das ist typisch für dich. Du kannst in die Zukunft sehen, du hast einen direkten Draht zum Schicksal. Aber wenn es um dich geht, zögerst du, die Initiative zu ergreifen.«

»Was soll ich denn machen? Soll ich mich ihm aufdrängen?« Sie schnaubte. »Wenn er das anders sieht als ich, hat er noch ein Trauma, das er überwinden muss. Zack hat nicht gerade großes Vertrauen zu den Engeln.«

»Zu einigen schon, wie es aussieht.«

»Was willst du eigentlich hier?« Wütend sah sie ihn an. »Willst du mich mit deinem Gerede in den Wahnsinn treiben? Geh lieber runter und sorg dafür, dass es weniger Verletzte gibt!« Vielleicht könnte Lyrael sogar mit Audriel trainieren, damit Zack sich anderen Engeln widmen konnte. Der Dämon sah erschöpft aus, sicherlich könnte er eine Pause gut gebrauchen.

»Ich mache mir Sorgen um dich«, entgegnete Lyrael leise, er schien von ihrer Wut unbeeindruckt zu sein. »Das habe ich immer getan und das werde ich auch in Zukunft tun. Du weißt doch, dass ich nur will, dass du glücklich bist?«

»Das … Ja.« Sie seufzte. »Tut mir leid.« Es war schwer, wütend auf Lyrael zu sein. Sie kannte ihn schon beinahe ihr ganzes Leben.

»Du musst dich nicht entschuldigen, Gabbs.« Er stupste sie mit der Schulter an. »Aber du solltest Zack nicht länger im Dunkeln tappen lassen. Ein klärendes Gespräch kann manchmal Wunder wirken.« Er zwinkerte ihr zu. »Wenn wir nicht miteinander gesprochen hätten, wären wir heute unglücklich verheiratet.«

»Bist du denn jetzt glücklich?« Sie blickte ihn an. »Hast du die Person gefunden, nach der du gesucht hast?«

»Nein, noch nicht.« Sein Blick schweifte in die Ferne. »Aber ich bin mir sicher, dass ich sie noch finden werde. Irgendwo dort draußen ist sie.«

»Ich hoffe, dass sich das Warten für dich lohnen wird.« Gabriel lächelte. Als sie damals erfahren hatte, dass ein Ehemann für sie ausgesucht worden war, war sie außer sich gewesen. Sie war davongestürmt, tagelang durch den Himmel gestreift. Um keinen Preis der Welt wäre sie zurückgegangen, sie hatte sich nicht diesen verrückten Regeln beugen wollen. Sie wollte selbst über ihr Leben bestimmen, wollte sich selbst einen Partner wählen. Es war Lyrael, der sie schließlich gefunden hatte, als sie halb verborgen hinter dem Wasserfall saß. Er hatte sich neben sie gesetzt, als wäre es völlig selbstverständlich. Als sie hörte, dass er der Auserwählte für sie war, hatte sie ihn angreifen wollen, aber er fing ihre Hände ab und hielt sie fest. »Lass uns darüber reden«, hatte er sie gebeten, ihr in die wütend blitzenden Augen gesehen. »Ich bin mir sicher, dass wir eine Lösung finden werden.« Das war nicht während dieses Gespräches geschehen, aber im Laufe der darauffolgenden Wochen. Wider Erwarten hatten sie sich gut verstanden, waren Freunde geworden. Wann immer Gabriel ein Problem hatte oder in Schwierigkeiten steckte, hatte sie auf ihn bauen können. Jedes Mal, wenn Lyrael im Auftrag des Himmels unterwegs war, machte sie sich Sorgen um ihn, aber es war keine romantische Sorge. Sondern die Art von Besorgnis, die man für jemanden empfand, den man wie einen Bruder liebte.

Lyrael ging es ähnlich. Sobald sie das festgestellt hatten, waren sie beide erleichtert gewesen. Sie mochten einander, aber keiner wollte den jeweils anderen heiraten. So einigten sie sich darauf, Freunde zu bleiben. Sie hatten sich aus den Augen verloren, als Gabriel mit Raphael auf die Erde geflohen war, doch selbst da hatte Lyrael sie gefunden und sie waren sporadisch in Kontakt geblieben. Natürlich hatte er von Lizzie gewusst, er war in Lachen ausgebrochen, als sie ihm erklärt hatte, dass sie nun Tante geworden war.

Gabriel riss sich von ihren Erinnerungen los. »Ich bin froh, dass du hier bist. Wir können jemanden mit Kampferfahrung sehr gut gebrauchen.«

»Vielleicht dringender, als ihr denkt.« Lyraels Stimme klang plötzlich alarmiert. Er stand auf und deutete nach unten. »Wir bekommen Besuch.«

Gabriel folgte seinem Blick, sie klammerte die Hände um die Brüstung.

Der Rat der Engel machte ihnen seine Aufwartung.

»Ich muss zu Zack«, flüsterte sie. Er war der einzige Dämon unter den Engeln und würde dem Rat sofort auffallen. Sie durfte nicht zulassen, dass ihm etwas geschah.

»Dann komm.« Lyrael griff nach ihr, zog sie auf seine Arme und sprang mit ihr vom Dach. Seine Flügel entfalteten sich und bremsten ihren Sturz. Gabriel klammerte sich an ihn, doch sie kamen sanft auf dem Boden auf.

Zack wandte seinen Blick vom Rebellenrat zu Gabriel, biss sich auf die Lippe. Ein verstörter Ausdruck huschte über sein Gesicht, als Lyrael Gabriel absetzte.

Sie sah zu Raphael, der genauso überrascht schien wie sie. Keiner von ihnen hatte damit gerechnet, dem Engelsrat wieder zu begegnen.

7

ALBTRÄUME DER ZUKUNFT

»Es tut mir leid«, erklärte Asriel, Lizzie schnaubte. Wieder einer dieser verrückten Träume. Dabei wollte sie gerade jetzt nicht mit dem Engel sprechen.

»Denkst du wirklich, dass das jetzt noch eine Rolle spielt?« Wütend verschränkte Lizzie die Arme vor der Brust und funkelte den Engel an.

»Was hätte es denn geändert, wenn ich es dir früher gesagt hätte?« Asriel stand auf und ging einen Schritt auf sie zu.

Lizzie wich zurück. »Halt dich fern von mir!«, fauchte sie. »Es hätte alles geändert, Asriel! Ich weiß nicht einmal, was ich dir überhaupt noch glauben soll! Ist irgendetwas von dem wahr, was du mir erzählt hast?« Diese Erinnerung stellte alles infrage, woran sie sich in den letzten Tagen geklammert hatte.

»Es ist alles wahr! Lizzie, das war doch bloß eine Kleinigkeit, ich ...«

»Eine Kleinigkeit? Dass du einmal ein Mensch gewesen bist, ist für dich eine Kleinigkeit?« Lizzie zitterte vor Anspannung, sie stand kurz davor, die Beherrschung zu verlieren. »Hör auf, mich anzulügen, Asriel.«

In ihrem Traum standen sie wieder unter dem Weltenbaum, doch dieses Mal hatte die blühende Umgebung rein gar nichts Tröstendes an sich.

»Sag mir nicht, dass dir die Parallelen nicht aufgefallen sind.« Sie sah den Engel vor sich an, der plötzlich schuldbewusst wirkte.

Kein Wunder, dass Asriel zwischendurch menschlich auf sie gewirkt hatte, denn das war sie gewesen. Trotz der Flügel war dieser Engel in seinem Kern auch nur ein Mensch.

»Wir sind beide als Menschen geboren worden«, erklärte sie langsam, vielleicht wäre Asriel dann in der Lage, ihre Wut zu verstehen. »Beide hätten wir an einem Fluss sterben sollen, aber wir wurden gerettet. Von einer Person, die ganz und gar nicht von dieser Welt stammt.« Für ihren Geschmack waren das zu viele Ähnlichkeiten. Worum ging es hier wirklich?

»Ich wollte nicht, dass du dir Sorgen machst.« Asriel ließ sich auf den Baumstamm sinken und strich sich die braunen Haare aus dem Gesicht. »So eine Situation wollte ich von Anfang an vermeiden.«

»Hast du mich deswegen ausgesucht? Wegen dieser Kleinigkeiten?« So leicht würde Lizzie sich nicht täuschen lassen, nicht dieses Mal.

»Du bist nicht wie ich.« Der Engel sah sie an, als könnte er ihre Gedanken erahnen. »Das darfst du dir niemals einreden, hörst du? Ja, unsere Geschichten ähneln sich und ja, in gewisser Hinsicht habe ich dich deswegen für den Pakt ausgewählt. Aber das bedeutet nicht, dass du genauso enden wirst wie ich.« Sie blickte Lizzie geradewegs in die Augen.

»Ich weiß, dass das nicht passieren wird. Im Gegensatz zu dir könnte ich niemals jemanden verraten, den ich liebe.« Nichts könnte sie dazu bringen, Sam so zu hintergehen, wie Asriel Azrael hintergangen hatte.

»Wer sagt dir, dass es ein Verrat war?« Asriel stand auf, sie wirkte plötzlich zornig. »Du weißt nichts über das, was damals vorgefallen ist!«

»Woher auch, wenn du diese Dinge ständig für dich behältst? Nicht einmal jetzt bist du in der Lage, mir die Wahrheit zu sagen! Alles, was ich weiß, ist, dass Azrael dich nicht loslassen kann. Selbst nach all diesen Jahrhunderten ist er noch immer auf der Suche nach dir.«

»So, wie Sam auf der Suche nach dir ist.«

Lizzie stieß ein Schnauben aus. »Das kannst du kaum miteinander vergleichen.«

»Woher willst du das wissen?«

»Ich habe genug in deinen Erinnerungen gesehen. Oder zumindest das, was du mir zeigen wolltest.« Vielsagend wies Lizzie um sie herum. »Das und dieser Ort hier sind alles, was ich von dir sehe, Asriel. Und es ist nur eine Illusion!«

»Du willst sehen, womit wir es zu tun haben?« Der Engel sah sie wütend an, aber Lizzie wich nicht zurück.

»Natürlich will ich das! Wie soll ich sonst …«

Asriel packte sie am Arm, es war ein schmerzhafter Griff und plötzlich veränderte sich die Umgebung. Sie standen in der Dunkelheit, die Welt um sie herum war zerstört. Schatten und Zerstörung waren überall, es gab nichts mehr, was so aussah wie zuvor.

Nur die Himmelstore.

Sie waren nicht mehr goldglänzend, sondern grau und noch furchteinflößender, als es bisher der Fall gewesen war. Verkümmert und schwarz hingen die Ranken an den Toren herab, die Löwenstatuen waren zerbrochen. Alles wirkte verbrannt, als wäre eine schwarze Flutwelle über das Land hergefallen. Aber das, worauf Lizzies Blick ruhte, war der Spalt.

Die Himmelstore waren geöffnet. Nicht weit, es waren nur wenige Zentimeter. Doch es reichte, damit Übelkeit in ihr aufstieg. Lizzie würgte und krümmte sich zusammen, sie wurde nur von Asriels Griff gehalten.

»Das ist es, weswegen wir hier sind«, erklärte der Engel grimmig. »Schau genau hin, Lizzie. Das ist es, womit wir es zu tun haben.«

Mühsam richtete sie sich auf und wich ein Stück zurück. »Was ist hier passiert? Was hat das alles verursacht?« Ihre Knie zitterten. All ihre Instinkte schrien ihr zu, diesen Ort so schnell wie möglich zu verlassen. Sie mussten fliehen, wenn sie überhaupt noch eine Chance haben wollten.

»Das ist nicht die Vergangenheit, sondern die Zukunft. Denn so wird es aussehen, wenn wir versagen.« Asriel deutete auf die Tore vor sich. »Dann wird das hier alles sein, was noch vom Himmel übrig bleibt. Oder vom Rest der Welt.«

»Aber …?«

»Ich muss nicht in die Zukunft schauen, damit ich weiß, was passieren wird. Ich habe gesehen, was bereits geschehen ist, ich war hinter den Toren. Glaub mir, wenn ich dir sage, dass du das nicht erleben willst.« Mit einer Handbewegung ließ Asriel die Szenerie verschwinden, wischte darüber wie über einen Spiegel. Sie ließ Lizzies Hand los und trat einen Schritt zurück. »Tut mir leid«, murmelte sie plötzlich geknickt. »Ich hätte dir das nicht zeigen dürfen.«

Zitternd ließ Lizzie sich auf den Boden sinken und zog die Knie an die Brust. Trotz der Sonnenstrahlen rieb sie sich fröstelnd über die Arme.

Asriel schien einen Moment zu zögern, dann ging sie vor ihr in die Hocke. »Noch ist es nicht zu spät. Wir können es aufhalten, aber das schaffe ich nur mit deiner Hilfe.«

»Was wird passieren, Asriel?« Lizzie hatte Mühe, zu atmen. Sie fühlte sich schwer, ihr war übel. Diese ganze Umgebung rund um den Weltenbaum kam ihr plötzlich falsch vor.

»Die Welt wird untergehen. Alles, was du kennst, und zwar sowohl die Erde als auch der Himmel. Die Hölle war nur der Anfang.« Der Engel streckte eine Hand aus und berührte Lizzie vorsichtig am Arm. »Das, was hinter den Toren liegt, muss um jeden Preis dahinter bleiben. Ich weiß, dass ich dich belogen habe und ich weiß, dass du deswegen wütend auf mich bist. Vermutlich zu Recht.« Sie zuckte mit den Schultern. »In den letzten Jahrtausenden hatte ich viel Zeit, die Menschen zu beobachten. Scheinbar habe ich verlernt, wie es ist, tatsächlich einer von ihnen zu sein. Ich kann nicht so leicht mit ihnen sprechen oder umgehen wie du.«

»So etwas verlernt man nicht«, murmelte Lizzie.

»Vielleicht kann ich es mit deiner Hilfe wiederfinden.« Der Engel lächelte und drückte sachte ihren Arm. »Aber dafür musst du mir vertrauen, so schwer es dir auch fallen mag. Zumindest so weit, dass wir den Weltenbaum erreichen.«

»Aber wir sind unterwegs, um das Siegel zu brechen.« Verständnislos sah Lizzie sie an. »Wenn wir das tun, werden sich die Tore öffnen.«

»Ich werde das Siegel nicht brechen.«

»Was?«

»Das war nie mein Ziel, Lizzie. Alles, was ich wollte, war zu Yggdrasil zu gelangen. Ich kann den Engeln nicht helfen, ich kann nicht gegen Azrael kämpfen oder ihn gar töten. Deswegen bin ich auch gar nicht hier. Ich bin hier, um das Siegel zu erneuern, um es zu verstärken.«

»Das ist ein Scherz.«

»Ich bin nicht zu Scherzen aufgelegt.«

»Aber ... was ist mit den Rebellen? Was ist mit Camael, mit Audriel?« Lizzie schüttelte den Kopf, sie versuchte, ihre Gedanken zu ordnen, aber sie stürzten wirr durcheinander. Nichts von alledem ergab einen Sinn. Langsam sollte sie sich an dieses Gefühl gewöhnt haben.

»Du kannst ihnen nicht helfen. Keiner von ihnen darf jemals wieder den Himmel verlassen.« Der Engel lächelte mitleidig, als wüsste er genau, was in Lizzie vorging. Dabei konnte diese es selbst nicht einmal in Worte fassen.

»Du hattest recht, Lizzie«, sagte Asriel plötzlich zu ihrer Überraschung und Lizzie sah hoch. »Damals hätten wir sterben sollen. Aber das sind wir nicht und nur deswegen sind wir jetzt hier.«

»Das ergibt alles keinen Sinn. Ich dachte, du wolltest mir jetzt die Wahrheit sagen, aber ich verstehe kein Wort!«

»Weil du es nicht wahrhaben willst. Das wollte ich damals auch nicht. Ich habe sehr lange gebraucht, bis ich die Dinge akzeptieren konnte.«

»Hör auf, Andeutungen ...«

»Im Grunde kennst du die Wahrheit schon. Ich weiß, dass du sie kennst, du hast sehr oft darüber nachgedacht. Du bist nur noch nicht bereit dafür. Deswegen kann ich es dir nicht sagen. Ich war auch nicht bereit. Nur deswegen habe ich den Verstand verloren.« Sie schüttelte den Kopf. »Ich kann nicht zulassen, dass dir das auch passiert.«

»So, wie es Luzifer passiert ist?«

Zu ihrem Erstaunen lächelte der Engel. »Um ehrlich zu sein, denke ich nicht, dass mein Sohn jemals den Verstand verloren hat. Ich denke, dass er die Dinge klarer gesehen hat als wir alle. Zu gern wüsste ich sein Geheimnis.« Sie richtete sich auf und hielt Lizzie eine Hand hin. »Du wirst die Wahrheit bald erfahren, ich verspreche es dir. Für den Moment musst du mir soweit Glauben schenken, dass wir zum Weltenbaum gelangen. Bitte.«

»Ich weiß nicht, ob ich das kann.« Camael und all die anderen dachten, dass sie den Himmel retten würde. Dabei sollte Lizzie genau das Gegenteil tun. Wie sollte sie ihnen erklären, dass keiner von ihnen jemals den Himmel verlassen konnte? Dass keiner der Engel in seine ursprüngliche Heimat zurückkehren konnte? Seiner Hoffnung zum Trotz würde Camael Audriel nie wiedersehen können. Wie konnte sie damit leben, die Ursache für seinen Schmerz zu sein? Schließlich wusste sie genau, wie es sich anfühlte, von der Person getrennt zu sein, die einem alles bedeutete.

Die viel wichtigere Frage war jedoch: Konnte sie Asriel trauen? Nach allem, was geschehen war? Der Engel hatte ihr so viel vorenthalten, so viele wichtige Dinge. Für sie waren das nicht nur Kleinigkeiten, ihr Leben hing davon ab.

»Du musst es versuchen«, bat Asriel sie leise. »Es ist wichtig, dass wir dem Ganzen ein Ende bereiten. Vielleicht hast du das, was Luzifer hatte, und ich nicht.«

»Den Hang zu wahnsinnigen Aktionen?«

»Nein. Jemanden, der ihm so viel bedeutete, dass er dafür den ganzen Himmel auf den Kopf stellte. Und jetzt solltest du gehen. Es ist Zeit für dich aufzuwachen. Ich bin mir sicher, dass Camael sich bereits Sorgen macht.«

»Und ich bin mir sicher, dass diese Sorgen berechtigt sind.«

»Vielleicht wäre es besser, wenn du ihm nichts von unserem Plan erzählst.«

»Seit wann ist das unser Plan?«

Asriel verbarg ihr Lächeln und Lizzie rollte mit den Augen. »Wirst du mich jetzt wieder einfach so aus diesem Traum rauswerfen?« Lizzie stieß einen Seufzer aus. Langsam hatte sie es satt, nach Asriels Regeln zu spielen.

»Nein, das könnte ich gar nicht. Es ist allein deine Entscheidung, was du tun wirst. Aber je eher wir uns wieder auf den Weg machen, desto schneller findet das alles ein Ende.«

»Ich hasse es, wenn du überzeugend klingst.«

* * *

Lizzie öffnete die Augen und Camael stieß einen erleichterten Seufzer aus. Er wusste nicht genau, wie lange sie geschlafen hatte, aber es war ihm endlos vorgekommen.

»Geht es dir gut?« Er wärmte seine Hände an dem Feuer. Sie sah noch immer erschöpft aus, ausgebrannt. In Anbetracht der letzten Tage war das allerdings auch kein Wunder. Manch einer der Rebellen hätte nach dieser Magie viele Tage am Stück geschlafen. Im Grund konnte er froh sein, dass sie zumindest ein paar Stunden hatte schlafen können. Dennoch sah sie alles andere als erholt aus.

»Ich habe schon besser geschlafen. Wir hätten uns eine Flasche von Idriels Schlaftrunk mitnehmen sollen.« Lizzie setzte sich aufrecht hin und zog die Knie an die Brust.

Camael konnte nicht den Finger darauf legen, aber etwas an ihr war anders. Was war in ihrem Traum passiert? Oder hatte es etwas mit Sam zu tun? Sie sah ins Feuer, als suchte sie darin nach Antworten.

Leise rauschte der Fluss der Gaben hinter ihnen und durchbrach die Stille der Nacht. Camael warf einen Blick zur Seite. Selbst in der Dunkelheit konnte er schwach die Umrisse des Weltenbaums ausmachen. Er war nicht mehr weit entfernt und doch hatte Camael das Gefühl, als würden sie ihr Ziel niemals erreichen. Jedes Mal, wenn er Lizzie ansah, schien weniger von ihr da zu sein. Nach einigen Minuten schüttelte sie den Kopf.

»Woran denkst du?«

»An Asriel.« Sie atmete tief ein. »Wusstest du, dass sie einst ein Mensch war?«

Er lehnte sich ein Stück zurück. »Ich habe so etwas vermutet, ja. Es gab Gerüchte, aber niemand wusste etwas Konkretes. Und keiner hätte sich getraut, Asriel selbst zu fragen. Viele dachten, dass sie einer der verschollenen Urengel sein könnte. Bist du dir denn sicher?«

»Es war eine ihrer Erinnerungen.«

Deswegen also dieser leicht verstörte Ausdruck in ihren Augen. »Ist diese Information denn wichtig für dich?«

»Sie beunruhigt mich eher.« Lizzie biss sich auf die Lippe, das Feuer vor ihr flackerte unruhig. »Seit dem Pakt frage ich mich nach dem Grund. Wieso hat sie mich ausgesucht? Warum war Azrael schon vorher hinter mir her? Je mehr ich in ihren Erinnerungen sehe, je mehr ich über sie erfahre, desto mehr Parallelen zwischen uns fallen mir auf.« Sie zuckte mit den Schultern. »Und das ist der Teil, der mir wirklich Angst macht. Nicht diese Kräfte oder diese fremde Welt, sondern die Tatsache, dass wir uns ähnlicher sind, als ich wahrhaben möchte.«

»Lizzie, ich kannte Asriel. Was auch immer du gesehen hast, es hat nur bedingt etwas mit dir zu tun.« Der Gedanke, dass die beiden mehr miteinander verbinden könnte als ihre ehemals menschliche Natur war absurd. »Ihr beide seid euch nicht ähnlich. Allein schon deswegen, weil sie niemals für irgendjemanden ein Risiko eingegangen wäre. Du hast doch gesehen, wie sie sich bei Michael oder in der Stadt der Rebellen verhielt. Es war ihr egal, was geschah. Das einzige Mal, als sie wirklich aktiv war, ging es um das Siegel. Und selbst das ist nichts, was ich in Stein meißeln würde.«

»Zweifelst du daran, dass sie Azrael aufhalten wollte?«

»Ich weiß nicht, was ich denken soll. Wir alle kennen nur die offizielle Version. Azrael erschuf das Siegel und Asriel starb bei dem Versuch, ihn aufzuhalten.« Er zuckte mit den Schultern. »Vergiss nicht, dass Asriel sich ihre gesamte Existenz über eher still verhalten hat. Wieso wurde sie dann damals urplötzlich so aktiv, fast schon kriegerisch? Das ergibt für mich bis heute keinen Sinn.«

Sie wich seinem Blick aus. »So etwas in der Art ist mir auch in den Sinn gekommen. Das Siegel und der Weltenbaum sind Dinge, über die Asriel nicht gerne spricht. Sie sagt immer nur, dass wir uns in Acht nehmen sollen. Dass es eine Bedrohung gäbe, die größer als Azrael sei.«

Er sah, wie sie zitterte, ein Schauer fuhr trotz des Feuers durch ihren Körper. Wenn er nur etwas tun könnte, um ihr diese Last zu nehmen.

Camael schüttelte den Kopf. »Das klingt ja so, als würde bald die Apokalypse über uns kommen.«

»Apokalypse? Das meinst du jetzt nicht ernst, oder?«

»Wäre das so abwegig?« Er musste lachen. »Tut mir leid, dir deine Illusionen zu nehmen, aber es gibt sie tatsächlich. Zumindest gibt es genügend Geschichten darüber. Die vier Reiter, die wilde Jagd, der Weltuntergang ... Ich bin etwas überrascht, dass du das nicht für möglich hältst. Besonders im Hinblick auf das, was du bereits von unserer Welt gesehen hast. Unter den Engeln sind die Geschichten darüber jedenfalls sehr präsent.«

»Auf der Erde wird das mehr wie ein Märchen betrachtet. Hier und da gab es ein paar Prophezeiungen, die ernst genommen wurden, aber es ist nie etwas Derartiges eingetroffen. Nicht einmal zur Jahrtausendwende.«

»Im Himmel ist das anders. Die Apokalypse ist Teil unserer Geschichte. Es heißt, dass die vier Reiter einst Urengel waren. Immer dann, wenn eine große Katastrophe geschieht, schiebt man das den Reitern zu.«

»Was genau hat es mit diesen Urengeln eigentlich auf sich? Ständig höre ich von ihnen, aber bisher weiß ich nicht genau, wer sie sind.«

»Sie sind wie die Reiter der Apokalypse Teil unserer Geschichte. Allerdings wurden sie zumindest schon im realen Leben gesehen.« Aufmerksam betrachtete er Lizzie. Er spürte, dass sie etwas vor ihm verbarg. Aber andererseits war das auch ihr gutes Recht. Sie kannte ihn kaum, keiner verpflichtete sie, ihm alle Geheimnisse anzuvertrauen. Wie sollte er Lizzie klarmachen, dass sie jederzeit mit ihm sprechen konnte, wenn sie etwas belastete? »Azrael ist einer dieser Urengel. Der letzte, wenn man es genau nimmt.«

»Davon habe ich schon gehört. Wie viele dieser Engel gab es denn?«

»Sieben, jedenfalls laut den Geschichten. Aber frag mich nicht nach ihren Namen, dafür liegen diese Ereignisse schon zu lange zurück. Und im Endeffekt sind die Namen auch nicht wichtig. Doch sie waren die ersten Engel, die den Himmel betraten. Angeblich kamen sie aus dem Paradies. Alles, was wir heute wissen und können, verdanken wir ihnen. Sie brachten das Wissen aus dem Paradies mit und bauten so den Himmel auf. Selbst das, was wir über Magie wissen, stammt von ihnen. Manche sagen, dass es die Urengel waren, die die Magie erst in unsere Welt gebracht haben.«

»Das klingt, als wären sie ziemlich eindrucksvoll gewesen. Hast du sie gekannt? Konnten sie, wie Azrael, jedes der Elemente beherrschen?«

Camael lachte. »Ich bin zwar alt, aber das war vor meiner Zeit.« Er schüttelte den Kopf. Für einen Menschen war es sicherlich schwierig, sich solche Zeitspannen vorzustellen. »Aber ja, es hieß, dass sie jedes der Elemente beherrschen konnten, abgesehen von der Dunkelheit. Diese Kraft zeigte sich erst mit Luzifers Geburt. Aufgrund ihrer Kräfte dachten deswegen auch viele Engel, dass Asriel einer der Urengel sein könnte. Ich habe diese Theorie jedoch nie so ganz glauben können.« Er horchte in die Nacht. Für einen Moment hatte er gedacht, etwas gehört zu haben, aber es herrschte Stille. »Fünf der sieben Urengel verschwanden, niemand weiß, was aus ihnen geworden ist. Außer Azrael wird sich niemand an sie erinnern können. Zurück blieben nur er und ein anderer Engel, der jedoch ebenfalls vor einigen Jahrhunderten verschollen ist. Es gibt Gerüchte, dass Azrael sie alle getötet hat, um keine Konkurrenz mehr zu haben. Die Rebellen haben viel Zeit damit verbracht, nach den anderen Urengeln zu suchen. Wer wäre besser geeignet, es mit Azrael aufzunehmen? Aber man fand nie eine Spur von ihnen.«

»Das ist grauenhaft.« Lizzie blinzelte, die Farbe wich ihr aus dem Gesicht. »Wenn das stimmt, dann bedeutet es, dass Azrael sechs wirklich sehr mächtige Personen aus dem Weg geschafft hat.«

»Darüber solltest du dir nicht so viele Gedanken machen.« Ihm war klar, dass Lizzie bei der Vorstellung daran Angst bekam. »Trotz allem hast du eine Chance.«

»Wie denn?«, brachte sie mühsam heraus. »Wie soll ich zu so etwas fähig sein?«

»Weil du etwas hast, was weder Asriel noch die Urengel hatten. Du hast einen Grund zu kämpfen, einen Grund zu überleben. Es ist derselbe Grund, der dich hierher geführt hat. Und ich bin mir sicher, dass er auch in diesem Moment noch nach dir sucht.«

Sie schüttelte den Kopf und wich seinem Blick aus. »Ich bin mir nicht sicher, ob mir das in diesem Fall weiterhelfen wird.«

»Hey.« Er griff nach ihrem Arm und drückte ihn beruhigend. »Was auch immer passieren wird, du wirst nicht wie Asriel enden.

Vertrau mir, Lizzie. Wir sind alle da und werden dir helfen.« Trotz ihrer äußerlich beherrschten Haltung konnte er sehen, dass sie um Fassung rang. »Versuch, noch ein wenig zu schlafen«, fügte er hinzu, er konnte die Besorgnis in seiner Stimme nicht ganz verbergen. »Noch ist es nicht Tag. Ich wecke dich, sobald die Sonne aufgeht.« Er war sich sicher, dass die Wölfe nicht weit hinter ihnen lagen. Sie mussten so früh wie möglich aufbrechen, damit sie den Weltenbaum rechtzeitig erreichten. Glücklicherweise mussten sie dafür nur dem Fluss der Gaben weiter folgen.

»Okay.« Sie schloss die Augen und lehnte sich zurück. Innerhalb von Sekunden schien der Schlaf sie übermannt zu haben und Camael seufzte. Im Licht des flackernden Feuers wirkte Lizzie viel jünger, als sie tatsächlich war. Würde sie das, was auf sie zukam, überhaupt ertragen können? Trotz allem, was bisher geschehen war, wirkte sie schmal, geradezu zerbrechlich. Als könnte der nächste Windhauch sie bereits mit sich nehmen, ganz zu schweigen von Azraels Magie. Was hatte Asriel sich dabei gedacht, einen Pakt mit diesem Kind einzugehen? Sie hätte einen Krieger wählen sollen, einen erfahrenen Kämpfer. Am besten jemanden, der obendrein in der Kunst hoher Magie geschult war. Irgendjemanden, der Aussicht auf Erfolg hatte.

Doch was, wenn genau das der Grund war? Wenn Asriel gar nicht hier war, um den Krieg zu gewinnen?

Nachdenklich setzte Camael sich auf. Das war ein Gedanke, der ihm ganz und gar nicht gefiel.

8

DIE ENTSCHEIDUNG DES REBELLENRATES

Sam sah zu, wie Michael seine Flügel zurückrief, während sie das matschige Flussufer entlangstapften. Vereinzelt flatterten Federn zu Boden. Auch Idriel sah dem Erzengel zu, dann wandte sie sich ab. Sam folgte ihr.

»Du kennst Lizzie?«, erkundigte er sich. Langsam sollte es ihn nicht mehr wundern, dass sie überall Bekanntschaften zu schließen schien. Wenn Lizzie Michael als Freund akzeptierte, schien ihre Vertrauensschwelle hier noch niedriger als auf der Erde zu liegen. Auf der anderen Seite schien der Erzengel sie ehrlich ins Herz geschlossen zu haben.

Kopfschüttelnd warf Sam diesen Gedanken von sich. Jetzt war nicht der richtige Zeitpunkt, um darüber nachzudenken. »Wie ist es Lizzie im Himmel ergangen?«

Bei ihrer letzten Begegnung war sie verletzt gewesen, hatte erschöpft gewirkt und der Verzweiflung nahe. Er hasste es, jetzt nicht bei ihr sein zu können. Immerhin war er nicht bis hierher gekommen, um sie diesen Kampf nun allein ausfechten zu lassen.

»Wie du kenne ich nur die Geschichten«, erwiderte Idriel. »Es war Michael, der sie zu mir brachte. Du solltest also lieber ihn fragen.« Sie wies auf den Feuerengel, der über Sams Anwesenheit plötzlich nicht mehr erfreut wirkte.

Er schien stattdessen angestrengt nach etwas oder jemandem Ausschau zu halten. Machte er sich noch immer Sorgen um Lizzie? Sam betrachtete den Engel. Jetzt, wo Azrael sie gefunden hatte, waren diese Sorgen sicherlich angebracht. Wie hatte der Himmelsherrscher sie in dieser Stadt gefunden?

»Ich muss ihn wohl tatsächlich fragen«, murmelte Sam. Insgeheim hatte er gehofft, dem Engel eine Weile aus dem Weg gehen zu können. Ein kleiner Teil von ihm fühlte sich schuldig, weil er Michael angegriffen hatte. Der Rest wollte jedoch wissen, was Lizzie alles erlebt hatte. Hatte sie viel unter Asriel leiden müssen? Wie war das gemeint, dass sie Azrael erneut begegnet war?

Missmutig ließ sich Sam zurückfallen, bis er mit dem Engel auf gleicher Höhe war. Wenn er mehr über Lizzie erfahren wollte, musste er sich wohl oder übel mit Michael abfinden. »Was hat es mit diesem Versprechen auf sich?«, erkundigte er sich.

Michael sah ihn verwirrt an, er schien nicht zu wissen, worauf Sam hinauswollte. »Wovon redest du?«

»Lizzie hat dir gegenüber ein Versprechen erwähnt. Es muss ein ziemlich interessantes gewesen sein, wenn du sie dafür zurücklassen konntest.«

»Glaub mir, ich habe nicht erwartet, dass sie es unter diesen Umständen einfordern würde«, erwiderte der Engel. »Ich dachte an etwas anderes. Aber wenn ich so meine Schuld bei ihr tilgen kann, dann sollte ich mich nicht beschweren.« Frustriert trat Michael einen Stein aus dem Weg. »Ich hoffe nur, dass Camael wirklich bei ihr ist.«

»Wieso stehst du überhaupt in ihrer Schuld?« Sam runzelte die Stirn. »Ich kann mir nicht vorstellen, dass Lizzie das genauso empfindet wie du. Immerhin scheinst du ihr geholfen zu haben, obwohl du mein Volk so sehr hasst.«

»Sie ist nicht verantwortlich für meine Wut auf euch. Im Gegenteil, vermutlich hast du es ihrem Einfluss zu verdanken, dass ich dich nicht umgebracht habe.« Er seufzte. »Lizzie hat mir das Leben gerettet, wenn du es genau wissen willst. Mehr als einmal und auf verschiedene Arten.« Der Erzengel stockte. »Faszinierenderweise hatte Asriel so etwas angedeutet«, fügte er nachdenklich hinzu. »Ich bin ihr am Flussufer begegnet und sie meinte, dass Lizzie mich retten würde. Ich frage mich, ob sie das damit gemeint hat.«

»Es ist beunruhigend, dass Asriel mit irgendetwas recht behalten soll.« Sam ballte die Hände. Er konnte sich noch zu gut an ihre Drohung erinnern, dass Lizzie zerbrechen würde. Er musste sie finden, bevor das geschehen konnte. »Aber ich kann das gut nachvollziehen. Ich weiß, wie es ist, von Lizzie gerettet zu werden.« Ein Stich fuhr ihm durch die Brust und erinnerte ihn schmerzhaft daran, dass sie nicht hier war. Hoffentlich hatte sie ihre Kette noch, dann bestand zumindest eine Chance, dass er sie wiederfinden konnte.

Sam deutete mit dem Kopf auf Michaels Hals, um den ein schwarzer Stein hing. »Dein Anhänger sieht meiner alten Kette ziemlich ähnlich«, stellte er fest. Technisch gesehen hatte er sogar zwei Varianten davon gehabt. Gabriels Kette war jedoch noch immer bei Linael. Wie es dem Engel jetzt wohl ging? Hatte sie es geschafft, aus der Höhle zu entkommen?

Michael sah auf, griff nach dem schwarzen Stein um seinen Hals. »Ich wusste doch, dass er mir bekannt vorkam. Lizzie trägt deinen Stein, nicht wahr?«

Sam nickte. »Das ist meine Art, ihr ein Versprechen zu geben.« Er fragte sich, ob er dieses Versprechen auch weiterhin würde halten können.

»Wissen die Höllenfürsten davon?« Fragend zog Michael eine Augenbraue in die Höhe. »Ich kann mir nicht vorstellen, dass sie sehr begeistert darüber sind.«

»Was geht die Fürsten mein Geschenk an Lizzie an?«

»Der Stein war für dich bestimmt gewesen. Er hat meinem Bruder gehört, wir alle haben unsere Ketten von Luzifer bekommen: Gabriel, Raphael, Uriel und ich. Eine behielt er für sich, mit einem blutroten Stein. Er sagte uns nie, was es damit auf sich hat. Nur, dass wir sie immer bei uns tragen sollen.«

»Trotz seiner Rebellion hast du die Kette behalten?«

»Luzifer ist mein Zwilling. Er ist immer noch Teil meiner Familie, ob ich nun mit seinen Handlungen einverstanden bin oder nicht. Er gehört dazu.«

»Langsam wird das unheimlich«, murmelte Sam. Es gefiel ihm nicht, dass er in vielen Punkten ähnlich wie Michael dachte. Immerhin war er mit Geschichten um den Erzengel aufgewachsen, mit der Vorstellung, dass Michael der Schrecken aller Dämonen sei. Dass er nur darauf wartete, jeden Nachfolger seines Bruders eigenhändig von dieser Welt zu tilgen.

»Falls ihr euch näher kommen wollt, um Geschichten über Lizzie auszutauschen, kann ich euch gerne allein lassen«, bot Idriel mit funkelnden Augen an.

Michael schoss die Röte ins Gesicht, rasch verstaute er den Stein seiner Kette wieder unter dem Hemd.

Sam dagegen lachte. Wie Lizzie trug Idriel ihr Herz auf der Zunge. Er konnte sich gut vorstellen, dass die beiden sich verstanden hatten. »Ich bleibe bei dem, was ich habe«, informierte er die Rebellin. »Trotzdem danke.«

Die Blicke der Rebellen, in denen eine Mischung aus Misstrauen und Schock lag, ruhten auf ihnen. Für die meisten schien es das erste Mal zu sein, dass sie einem Dämon begegneten, besonders in der Begleitung Michaels. Sam erwiderte ihre Blicke mit belustigtem Spott. Das also waren die Engel, die das Himmelsgericht gestürzt und derart viel Verwüstung hinterlassen hatten. Es war kaum denkbar, dass sie es tatsächlich mit Azrael aufnehmen wollten. Sie hatten rein gar nichts von einer Armee an sich, schon Azraels Besuch in ihrer Stadt hatte sie überrumpelt. Auf Sam wirkten sie mehr wie ein Haufen Kinder, der gerade aus einem Traum erwacht war. Nun suchten sie ihren Weg zurück in die Realität. Aber es würde ihnen nicht gefallen, was sie dort vorfinden würden. Spätestens dann nicht, wenn sie den Himmelswölfen begegneten.

Seine Gedanken wanderten zu Tychael. Seit dem Zusammentreffen mit den ausgestoßenen Engeln hatte er den Wolf nicht mehr gesehen. Er hoffte, dass es ihm gut ging. Tychael war der einzige Himmelswolf, dem er tatsächlich Dank schuldete. Ohne ihn wäre er vermutlich immer noch auf der Suche nach Lizzie und würde durch den Himmel irren.

»Das wird interessant«, bemerkte Idriel, sie sah Sam von der Seite an und riss ihn aus seinen Überlegungen. »Du scheinst mit der Aufmerksamkeit der Engel gut umgehen zu können. Dir ist doch klar, dass sie dich alle anstarren, oder?«

Er zuckte mit den Schultern. »Ich kann sie kaum davon abhalten.« Natürlich war ihm klar, was die Rebellen von ihm dachten, aber es interessierte ihn nicht.

»Du solltest dich lieber vorsehen«, meinte Michael. »Was Neuankömmlinge angeht, scheinen sie eher skeptisch zu reagieren.«

»Dafür habe ich mich bereits entschuldigt!« Idriel rollte mit den Augen. »Ich kann nichts dafür, dass sie dich gefangen nehmen wollten!«

Sam lachte leise. »Das dürfen sie gerne bei mir versuchen.« Er war sich sicher, dass die Umstehenden ihn hören konnten. Allerdings waren nicht alle Blicke auf ihn gerichtet, gut die Hälfte der Musterungen galten Michael. Für einen Augenblick hatten die Rebellen bei seinem Ausbruch am Fluss den tatsächlichen Erzengel gesehen. Denjenigen, der geboren worden war, um den Himmel zu regieren, den Kronprinzen des Himmels.

Michael sah jedoch nicht so aus, als wäre er sich dieser Erwartungen bewusst. Vielleicht interessierte es ihn auch nicht.

Stirnrunzelnd wandte sich Sam Idriel zu. »Wird meine Anwesenheit für den Rat denn ein Problem darstellen?« Er verspürte kein Bedürfnis, sich erneut in Schwierigkeiten zu bringen. Alles, was er wollte, war zu diesem verfluchten Baum zu gelangen. Sie konnten auf dem Weg dorthin keine Hindernisse gebrauchen. Im Gegensatz zu Lizzie war Sam jedenfalls nicht bereit, sein Leben für die Engel oder den Himmel aufs Spiel zu setzen. Seinetwegen konnten sie alle untergehen. Für ihn hatte nur Lizzie Bedeutung.

»Ganz im Gegenteil«, äußerte Idriel ihre Vermutung. »Lizzies Geschichte ist jedem hier im Himmel bekannt. Sie wollen sicher die Person kennenlernen, die diese Kettenreaktion in Gang gesetzt hat. Den Dämon, mit dem alles seinen Anfang nahm.«

»Bitte sag mir, dass sie das nicht wirklich als Kettenreaktion bezeichnen.«

Idriel schmunzelte. »Frag den Rat. Dort vorn ist er.« Sie deutete das Flussufer entlang, an dem drei Engel in einem Halbkreis zusammenstanden. »Der Jüngste ist Makariel, Soniel ist die Frau. Und der, der sich gerade die Kleidung auswringt, heißt Gariel.«

Als Sam mit den beiden Engeln näher kam, sah Gariel auf. »Du bewegst dich in interessanter Gesellschaft, Idriel«, meinte er nach einer kurzen Musterung. Ihm schien klar zu sein, wer oder was Sam war.

Idriel schob Sam an den Schultern nach vorn, obwohl er sich gegen ihren Griff sträubte. »Das ist Sam«, stellte sie ihn vor.

»Dann bist du Lizzies Dämon.« Soniel neigte den Kopf. Als Sam ein Schnauben ausstieß, runzelte sie die Stirn.

»Ich bin niemandes Dämon«, widersprach er. »Lizzie und ich gehören zusammen, so einfach ist das.« Und doch war es viel komplizierter, als dass er es einem Außenstehenden erklären könnte. Wer würde ihm auch glauben?

Er wurde von oben bis unten ausgiebig gemustert, was er mit Ungeduld über sich ergehen ließ. Schon auf der Erde hatte er diese Art von Politik gehasst. Dieses zeitraubende Prozedere, bei dem sich jeder bewusst war, dass es nur eine Fassade war. Im Endeffekt wurde nur geredet, nicht gehandelt. Das war das einzig Gute, wenn man der unangefochtene Herrscher der Hölle war: Man musste gar nicht erst versuchen, diplomatisch zu sein, auch wenn Zack oder die Fürsten das in manchen Punkten anders sahen. Aber Sam tat, was getan werden musste, dafür brauchte er keine Politik.

»Ganz ruhig«, bat Idriel leise, sie schien seine Stimmung zu spüren. »Es bringt nichts, wenn du den Rat zur Eile drängst. Die Rebellen sind gerade erst aus ihrer Stadt vertrieben worden.«

»Dafür haben wir keine Zeit«, gab Sam ebenso leise zurück und schüttelte ihre Hand von seiner Schulter.

»Das ist jedem bewusst«, lenkte sie ein und warf einen Blick zum Rat, der geduldig auf sie zu warten schien. »Sie wissen, was Lizzie getan hat. Inzwischen weiß es vermutlich schon der gesamte Himmel. Doch sie müssen erst wissen, ob sie dir vertrauen können. Egal, ob Lizzie ihre Seele für dich gab oder nicht.«

»Ich wünschte, man würde sie nicht immer auf diesen Pakt reduzieren.« Er wirkte genervt. »Lizzie hatte sicherlich nicht vor, uns damit derart zur Attraktion zu machen.« Viel eher war dies das Letzte, woran sie damals gedacht hatte.

»Nutzen wir es lieber für uns«, schlug Michael an seiner Seite vor, nickte zu dem schweigenden Rat, der sie noch immer aufmerksam betrachtete. »Mir gefällt es auch nicht, aber wir brauchen ihre Hilfe. Vielleicht solltest du besser reden, Idriel.«

»Schüchtern?«, erkundigte sie sich belustigt. Sie zog eine Augenbraue in die Höhe, aber bevor der Erzengel antworten konnte, wandte sie sich dem Rat zu. »Ihr wisst, weswegen wir hier sind und ihr wisst, was nun auf uns zukommen wird.«

Gariel nickte. »Sicher, wir haben es gesehen. Was Lizzie getan hat, war eine beeindruckende Leistung. Nicht viele Engel sind in der Lage, Azrael zu vertreiben.«

»Sie hat ihn nicht nur vertrieben, sondern ihm den Krieg erklärt. Lizzie hat nicht mehr vor, wegzulaufen und sich durch den Himmel jagen zu lassen. Sie wird angreifen, und sie wird kämpfen.«

»Ich bin mir nicht sicher, ob das stimmt.« Soniel zuckte andeutungsweise mit den Schultern. »Als wir Lizzie das letzte Mal sahen, sagte sie, dass das nicht ihr Krieg sei und dass sie nichts mit Asriel zu tun habe.«

»Diesen Punkt hat sie sogar ziemlich deutlich gemacht«, stimmte Makariel zu.

»Das spielt nur bedingt eine Rolle.« Michael verschränkte die Arme vor der Brust. »Sie ist keine Schachfigur, die ihr nach Belieben einsetzen könnt. Lizzie und Asriel sind nicht gleich, das hat sie euch gegenüber bereits unter Beweis gestellt. Was braucht ihr noch? Asriel wird keinen Finger rühren, um euch zu helfen, aber Lizzie schon!«

»Woher willst du das wissen?«

»Ich kenne sie. Ich habe gesehen, was sie getan hat. Was sie durchgemacht hat, um an diesen Punkt zu kommen. Sie wird sich nicht unterkriegen lassen. Nicht einmal von Azrael.«

Sam nickte. Wie es aussah, war in den letzten Tagen einiges geschehen.

Soniel trat einen Schritt nach vorn, unterbrach Makariel, bevor dieser etwas sagen konnte. »Was verlangt ihr nun von uns, Michael? Geht es euch um Anerkennung?«

Lediglich Michaels Hand auf seiner Schulter bewahrte Sam davor, den Rat anzugreifen. Er war es nicht gewohnt, sich derart still zu verhalten oder auf die Gunst anderer zu vertrauen. Doch nicht einmal er und Michael konnten allein gegen Azraels Armee kämpfen. Wenn Lizzie den Himmelsherrscher wirklich aufhalten wollte, brauchte sie jede Hilfe, die möglich war.

»Sie braucht keine Anerkennung, sondern Hilfe«, schaltete Idriel sich ein. »Ohne uns wird sie keine Chance gegen Azrael haben. Wir müssen an ihrer Seite kämpfen!«

»Kämpfen?« Gariel zog fragend eine Augenbraue in die Höhe. »Das ist kein Kampf, das ist ein Selbstmordkommando, Idriel. Du kannst nicht verlangen, dass wir uns dem anschließen. Auf so etwas sind wir nicht vorbereitet.«

»Nicht vorbereitet?« Sam trat vor und schüttelte Michaels warnende Hand ab. Er hatte sich das jetzt lange genug angehört. »Wir befinden uns seit Jahrhunderten im Krieg und nun wollt ihr mir erzählen, dass ihr nicht darauf vorbereitet seid?«

»Du hältst dich aus dieser Diskussion besser raus!«, fuhr Makariel ihn an. »Was hast du hier überhaupt zu suchen?«

»Sam gehört zu uns.« Michael stellte sich an Sams Seite. »Wer das infrage stellt, darf sich gerne an mich wenden.«

»Ich brauche deine Hilfe nicht«, schnaubte Sam. »Mit diesem Rat werde ich auch allein fertig.« Drei einfache Engel stellten kein Hindernis für ihn dar.

»Das bezweifele ich auch nicht«, gab der Erzengel ungerührt zurück. »Aber bis die Rebellen einen neuen Rat gebildet haben, um diesen hier zu ersetzen, wird einiges an Zeit vergehen. Und wir haben keine Zeit.«

Der Rat wirkte sichtlich irritiert, er schien sich nicht sicher zu sein, ob dies eine Drohung war. Unruhig sahen sich die Mitglieder an.

»Es liegt an euch«, ergriff Idriel das Wort. »Entweder ihr steht auf Lizzies Seite oder auf Azraels. Es gibt nichts, was dazwischen liegt.«

»Du zwingst uns eine Wahl auf, die keine ist.« Dennoch sah Gariel die Rebellin mit einem Blick an, der beinahe an Respekt grenzte.

Sie zuckte mit den Schultern. »Es wird nur noch diesen Krieg geben«, rief sie dem Rat in Erinnerung. »Ich für meinen Teil werde an Lizzies Seite kämpfen.«

»Ich ebenfalls«, meldete sich eine Stimme hinter ihnen und Sam wandte überrascht den Kopf. Unmerklich waren die Rebellen näher gekommen und hatten einen Ring um sie gebildet. »Ohne dieses Mädchen wären wir nicht mehr am Leben«, fügte der Rebell hinzu, er verschränkte seine Arme vor der Brust.

»Das sehe ich auch so«, bekräftigte die junge Frau neben ihm.

»Wenn sie Azrael am Fluss aufgehalten hat, dann kann sie das noch einmal tun!«, rief jemand aus der Menge und die Umstehenden nickten zustimmend.

»Wir sollten kämpfen!«

»Vertreiben wir Azrael endlich aus dem Himmel!«

Immer mehr Stimmen wurden laut und Sam sah sich staunend um. Er musste seinen ersten Eindruck von den Rebellen revidieren: Scheinbar waren sie doch bereit.

Gariel wirkte genauso verwundert wie Sam. Er sah zu den anderen beiden Ratsmitgliedern, dann nickte er. »Wie es aussieht, sind die Rebellen dafür. Also werden wir kämpfen.«

Stürmische Begeisterung zog sich das Ufer entlang, Sam musste lächeln. Wer hätte gedacht, dass in diesem verlorenen Haufen noch so viel Kampfgeist steckte?

»Komm.« Idriel zog ihn sachte am Arm und wies einige Schritte hinter sich.

»Was? Was ist denn los?«

»Ich denke, dass ich mir deine Verletzung mal anschauen sollte.« Sam sah an sich hinunter. In der Aufregung hatte er gar nicht gemerkt, dass seine Pfeilwunde wieder blutete. Nun spürte er auch das Pochen seiner Wunde.

Stirnrunzelnd sah er Idriel an. »Bist du eine Heilerin?«

Sie lächelte. »So etwas in der Art.« Im Vorbeigehen berührte sie Michaels Schulter. »Kommst du?«

Der Engel blinzelte und wandte seinen Blick von den Rebellen ab. »Worum geht es denn?«

»Sam könnte ein wenig Unterstützung gebrauchen. Sicherlich gibt es hier schon eine Unterkunft für Verletzte.« Suchend blickte sie sich um, wies dann auf einen notdürftigen Unterstand in der Nähe eines Felsens. »Dort drüben.«

Michael und Sam folgten ihr, nach wenigen Schritten hatten sie den Unterschlupf erreicht. Äußerlich wirkte es wie ein lieblos zusammengebautes Zelt, von Verletzten war jedoch auch in seinem Innern nichts zu sehen. Vermutlich hielten sich die Verluste dank Lizzie in Grenzen, mutmaßte Sam. Er drehte sich zu Idriel um, die ihn an den Schultern in das Zelt schob.

»Das ist wirklich nichts Großes«, sagte er. Auf der Erde hätte Zack die Wunde innerhalb weniger Minuten geheilt.

»Lass das bitte mich entscheiden.« Ihr Blick war ernst, als sie Sam sanft nach unten drückte. »Leg dich hin und zieh dein Hemd hoch.«

»Das sagt man mir wirklich nicht oft.«

»Herrje.« Michael rollte mit den Augen und verschränkte die Arme vor seiner Brust, aber Idriel lächelte.

Sam folgte ihrer Aufforderung. Sie beugte sich über seine Hüfte, zog sachte den Verband zur Seite, den Linael ihm angelegt hatte.

»Das sieht ganz gut aus«, stellte sie fest. »Ich würde dich dennoch gerne versorgen. Aber es wäre besser, wenn du dafür nicht wach bist, ich bin noch nicht sehr gut in diesen Dingen.«

»Wie soll ich denn jetzt einschlafen?« Er würde keine Ruhe finden, bis Lizzie wieder bei ihm war. Außerdem konnte er hören, wie die Kriegsvorbereitungen vor dem Zelt ihren Gang nahmen.

Idriel schnaubte. »Das geht vermutlich schneller, als du denkst. Und ich werde nachhelfen, keine Sorge.« Ihr Blick wurde sanft. »Auch für dich waren die letzten Tage sicherlich nicht einfach. Wir müssen uns alle ausruhen, bevor der Kampf losgeht. Michael wird hierbleiben und dafür sorgen, dass niemand deinen Schlaf unterbricht.«

Unsicher warf Sam dem Erzengel einen Blick zu. Michael schien nicht begeistert zu sein, dass man ihm erneut sagte, was er zu tun hatte, dennoch nickte er. Vermutlich würde er sich an Lizzies Versprechen halten, bis sie zurückkam.

Sam seufzte. »Also schön.« Idriel hatte recht, sie brauchten alle Kräfte, wenn es zum Krieg kam. Er durfte nicht erneut an den Rand seiner Kontrolle gelangen. Ohne Lizzie an seiner Seite würde er sich sonst in den Schatten verlieren. »Muss ich irgendetwas tun?«

Sie schüttelte den Kopf. »Versuch, dich zu entspannen. Um den Rest kümmere ich mich.«

Er verdrängte das mulmige Gefühl. Konnte er diesen Engeln wirklich trauen? Er wusste nichts von ihnen, er kannte sie nicht. Sam wusste nur, dass Lizzie ihnen vertraute. Das musste ihm für den Moment genügen. Er schloss die Augen.

* * *

Idriel holte tief Luft und löste ihre Hände von Sam. Er war eingeschlafen, seine Wunde war fast verschwunden. Sie könnte jetzt ebenfalls eine ausgedehnte Pause gebrauchen. Stellte sich nur die Frage, wann das möglich sein würde. Es gab noch viel zu tun und ihnen blieb nur wenig Zeit.

Sie stand auf und ging die paar Schritte zu Michael, der am Eingang des Zeltes saß. Idriel berührte ihn leicht an der Schulter und ließ sich müde neben ihn sinken. »Das ist also Sam.«

Der Erzengel stieß ein Schnauben aus. »Ja.« Sie sahen beide zu dem Dämon, der scheinbar immer tiefer ins Reich der Träume sank. Hoffentlich würde er gestärkt aus diesem Schlaf aufwachen.

Michaels Blick wirkte nachdenklich. »Ich kenne Lizzie nun schon seit einigen Tagen«, sagte er leise. »Ich weiß, wozu sie fähig ist. Aber ich hätte nicht gedacht, dass es bei Sam genauso ausgeprägt ist.« Er schüttelte den Kopf. »Weiß der Himmel, was er auf sich genommen hat, um hier zu sein.«

»Wenn es bei Sam nicht ebenso wäre, wäre Lizzie ihrerseits nicht so weit gekommen.« Es sah nicht danach aus, als könnte es irgendjemandem gelingen, Sam und Lizzie voneinander fernzuhalten, nicht Azrael und auch nicht dem Tod. »Die Frage ist jedoch, was wir machen, wenn sie am Ende angelangt ist.«

»Dann werden wir Azrael aufhalten. Oder zumindest dafür sorgen, dass sie nicht stirbt.«

»Natürlich, doch das meinte ich nicht.« Es war kein einfaches Thema, sie wusste nicht, wie der Engel reagieren würde. »Wenn Lizzie Azrael besiegt, woran ich mit aller Kraft glaube, dann brauchen wir einen neuen Anführer. Jemanden, der an der Seite der Engel gekämpft hat.«

»Daran wird Lizzie wohl kaum Interesse haben. Der Rebellenrat wird sich jemand anderen suchen müssen.«

»Das hat er schon.«

Er sah auf und begegnete ihrem Blick. Michael blinzelte. »Nein.«

»Hör mir doch ...«

»Nein«, unterbrach er sie. »Auf keinen Fall. Ihr müsst verrückt sein!«

»So verrückt ist das nicht.« Sie griff nach seiner Hand.

Michael zuckte zusammen, entzog sich ihr aber nicht. Stattdessen atmete er tief ein. »Ihr kämpft diesen Krieg schon sehr lange, Idriel. Sicherlich findet ihr jemanden, der besser geeignet ist als ich.«

»Wer wäre das eher als der Kronprinz des Himmels?«

»Was für ein Kronprinz ist das, der so lange den Blick abgewendet hat?«

»Das war früher. Du bist nicht mehr dieser Engel. Denk nur an die Rebellenstadt, Michael. Die anderen haben mir erzählt, wie du sie weggeschickt hast. Wie du dich darum gekümmert hast, dass sie Azrael entkommen. Das ist wichtig. Nicht das, was früher gewesen ist.«

»Ich denke, dass du dir da falsche Hoffnungen machst.«

»Vielleicht. Das ist auch nichts, was du jetzt entscheiden musst. Ich wollte nur, dass du das weißt. Du bist unsere erste Wahl. Wenn du es am Ende nicht tun möchtest, werden wir eine andere Lösung finden.« Idriel lächelte. »Ich möchte einfach, dass du darüber nachdenkst.«

Michael schwieg und legte seine Hand auf ihre. Mit der anderen kramte er in seiner Hosentasche, plötzlich wirkte er alarmiert.

»Du hast ihn nicht verloren«, erklärte Idriel.

»Was?« Verständnislos sah er sie ihn.

Sie griff in ihre Tasche und zog eine Kette hervor. Es war ein schmales, schwarzes Band, an dessen Ende eine kleine Glasphiole hing; darin eingebettet der Gegenstand, den Michael offenbar gesucht hatte.

Er blinzelte, als er die Kette entgegennahm. Sie wirkte unnatürlich klein in seiner Handfläche.

»Mir ist aufgefallen, wie du immer wieder in deine Tasche gegriffen hast«, sagte Idriel. »Als du duschen gegangen bist, habe ich den Splitter in deiner Kleidung gefunden. Ich dachte, dass er eine Bedeutung für dich haben muss.«

»Das hat er«, erwiderte Michael leise. Seine Stimme klang rau, als müsste er nach Worten suchen. Doch er lächelte. »Danke.«

»Keine Ursache.« Mit ihrer Vermutung schien sie recht gehabt zu haben. Vielleicht würde Michael ihr eines Tages erzählen, welche Geschichte hinter diesem Holzsplitter steckte. »Was sagst du zu meinen Überlegungen bezüglich des Himmels?«

»Ich werde das Angebot zumindest nicht direkt von mir weisen«, lenkte er ein. »Mehr kann ich dir nicht versprechen.«

»Das reicht mir für den Moment.« Sie wusste, dass Michael die richtige Entscheidung treffen würde. Ihm war der Himmel genauso wichtig wie ihr. Er würde nicht zulassen, dass seine Heimat weiter zu Grunde gerichtet wurde.

9

JAGD

»Lizzie, wach auf!« Camael rüttelte sie vorsichtig an den Schultern, doch sie schien tief und fest zu schlafen. »Die Sonne ist aufgegangen. Wir müssen weiter.«

Dabei bat ihn eine Stimme in seinem Kopf flehentlich darum, dass er genau das nicht tat. Sie wollte, dass er sich Lizzie griff und mit ihr umkehrte. Dass er sie nicht diesem Kampf aussetzen würde und schon gar nicht Azrael. Er sollte sie einfach schlafen lassen und selbst den Kampf gegen den Himmelsherrscher suchen. Er hätte in etwa dieselbe Aussicht auf Erfolg.

Ihre Augenlider flackerten unruhig, die Hände griffen fahrig nach der nicht vorhandenen Decke. »Ich bin wach«, murmelte sie, doch es schien ihr schwerzufallen, zurück in die Realität zu finden.

Wovon hatte sie geträumt? Er hoffte, dass es dieses Mal etwas Erfreuliches gewesen war. Etwas, woran sie sich in den kommenden Stunden festhalten könnte.

Während Lizzie gegen die Reste des Schlafes ankämpfte, sah Camael hoch. Der Weltenbaum rückte immer näher. Beinahe hätte er schwören können, dass die verdorrten Äste Yggdrasils länger geworden waren. Als würden sie sich immer weiter strecken, um mit ihren knorrigen Fingern nach Lizzie zu greifen und sie ins Verderben zu ziehen.

»Jetzt wirst du langsam verrückt«, schalt er sich. Trotz allem war Yggdrasil nur ein Baum, ein Hüter des Übergangs zwischen den Welten. Es hatte nie einen Hinweis darauf gegeben, dass der Weltenbaum mehr als das sein könnte.

Er half Lizzie, sich aufzurichten. Müde fuhr sie mit dem Handrücken über die Augen, bevor sie das Feuer aus seinen Diensten entließ. Selbst während ihres Schlafes hatte es die ganze Zeit gebrannt, wie ein stummer Wächter.

»Ist es noch weit?« Sie sah ebenfalls zum Weltenbaum und holte tief Luft. Sie rieb sich mit den Händen über die bloßen Arme, als würde sie frösteln.

Das Ende ihrer Reise war in greifbarer Nähe. Sollte sie nicht erleichtert sein? Voller Mut und Hoffnung, dass sie bald wieder zurück auf die Erde konnte? Stattdessen hatte Camael Zweifel, dass sie es überhaupt bis Midgard schaffen würde. Asriel schien jedes bisschen Kraft aus Lizzie zu saugen. Von dem lachenden, jungen Mädchen am Fluss war nur noch ein hohles Gerippe übrig. Gerne hätte er Lizzie unter anderen Umständen kennengelernt, zu einem anderen Zeitpunkt ihres Lebens. An dem es nicht notwendig wäre, sie in einen Kampf zu schicken, damit der Himmel und die Engel weiterexistieren konnten – auf Kosten ihres eigenen Lebens. Von ihr allein hing es ab, ob sich das Siegel wieder öffnete.

Camael hoffte, dass alles gut ging, dass die Öffnung des Siegels keinen weiteren Schaden anrichtete. Dann würde er zum ersten Mal seit Jahrhunderten wieder zur Erde reisen können. Dann würde er endlich Audriel wiedersehen.

Ein schmerzhaftes Lächeln huschte über sein Gesicht. Es war ein unglücklicher Zufall gewesen, dass er und Audriel sich bei der Erschaffung des Siegels in verschiedenen Welten aufgehalten hatten. Sie war zum Engelsrat gegangen, um ihn um Hilfe zu bitten. Audriel hatte erreichen wollen, dass jemand Azrael aufhielt, nachdem selbst seine Tochter Uriel sich erfolglos gegen ihn gestellt hatte. An diesem Tag hatte der Himmel mehr als nur einen Erzengel verloren. Durch Uriels Tod hatte es nichts mehr gegeben, das Michaels Familie noch hätte zusammenhalten können.

Camael hatte nie erfahren, wie der Rat auf Audriels Anfrage reagiert hatte. Er wusste nicht einmal, ob sie noch lebte. Sein Gefühl sagte ihm, dass sie noch nicht gestorben war, doch vielleicht war das auch nur blinde, verzweifelte Hoffnung. Und selbst wenn sie noch am Leben war: Wer sagte, dass sie sich überhaupt noch an ihn erinnerte? Wie Raphael und Gabriel könnte auch Audriel sich in der Zwischenzeit ein anderes Leben aufgebaut haben. Vielleicht mit einem Mann, den sie liebte, der nicht eine ganze Welt von ihr entfernt war, mit dem sie die unzähligen Kinder aufziehen konnte, die sie immer hatte haben wollen. In einem Haus am Meer, weil sie den Wind und die stürmische See so liebte. Mit einer Veranda, auf der sie gemeinsam an den Abenden hatten sitzen wollen, während das Windspiel von der abendlichen Brise zum Tanz aufgefordert wurde. Oft hatte Camael an diese Bilder gedacht. Gemeinsam mit Audriel hatte er viel über die Zukunft nachgedacht, über die Vision einer besseren Welt. Einer Welt ohne Azrael, in der sie hätten glücklich werden können. Vielleicht hatte sie dieses Glück mit einem anderen Mann gefunden.

Schweigend machten sie sich auf den Weg, dem Fluss der Gaben folgend. Er führte sie immer näher zum Weltenbaum und endete direkt an seinen Wurzeln. Lizzies Schritte wirkten schwerer als zuvor, als würde sie sich mit letzter Kraft voranschleppen.

Camael wünschte sich von Herzen, dass es Audriel gut ging. Selbst, wenn sie ihn nach all der Zeit vergessen haben sollte, er wollte sie noch einmal sehen. Ein letztes Mal die Sommersprossen auf ihren Wangen betrachten, einen letzten Blick auf ihr Lächeln und diese vorwitzige Haarsträhne werfen, die sich immer von ihrem Platz hinter Audriels linkem Ohr löste.

Wenn er in der Lage wäre, sie wiederzusehen, bedeutete das jedoch auch, dass Lizzie Sam nicht mehr wiedersehen würde. Sie würde all ihre Kräfte beim Brechen des Siegels brauchen. Die Chance, dass sie es dann noch zurück auf die Erde schaffte, war verschwindend gering. Würde er sein eigenes Glück auf Kosten von Lizzies Leben genießen können?

»Was ist denn das?« Lizzie blieb so plötzlich stehen, dass er beinahe in sie hineinlief. »Camael?«

Er sah auf, sein Blick folgte ihrem ausgestreckten Finger. »Hat Michael dir nichts davon erzählt?«

Stumm schüttelte sie den Kopf.

»Das ist Uriels Wald«, fügte er hinzu. Camael hatte angenommen, dass Michael ihr von seiner Schwester erzählt hatte.

»Er erwähnte etwas«, erwiderte sie, runzelte nachdenklich die Stirn. »Michael hat mir eine Geschichte erzählt, in der Uriel zusammen mit Azrael einen Wald aus dem Nichts erschaffen hat. Aber damit kann er doch nicht das hier gemeint haben?«

»Doch, genau das.« Er schob sie an den Schultern sanft nach vorn. »Keine Angst, niemand wird dir hier etwas tun. In diesem Wald sind wir völlig sicher. Es ist der einzige, den es im Himmel überhaupt noch gibt.«

»Das ist kein Wald mehr«, murmelte sie und warf einen Blick auf die Bäume vor ihnen. Er konnte sehen, wie es sie schüttelte.

»Azrael selbst hat ihn versteinert. Er ist alles, was es noch von Uriel gibt.« Das letzte Zeichen, dass sie je existiert hatte.

Stirnrunzelnd wandte sich Lizzie zu ihm um. »Er hat einen ganzen Wald versteinert?«

»Eingefroren in der Zeit«, bestätigte er mit einem Nicken.

Langsam setzte sie sich wieder in Bewegung. Camael sah zu, wie sie zögerlich eine Hand ausstreckte. Im Vorbeigehen streiften ihre Finger einen der Bäume, strichen sanft über die harte Baumrinde. Sicherlich wirkte dies befremdlich auf sie. Azrael hatte seine eigene Tochter getötet und dennoch erschien dieser Wald wie eine Art Denkmal für Uriel.

Die Frage war jedoch, was von Lizzie zurückbleiben würde. Mehr und mehr hatte Camael das Gefühl, dass das Mädchen langsam das Ende ihrer Kräfte erreichte. Hatte sie trotz ihres Zieles überhaupt eine realistische Chance gegen Azrael?

»Ich verstehe ihn nicht«, riss ihn ihre Stimme aus seinen Gedanken. Er betrachtete ihren schmalen Rücken, während sie dem Pfad durch die Bäume folgten.

Fragend hob Camael eine Augenbraue. »Wen verstehst du nicht?«

»Azrael.« Ruhig erwiderte sie über die Schulter hinweg seinen Blick. Selbst in ihren Augen konnte er die Erschöpfung lesen. Genau wie er, zweifelte sie daran, dass sie Yggdrasil erreichte. »Bei Niahmas hatte er die Möglichkeit, mich zu töten. Mehr, als nur einmal. Ich hatte mich verirrt und war ihm hilflos ausgeliefert. Dennoch hat er mich nicht verletzt, sondern mich zu dir und Michael zurückgebracht. Und bei dem Fest ...« Lizzie schüttelte den Kopf. »Wieso zog er es vor, mit mir zu tanzen und zu reden, anstatt mich endlich zu töten?«

»Das klingt beinahe so, als würdest du dich nach dem Tod sehnen.« Stirnrunzelnd betrachtete Camael sie. Verdenken konnte er es ihr nicht, und doch bereitete ihm dieser Gedanke Unbehagen.

Was denkst du denn, was geschieht, wenn sie Azrael gegenübersteht?, erkundigte sich eine leise Stimme in seinem Kopf. Er schüttelte sich.

»Ich will nur, dass es endlich ein Ende findet«, gestand Lizzie. »Ich möchte nicht mehr davonlaufen und jeden Tag das Gefühl haben, dass dies mein Letzter sein könnte.«

»Wir haben es bald geschafft.« Sanft berührte er sie an den Schultern, schob sie weiter voran. »Bis Midgard ist es nicht mehr weit. Wir werden es zusammen schaffen.«

»Und was dann? Wenn wir Azrael besiegt haben, was geschieht als Nächstes? Das Rätsel um die Tore werden wir trotzdem nicht gelöst haben. Und niemand weiß, ob uns dahinter nicht noch schlimmere Dinge erwarten.«

»Vielleicht sollten wir ...«

»Camael!« Lizzie griff nach seinem Arm und er schreckte auf.

»Was?«

»Sie sind da.«

Er fuhr herum, stellte sich schützend vor sie. Sie hatte recht, die Wölfe hatten sie gefunden. Es waren mehr Krieger, als er befürchtet hatte. In der Ferne wallten Staubwolken auf, es musste sich um ein gutes Dutzend von ihnen handeln. Noch immer versuchte Azrael mit aller Kraft, sie aufzuhalten. Bald würden sie den Wald erreicht haben.

»Lauf«, murmelte er und trat einen Schritt zurück. Er ließ seinen Blick über die herannahenden Wölfe gleiten. Wie sollten sie das überstehen? Midgard war nicht mehr fern, die Stadt lag praktisch unter ihnen. Sie mussten nur noch dem Weg folgen, der durch den Wald führte, schon wären sie am Ziel. Einige Stunden noch, höchstens. Nun jedoch blieben ihnen nicht einmal mehr Minuten. »Lauf!«

Er packte ihre Hand, fuhr herum und zog sie mit sich fort.

Lizzie stolperte, aber er fing sie auf und stellte sie auf die Beine. »Lizzie, lauf!« Sie musste überleben, sie musste bis zu Yggdrasil gelangen. Die Wölfe waren praktisch aus dem Nichts aufgetaucht. Es waren zu viele, als dass er gegen sie kämpfen könnte. Vor allem jetzt, wo die Himmelswölfe wussten, auf wessen Seite er stand.

Sie rannten zwischen den steinernen Bäumen hindurch. Wie eine dunkle Vorahnung strahlten die Stämme Todeskälte aus. Düster und bedrohlich reckten sich die Äste des Weltenbaums über ihnen, als könnten sie sich jederzeit auf sie stürzen. Azraels Krieger kamen immer näher, sie schienen sie um jeden Preis einholen zu wollen. Sie hatten Uriels Wald erreicht und jagten ihnen durch die Bäume hinterher. Über seine Schulter hinweg sah er, wie die ersten nach ihrer Magie riefen.

Mit einer Hand drückte er Lizzie nach unten, sodass der Flammenball zischend über ihre Köpfe hinwegschoss. Er krachte in einen der Bäume und Splitter schossen durch die Luft.

Lizzie keuchte auf, geriet ins Stolpern, aber er ließ nicht zu, dass sie fiel. »Weiter! Denk nicht einmal daran, jetzt aufzugeben!« Er konnte den Gedanken nicht ertragen, dass sie sterben würde. Alles in ihm sträubte sich gegen das Bild, sie leblos auf dem Boden liegen zu sehen.

Links und rechts von ihnen zerbarsten weitere Bäume. Sie sagte kein Wort, nicht einmal, als sich einer der Splitter in ihren Arm bohrte. Doch jeder Schritt kostete sie sichtlich Kraft. Den Großteil ihrer Magie hatte sie bereits beim Fluss der Gaben eingesetzt, dennoch beschwor sie im Laufen den Wind. Mit einem zornigen Schrei fuhr Lizzie herum, mobilisierte ihre Kräfte und schleuderte den Sturm gegen die Wölfe.

Azraels Krieger bemerkten die Gefahr erst, als es zu spät war. Lizzies Magie traf die Reihe der Wölfe in ihrer Mitte und wirbelte vier von ihnen nach hinten. Die verbliebenen Angreifer stockten nicht einmal in ihren Bewegungen, sie kümmerten sich nicht um ihre verlorenen Brüder. Stattdessen griffen sie ihrerseits an, waren nur noch wenige Meter von ihnen entfernt. Sie huschten von Baum zu Baum, als könnten sie dahinter Deckung finden.

Die Magie schoss ihnen um die Ohren. Instinktiv warf Camael sich gegen Lizzie, riss sie mit sich zu Boden und schützte sie mit seinem Körper. Sie stieß einen erschrockenen Laut aus, als sie auf der Erde aufprallten. Camael donnerte seine Faust auf den Boden und ein Riss brach krachend durch die Oberfläche, hielt wie ein Blitz auf die Krieger zu. Das Element dröhnte in seinen Ohren, in seinem Körper vibrierte es vor Magie.

»Alles in Ordnung?«, rief er Lizzie über das Beben hinweg zu. Dicht neben ihnen schlug ein wirbelnder Wasserarm in den Boden und schleuderte Gesteinsbrocken in die Höhe. Schützend drückte er das Mädchen an sich. »Da vorn!« Er deutete zum Rand des Plateaus, das schräg in die Tiefe fiel. Endlich hatten sie den Rand des Waldes erreicht.

Unter idealen Bedingungen hätten sie nach unten klettern können, aber nicht mit den Himmelswölfen im Nacken. Und seine Flügel hatte er zu lange nicht mehr benutzt, als dass er sich auf sie hätte verlassen können. Wie sollte er Lizzie so bis zum Weltenbaum bringen? Dieser schien sie mit seinen Ästen zu verhöhnen, als wollte er ihnen sagen, dass sie ihn sowieso nie erreichen würden. Er war so nah und doch noch immer Stunden entfernt.

Camael wandte den Kopf ab und rappelte sich wieder auf. Rasch zog er Lizzie auf die Beine. »Lauf weiter!« Er schob sie vor sich her. Ihnen blieb keine Zeit mehr. Vielleicht hatten sie eine Chance, wenn sie es nur bis zur Schlucht schaffen würden.

Lizzie griff nach seinem Arm, wies nach rechts. »Dort kommen noch mehr!«

Camael stieß einen Fluch aus, er sah sich hektisch um. »Sie kreisen uns ein!« Ihr Angriff auf die Wölfe hatte die Sache nur noch verschlimmert.

Sie knickte ein, stützte sich mit den Händen auf ihren Knien ab. Verzweiflung stand in ihrem Gesicht, dann Wut. Von Sekunde zu Sekunde schienen unterschiedliche Ausdrücke über ihr Gesicht zu huschen. Lizzie wirkte alt und nachdenklich, dann wieder jung und hitzig, ohne Hoffnung. Sie atmete schwer.

Asriel. Ausgerechnet jetzt. Das Letzte, was sie jetzt gebrauchen konnten, war eine weitere Bedrohung. Lizzie kämpfte mit aller Kraft, aber er konnte nicht sagen, ob sie dieses Mal gewinnen würde. Sie biss sich auf die Lippe, ihre grünen Augen blitzten.

»Lizzie!« Ruckartig stieß er sie zur Seite, als der nächste Angriff auf sie niederging. Sie stürzte auf den Boden, doch nur so entging sie dem Hagel aus flammenden Pfeilen, die dicht neben ihr in die Erde schlugen. Mit einer unwirschen Handbewegung schleuderte Lizzie sie zur Seite und richtete sich wieder auf. Blut lief ihr den Arm hinunter, ruckartig zog sie sich den Splitter aus dem Arm.

Der erste Himmelswolf hatte sie erreicht und zog sein Schwert.

Aber Camael war schneller, stieß ihm seine Waffe in den Unterleib. »Lizzie, bleib bei mir!« Sie durfte jetzt nicht die Kontrolle verlieren. Er konnte nicht gleichzeitig gegen sie und Azraels Krieger kämpfen. Aber sie trat an seine Seite, holte mit ihrem rechten Arm aus. Wofür er eine ganze Hand gebraucht hatte, reichte ihr ein Fingerschnippen. Entlang ihrer Bewegung brach die Erde auf, fraß sich wie eine hungrige Schlange geradewegs in die Front der Wölfe. Nicht allen gelang es, rechtzeitig auszuweichen; schreiend stürzten sie in die Tiefe.

»Du darfst deine Kräfte nicht derart einsetzen!«, warnte Camael sie und parierte den Angriff des nächsten Wolfes. Er duckte sich unter dem Hieb des Kriegers hindurch, rammte ihm den Ellbogen in den Magen. Während der Wolf einknickte, fuhr Camael herum, stieß ihm das Schwert in den Rücken und zog es noch in derselben Bewegung heraus. »Lizzie, halt dich zurück!«

Sie stand mit dem Rücken zum Plateau, nur wenige Meter vom Abgrund entfernt. Wenn sie ihre Magie weiter einsetzte, könnte sie sich nicht mehr darauf konzentrieren, Asriel zu unterdrücken. Aber das musste sie. Wenn sie das nicht tat, würde Asriel sie an Ort und Stelle verschlingen.

Lizzie schüttelte den Kopf und wischte sich mit dem Handrücken das Blut von den Lippen. Sie ballte die Hände, stieß beide Fäuste nach vorne. Vor ihr teilte sich die Erde, eine Wand aus Wasser drang empor. Fauchend stieg das Element in die Höhe, türmte sich auf und brach über den Himmelswölfen zusammen.

»Hör auf!«

Doch sie schien wie von Sinnen. Mit einem Grollen, das tief aus ihrem Innern aufstieg, griff Lizzie nach der Erde, beschwor eine Kaskade aus Gesteinsbrocken herauf, die sie gegen die Wölfe schleuderte. Dann brach sie zusammen.

Gerade noch rechtzeitig eilte Camael an ihre Seite und stütze sie. »Lizzie, du musst aufhören! Wenn du dich nicht zurückhältst, wirst du sterben!«

»Wenn ich dir nicht helfe, wirst du sterben!«, gab sie zurück. Ihre Brust hob und senkte sich hektisch, auch ihr Körper stand kurz vor dem Ende. Kein Mensch konnte so etwas für längere Zeit ertragen. Dennoch würde sie weitermachen, das wurde ihm nun klar. Lizzie würde weiterhin versuchen, die Wölfe aufzuhalten, würde alles tun, um ihn zu beschützen. Dabei war das nicht notwendig. Es war seine Aufgabe, sie zu behüten. Sie war nur ein Kind, jemand musste auf sie aufpassen. Jemand musste dafür sorgen, dass sie heil zu Yggdrasil gelangte.

Damit sie dort sterben kann?, erkundigte sich eine leise Stimme in seinem Inneren.

»Nein«, gab er leise zurück. »Damit sie von dort aus einen Weg nach Hause findet.« Sie durfte nicht sterben. Lizzie war so weit gekommen, hatte so viel auf sich genommen. Es war nicht richtig, dass ihr Leben schon enden sollte. Nicht, bevor sie nicht die Chance gehabt hatte, die Welt und sich zu entdecken, bevor sie nicht wieder bei Sam sein konnte. Er war die Person, zu der sie gehörte, er war Teil ihrer Welt. Camael hatte seine Zeit mit Audriel bereits gehabt, aber Lizzie würde nie die Möglichkeit haben, ähnliche Erfahrungen mit Sam zu machen. Nicht, wenn sie ihr Leben für eine Welt opferte, die nicht die ihre war.

Camael sah zur Seite. Von den Himmelswölfen waren nicht mehr viele übrig, aber immer noch genügend, um ihn und Lizzie aufzuhalten. Bei ihrem momentanen Zustand würde das Azraels Kriegern nicht einmal schwerfallen.

Sie hielt sich an seinem Arm fest, versuchte, wieder auf die Beine zu kommen. Für sie schien es keine Rolle zu spielen, mit wie vielen Wölfen sie es zu tun bekam.

Ihnen blieb keine Zeit und auch kein Ausweg mehr. Unter ihnen lag Midgard, dennoch war die Stadt für sie unerreichbar. Es gab nur eine Art, wie dieser Kampf hier enden konnte.

»Es tut mir leid, dass ich dich nicht beschützen konnte«, erklärte Camael leise. Er half Lizzie dabei, sich aufzurichten. Zitternd stand sie auf ihren Beinen, während er sie an ihrem Handgelenk festhielt. Es fühlte sich klein und zerbrechlich an, wie die Flügel eines Vogels. Dabei war Lizzie noch jung, sie hatte nie gelernt, ihre eigenen Flügel zu entfalten.

»Noch ist es nicht zu spät«, brachte sie heraus, schnappte nach Luft. Schweiß lief ihr über die Stirn. »Wir können sie noch immer aufhalten!«

Stumm schüttelte der Engel den Kopf. Michael hatte die ganze Zeit recht gehabt, hatte die richtige Entscheidung getroffen, als er sich für Lizzie und damit gegen Azrael entschieden hatte. Es ging in diesem Krieg nicht um den Engel, es ging nur um Lizzie.

Er drückte ihre Hand und fühlte tiefe Ruhe in sich. »Du bist Asriel in keiner Weise ähnlich.«

»Was?« Sie sah ihn verständnislos an.

Doch Camael lächelte nur. Es war ihm egal, was es mit Asriel auf sich hatte, aus welchem Grund sie tatsächlich hier war. Denn im Endeffekt war es Lizzie, die eine Entscheidung bewirken würde. Sie allein würde den Himmel verändern. Genau genommen hatte sie das bereits getan und das alles durfte nicht umsonst gewesen sein.

»Versprich mir, dass du einen Weg nach Hause findest«, bat er. Die Wölfe hatten sie fast erreicht, sie bemühten nun nicht einmal mehr ihre Kräfte. »Finde Audriel für mich.« Rasch beugte er sich vor, berührte mit seinen Lippen flüchtig ihre verschwitzte Stirn.

In dem Moment, in dem er die Erkenntnis in ihren Augen sah, stieß er ihr mit beiden Händen kräftig gegen die Brust.

»Nein!« Lizzie schrie erschrocken auf. Sie ruderte mit den Armen, wollte nach ihm greifen, während sie nach hinten taumelte, doch der Boden brach unter ihren Füßen weg.

»Leb wohl.« Camael lächelte ihr zu, als sie fiel.

10

EIN ZWEIFELHAFTES ANGEBOT

»Wir sind nicht hier, um mit euch zu kämpfen«, erklärte Kaladriel, der Anführer des Rates. Er stand etwas versetzt zu den anderen beiden Mitgliedern.

Gabriel verschränkte die Arme vor der Brust und trat neben ihren Bruder, der ihr dankbar zunickte. Keiner von ihnen hatte mit einem Besuch des Rates gerechnet. Nachdem die Himmelswölfe erschienen waren, hatte Raphael angenommen, dass der Rat auf Azraels Seite stand.

Er sah Kaladriel abwartend an. Von dem Engel, den er damals kannte, war kaum etwas erhalten geblieben. Anscheinend hatte Gabriel recht gehabt. Der ganze Rat schien Azraels Befehlen zu folgen. Sie hatten nie eine Chance gehabt.

»Als wir das letzte Mal Besuch von euch bekamen, wurde einer von uns beinahe getötet«, erklärte Raphael langsam. Diesen Vorfall würde er dem Rat nicht so schnell vergessen. Zack war am Rande des Todes gewesen, als er ihn heilte und das nur, weil Raphael nach den Regeln hatte handeln wollen.

Lyrael stellte sich dicht hinter Gabriel, als wollte er ihr Rückendeckung geben.

»Davon habe ich gehört.« Kaladriels Blick wanderte zu Zack, der tief einatmete. Schließlich blickte er Gabriel an, die die Fäuste ballte, bevor er sich wieder Raphael zuwandte. »Sprichst du für alle, die hier versammelt sind?«

»Wir beide tun das«, erwiderte Raphael leise und nickte ihr zu. »Die Engel sind unserem Aufruf gefolgt. Alles, was es zu besprechen gibt, könnt ihr mit uns bereden.« Er wies mit dem Kopf auf Kaladriels Hüfte. »Wenn ihr nicht hier seid, um zu kämpfen, wieso habt ihr dann Waffen mitgebracht?« In Gedanken verfluchte er sich. Wieso nur hatte er seinen Bogen nicht bei sich? Sie hätten mit Schwierigkeiten wie diesen rechnen müssen. Mit einer Waffe in der Hand würde er sich in diesem Moment eindeutig besser fühlen.

»Weil dies kein Besuch aus reiner Höflichkeit ist. Wir sind hier, um euch ein Angebot zu machen. Dieses Angebot gilt natürlich für alle Anwesenden.«

Raphael stieß ein Schnauben aus. Jetzt auf einmal sollte der Rat zur Vernunft gekommen sein? Es gab nichts, was sie ihnen jetzt noch anzubieten hatten. »Welcher Art soll dieses Angebot sein?«

»Vergebung«, erwiderte Kaladriel prompt.

Raphael ballte die Hände.

Das Ratsmitglied schien nichts davon zu merken. »Azrael selbst wies uns an, dass wir euch dies vorschlagen sollen. Er bietet euch Strafmilderung an, möglicherweise kann sogar die Todesstrafe verhindert werden. Allerdings nur, wenn ihr jetzt aufgebt.« Er neigte den Kopf. »Noch ist es nicht zu spät, noch ist Azrael geneigt, euch zu verzeihen. Ihr solltet diese Geste nicht leichtfertig abschmettern.«

»Das kann doch nur ein Witz sein!«, begehrte Gabriel auf. »Wir sollen uns jetzt einfach so zurückziehen?«

Kaladriel nickte. »So lautet das Angebot, ja.«

Raphael hielt sie zurück, bevor sie etwas erwidern konnte. »Euch ist doch bewusst, dass wir dieses Angebot nicht annehmen werden, oder?«

»Wir haben vermutet, dass es dazu kommen wird. Dennoch appellieren wir an eure Vernunft. Wollt ihr all diese Engel wirklich in den Untergang schicken?«

»Es war ihre Entscheidung. Wir haben sie zu nichts gezwungen.«

Kaladriel wandte sich nun an die anderen Engel. »Jeder hier macht sich des Hochverrats schuldig.«

Raphael konnte die aufkeimende Unruhe in seinem Rücken fühlen. Mehr und mehr Engel hatten sich zu ihnen auf den Hof gesellt.

Der Anführer des Engelsrates trat einen Schritt vor. »Nicht nur, dass ihr euch gegen Azrael stellt, ihr macht gemeinsame Sache mit den Dämonen!«

»Ihr könnt zu uns sprechen.« Raphael richtete sich zu seiner vollen Größe auf und trat ebenfalls einen Schritt vor. Er überragte Kaladriel, sie standen nur noch eine Armbreite voneinander entfernt. Er konnte den Wind in sich fühlen, doch dieses Mal hatte sein Element nichts Tröstendes oder gar Heilendes an sich. Die Luft schmeckte nach Blut, nach Krieg und Vergeltung. Es war derselbe Duft, der ihn auch damals begleitet hatte. In einem Leben, in das er nie wieder zurückkehren wollte.

Kaladriels Blick wirkte abfällig. »Warum sollten wir mit euch sprechen? Ohne euren Status als Erzengel habt ihr nichts, wofür ihr Respekt einfordern könnt! Besonders nicht, nachdem du offen zugegeben hast, dass du eine Beziehung zu einem Menschen hattest!« Kaladriel sah ihn angewidert an. »Nur wegen dieser Beziehung sind wir überhaupt in dieser Lage! Es ist deine Brut, wegen der wir jetzt hier stehen!«

»Ihr Name ist Lizzie«, erklärte Raphael bedrohlich leise. Aus den Augenwinkeln sah er, wie Gabriel einen Schritt zurücktrat. »Es wäre besser, wenn du deine Wortwahl noch einmal überdenken würdest«, fügte er hinzu. Er wusste nicht, wie lange er sein Element noch zügeln konnte.

Der Ratsanführer schnaubte. »Es spielt keine Rolle, welchen Namen sie trägt. Sie wird uns alle in den Untergang treiben. Aber was will man von einem solchen Wesen auch erwarten? Schon ihre Existenz ist wider der Natur.« Er schüttelte den Kopf. »Du wusstest um die Regeln und dennoch hast du gegen sie verstoßen!«

Mit einem schnellen Schritt war Raphael bei dem Engel. Bevor Kaladriel zurückweichen konnte, zog Raphael ihm das Schwert aus dem Gürtel, schwang es in einem schnellen Hieb durch die Luft. Noch in derselben Bewegung schlug er zu und Kaladriel sackte zusammen. Sein Kopf rollte den anderen Mitgliedern des Rates, die mit einem erschrockenen Ausruf zurückwichen, vor die Füße.

»Ich bin es leid.« Raphael hielt das blutige Schwert gegen die beiden anderen gerichtet, schwer hob und senkte sich seine Brust. Er fühlte sein Blut pulsieren, spürte, wie die Luft ihn durchdrang. »Keiner von euch hat das Recht, so über meine Tochter zu reden. Über mich könnt ihr sagen, was ihr wollt, aber lasst Lizzie und meine Frau aus dem Spiel!« Seine Haltung war kerzengerade, nichts von der gebeugten Gestalt des Heilers war mehr zu sehen. Die alte Narbe über seiner Brust pochte, als wollte sie ihn daran erinnern, nicht noch weiter zu gehen. Aber dies war eine andere Situation als damals. Er kämpfte nicht mehr, um dem Himmel zum Sieg zu verhelfen. Raphael kämpfte nun für seine Familie, für das Einzige, was für ihn noch Bedeutung hatte.

Er wandte sich an die Engel hinter ihm, die ihn fassungslos ansahen. Einige wichen zurück, als sie ihm in die Augen blickten.

»Es steht jedem hier frei, zu gehen«, erklärte Raphael kalt. »Ich zwinge niemanden dazu, in diesem Krieg zu kämpfen. Aber ich für meinen Teil werde alles tun, um meine Familie zu retten.«

»Wir werden alles tun«, verbesserte Gabriel und trat an seine Seite. Sie griff nach seiner freien Hand und drückte sie kurz. Dankbar nickte er ihr zu.

»Ihr werdet diese Entscheidung bereuen«, murmelte eines der Mitglieder.

Raphael wandte den Kopf.

Der Engel sah ihn mit blankem Hass in den Augen an. »Niemand stellt sich gegen Azrael.«

»Es war Azrael, der diesen Krieg eröffnet hat«, gab Raphael zurück, er umklammerte den Griff seines Schwertes fester. »Wenn er meine Familie nicht angegriffen hätte, müssten wir diese Diskussion gar nicht erst führen!«

Gabriel wollte sich ihm anschließen, öffnete den Mund, aber plötzlich erschütterte eine Explosion das Gelände.

Raphael schwankte und sah den Engelsrat vor sich ungläubig an. Ein Hinterhalt?

Lyrael griff nach Gabriel, die ohne seine Hilfe zu Boden gestürzt wäre und hielt sie aufrecht. Tumult brach aus, aufgeschreckt liefen die Engel durcheinander.

»Himmelswölfe!«, brüllte jemand.

Raphael stieß einen Fluch aus. Natürlich hatte der Rat einen Hinterhalt vorbereitet. Wie hatte er so naiv sein können, das in Zweifel zu ziehen? Von allen Seiten strömten die Wölfe auf das Gelände. Wütend rief Raphael nach seiner Magie. Der Wind folgte seiner Bewegung, fuhr wie eine Sense durch die erste Reihe der Feinde. Mit seinem Schwert empfing Raphael den nächsten Wolf, duckte sich unter dessen Hieb hindurch und stieß es Azraels Krieger in den Rücken. Das Blut rauschte in seinen Ohren, als er auf dem Absatz herumfuhr. Die Klinge seines Schwertes schien in der Luft zu singen, sauste herab und durchschnitt die Kehle eines weiteren Kriegers.

»Runter!«, befahl Lyrael plötzlich hinter ihm. Er schleuderte einen Strahl aus Wasser über Raphaels Kopf hinweg, der einen der Wölfe von den Füßen riss.

* * *

Gabriel sah sich aufgeschreckt um, sie konnte Zack jedoch nirgendwo entdecken. Klamm griff eine kalte Hand nach ihrem Herz, ihre Nackenhaare stellten sich auf. Mit einem Fluch auf den Lippen fuhr sie herum.

»Gabbs!« Raphael wollte sie festhalten, aber sie rannte los. Noch im Laufen beschwor sie das Wasser, duckte sich unter dem Hieb eines Ratsmitglieds und schleuderte es mit einem gezielten Schlag gegen die Wand des Gebäudes.

»Los!«, schrie eine Stimme über das Feld hinweg. Sie sah auf und entdeckte Abaddon, der am Rande des Feldes stand. Unzählige Dämonen sammelten sich hinter ihm und er schickte sie in den Kampf. »Kämpft!« Mit einem Aufschrei stürmten die Dämonen auf die Fabrik zu. Obwohl dieses Volk durch Azraels Himmelswölfe beinahe ausgerottet worden war, waren sie nun bereit, gegen sie zu kämpfen. Die Höllenfürsten mussten jeden einzelnen Dämon gerufen haben, Gabriel konnte ihre Zahl nicht einmal schätzen.

Doch sie hatte keine Zeit, sich diesem Schauspiel zu widmen, sie musste Zack finden. Stumm rief sie ihre Magie, die aus den Wasserleitungen zu ihr strömte. Sie riss gleich zwei der Wölfe mit einem wütenden Hieb von den Beinen. Adrenalin flutete durch ihre Adern, ein bekanntes und lang vermisstes Gefühl. Sie benutzte ihre Magie wie eine Peitsche und schwang den Strahl aus Wasser um ihren Körper. Die Wölfe unterschätzten sie, wichen ihrem Angriff nur ungenügend aus. Sie wurden von Gabriels Macht zur Seite geschleudert und außer Gefecht gesetzt.

Luftmagie traf sie im Rücken. Sie taumelte, fing sich jedoch schnell wieder. Gabriel fuhr herum, griff nach der geballten Faust, die auf sie zukam und drehte sie herum. Sie entwand dem festen Griff das Messer, stieß es dem Wolf in den Hals. Der Krieger stolperte nach hinten, die Augen vor Verblüffung weit aufgerissen.

Sie schnellte auf dem Absatz herum, als die Dämonen das Fabrikgelände fluteten und ihnen zu Hilfe kamen. Vereinzelt kämpften ein paar Engel an der Seite der Dämonen und schlugen die Wölfe zurück.

Wo steckte Zack? *Bitte, lass ihm nichts passiert sein*, betete sie. Er musste hier irgendwo sein!

»Runter!«, befahl Raphaels wütende Stimme in diesem Moment. Sie dachte nicht darüber nach und duckte sich gerade noch rechtzeitig, als ein messerscharfer Sturm über ihren Kopf hinwegschoss.

Rasch kam Raphael auf sie zu. Sie stellten sich automatisch Rücken an Rücken, ganz wie in alten Zeiten. Sie warfen mit ihrer Magie um sich und rissen die Himmelswölfe in den Tod, einen nach dem anderen. Jeden, der so dumm gewesen war, hierherzukommen.

»Ich muss Zack finden!«, rief Gabriel ihrem Bruder zu. Der Dämon war trotz seiner Erfahrung kein Krieger, er sollte nicht in diesem Kampf sein. Dennoch war sie sicher, dass er irgendwo hier war, genau mittendrin. Er würde nicht zulassen, dass die Dämonen wegen seiner Bitte starben. Sie musste ihn finden, sie musste ihm helfen.

Schwarze Federn segelten durch die Luft, gesellten sich zu den blutverschmierten weißen, die bereits am Boden lagen, als die Dämonen nach und nach die Kontrolle verloren.

»Wir müssen überleben!«, gab Raphael zurück, schleuderte mit einer gezielten Handbewegung eine Reihe von Wölfen zur Seite. Seine Tage als Krieger mochten lange zurückliegen, aber das hieß nicht, dass er weniger tödlich war. Sie bezweifelte, dass selbst die Reiter der Apokalypse eine Chance gegen ihren Bruder haben würden.

»Das eine schließt das andere nicht aus«, stellte Gabriel grimmig fest. »Wie viele sind es noch?«

»Zu viele.« Azrael hatte vermutlich gerade so viele Wölfe geschickt um ihnen zu zeigen, dass er die Bedrohung durch die beiden Erzengel ernst nahm. Doch sie und Raphael waren schon immer ein gutes Team gewesen, der geballten Macht von Wasser und Luft konnte kaum einer der Wölfe standhalten. Gemeinsam bewegten sie sich fort, stießen Engel und Dämonen aus der Schusslinie. Gabriel schwang den Wasserstrahl wie einen todbringenden Wirbel, eingehüllt in Raphaels schneidenden Wind. Sie fegten durch die Reihen der Wölfe wie die unaufhaltbaren Gottheiten, die sie einst hätten sein sollen. Der Kampf schien endlos zu dauern, immer wieder gab es einen Himmelswolf, der sich ihnen entgegenstellte.

Doch dann war es geschafft, die Krieger Azraels lagen tot am Boden.

Erschöpft hielten Gabriel und Raphael inne und mit klopfendem Herzen sah sich Gabriel nach Zack um, konnte ihn jedoch nirgendwo entdecken. Die Dämonen bildeten nach und nach einen Kreis um sie.

»Eine grandiose Idee!«, zischte ein Dämon. Drohend richteten sich seine schwarzen Flügel auf und verdunkelten das Licht der Sonne. »Das wäre beinahe unser Untergang gewesen! Oder wollt ihr behaupten, dass dieser Angriff ein Zufall gewesen ist?«

»Das ist doch verrückt!«, fauchte Gabriel. Sie wusste genau, wen sie vor sich hatte: Nach Sams Erzählungen konnte das nur Nakariel sein. Diese stechend grünen Augen und in Stacheln abstehenden, blonden Haare, gab es nicht oft. Er war der Dämon, der damals den Angriff auf sie befohlen hatte. Mit ihm musste sie ohnehin noch sprechen.

Sie blitzte ihn an. »Wir wurden angegriffen! Woher hätten wir wissen sollen, dass ihr in genau diesem Moment auftaucht? Seit Tagen haben wir keine Nachricht von euch erhalten!«

»Was soll es denn anders als eine Falle gewesen sein?« Er stieß ein Schnauben aus. »Ich wusste von Anfang an, dass man euch Engelspack nicht trauen kann!«

»Genug!« Zack drängte sich an ihm vorbei. Auch seine dunklen Flügel waren sichtbar, er hatte blutige Kratzer im Gesicht. Ein tiefer Schnitt zog sich quer über seinen Arm und er hinkte, als er näher kam. Aber immerhin hatte er überlebt. Er stellte sich zwischen sie und Nakariel. »Das war keine Falle!«, stellte Zack klar. »Keiner der Erzengel würde so etwas tun!«

»Woher willst du das wissen? Seit wann stehst du auf der Seite der Engel? Gerade du müsstest es doch besser wissen, Zack!«

»Das hat damit nichts zu tun!«, wehrte der Heiler ab. »Erst vor wenigen Minuten haben wir Seite an Seite gegen die Himmelswölfe gekämpft. Wieso sollten sie das tun, wenn das alles nur ein abgekartetes Spiel war? Seid ihr wirklich so in eurem Hass gefangen, dass ihr die Wahrheit nicht sehen könnt?«

Gabriel hörte nur mit halbem Ohr zu, während ihrem Bruder die Anspannung ins Gesicht geschrieben stand. Sie war völlig fasziniert von Zacks Flügeln vor ihr. So nah war sie den schwarzen Schwingen noch nie gekommen. Sacht bewegten sich die Federn mit jedem von Zacks Atemzügen, sie waren ein unwiderlegbarer Teil seines Selbst. Sie wirkten nicht bedrohlich wie die Flügel der anderen Dämonen, sondern warm und beruhigend. Würden sich diese Flügel schützend um sie schließen, würde ihr nichts und niemand etwas anhaben können. Konnte etwas derart Einladendes seinen Ursprung tatsächlich in der Hölle haben?

»Dämonen und Engel können nicht zusammenarbeiten, das hat die Geschichte mehr als einmal gezeigt!«

Dieser Ruf riss Gabriel aus ihren Gedanken. Sie blickte zu Zack. »Blödsinn!«, erklärte sie und stellte sich an seine Seite. Er musste nicht allein gegen sein Volk argumentieren. »Die Zeiten haben sich geändert, wir haben einen gemeinsamen Feind!«

»Azrael war schon immer unser Feind! Wer sagt uns, dass ihr uns nicht an ihn verkauft?« Die umstehenden Dämonen nickten, zum Teil sahen sie sich unsicher an. Als wüssten sie nicht, wem sie mehr Glauben schenken sollten.

Gabriel war kurz davor, die Beherrschung zu verlieren. »Weil wir für etwas kämpfen, das wichtig ist! Lizzie und Sam sind beide im Himmel, sie brauchen uns! Nur gemeinsam können wir ihnen helfen. Also vergesst doch endlich diese dämlichen Spitzfindigkeiten! Es ist an der Zeit, dass wir diese Grenzen überwinden, dass wir …«

Jemand packte sie an den Schultern, zog sie herum und erstickte den Rest ihrer Verteidigungsrede mit einem Kuss. Gabriels weiße Flügel brachen aus ihrem Rücken hervor, bäumten sich auf, als Zacks Lippen auf ihre trafen. Sie hielt ihn an den Hüften fest und fühlte seine Hände auf ihrem Rücken. Für einen Moment stand die Welt still, die Zeit hielt den Atem an. Es war der perfekte erste Kuss, ein Kuss, der einen zurück ins Leben holen konnte.

»Jetzt ist aber gut«, meldete sich eine männliche Stimme, sie klang belustigt. »Wir wollen die Geduld unserer beiden Völker schließlich nicht überstrapazieren.«

Zack und Gabriel lösten sich widerwillig voneinander. Er mit hochroten Wangen, sie mit einem Lächeln im Gesicht.

Sie sah zu Abaddon. Es war das erste Mal, dass sie ihn seit Luzifers Fall in der Realität sah. Er war größer geworden, muskulöser. Abaddon wirkte wie das Ideal eines Höllenfürsten, doch seine Augen waren nicht schwarz, sondern hellblau. Sie funkelten, während er die Arme vor der Brust verschränkt hatte und sie tadelnd ansah.

»Hallo, Gabriel.« Er lächelte und neigte leicht den Kopf zum Gruß. »Es ist schön, dich wiederzusehen. Zumal man nicht jeden Tag ein solches Bild zu sehen bekommt.« Mit dem Kopf deutete er auf ihre beiden Flügelpaare, die sich schwarz und weiß dem Himmel entgegenstreckten. »Ich dachte, die Regeln zu brechen, wäre die Aufgabe deiner Nichte.«

»Ich fürchte, dass diese Angewohnheit in der Familie liegt«, gab sie zurück.

Er lachte leise. »Damit dürfte die Sache mit dem Vertrauen fürs Erste geregelt sein. Wenn das einer von euch anders sieht«, fügte er mit Blick auf Nakariel hinzu, »wäre jetzt der richtige Augenblick, um mögliche Einwände gegen diese Zusammenarbeit zu erheben. Ansonsten bin ich dafür, dass wir hierbleiben.«

Zustimmendes Gemurmel erhob sich, sowohl bei den Engel auch als auch bei den Dämonen. Nur vereinzelt schüttelte jemand den

Kopf. Doch keiner schien sich zu trauen, dem Höllenfürsten zu widersprechen.

Abaddon nickte. Dies schien ein Signal gewesen zu sein, denn nach und nach löste sich die Gruppe auf. Sie begannen damit, die Toten zu bergen und den Verletzten zu helfen. Lediglich Gabriel und Zack blieben unbeweglich stehen, als traute sich keiner der beiden, den Zauber dieses Moments zu unterbrechen.

Zack schluckte. »Entschuldige. Ich wollte dich damit nicht überfallen.« Er wich ihrem Blick aus. Jeglicher Mut schien ihn plötzlich verlassen zu haben. »Natürlich werde ich Lyrael die Sache erklären.«

»Lyrael?« Sie blinzelte, dann wurde es ihr klar. Das also war der Grund für Zacks seltsames Verhalten in den letzten Tagen gewesen. Wieso hatte sie das nicht gleich gesehen? Gabriel schüttelte den Kopf. »Das geht Lyrael überhaupt nichts an. Er und ich sind nur Freunde.«

»Ihr seid nicht ...?«

»Ganz bestimmt nicht.« Es kostete sie nur einen Gedanken, dann verschwanden die Flügel wieder. »Mach dir darum also bitte keine Sorgen.« Sie konnte Zacks Erleichterung beinahe spüren, er lächelte und rief seine Flügel ebenfalls zurück.

»Was jetzt?«, fragte er.

Sie griff nach seiner Hand. »Ich denke, dass wir das bald wiederholen sollten«, flüsterte sie leise. »Ich war noch nie ein großer Fan davon, die Dinge langsam anzugehen.«

Ihre Finger verschränkten sich ineinander. Wortlos setzen sie sich in Bewegung und folgten den anderen in die Fabrikhalle.

11

MIDGARD

»Nein!« Verzweifelt dröhnte Lizzies Schrei durch Asriels Gedanken.

Camael streckte nicht die Hand aus, um sie aufzuhalten, verhinderte nicht, dass sie in die Tiefe stürzte.

Sie schrie auf. Als sie aufprallten, stießen sie sich den Arm an einem Felsen. Asriel spürte, wie ihr der Schmerz brennend bis in den Oberkörper schoss. Undeutlich fühlte sie das Blut, das ihnen den Arm hinunterlief. Sie verlor jeden Sinn für oben und unten, als sie erneut den Halt verloren.

Ein Ruck ging durch Lizzies Körper, als es Asriel endlich gelang, die Kontrolle zu übernehmen. Sie drehten sich in der Luft, ruderten hilflos mit den Armen. Dennoch konnte auch Asriel den nächsten Aufschlag nicht abmildern. Mit voller Wucht prallten sie auf dem Abhang auf, überschlugen sich und polterten nach unten. Steine und Geröll begleiteten sie, ebneten ihnen krachend den Weg. Asriel stieß einen Fluch aus, rief nach dem Wind, aber es schlug fehl. Nicht einmal ihre Magie konnte sie retten.

»Schließ die Augen!«, brüllte sie Lizzie über das Donnern hinweg zu und folgte ihrem eigenen Befehl. Sie wollte nicht sehen, was vor ihnen lag.

Immer weiter fielen sie, schlugen gegen die Felsen. Sie rollten sich zusammen, versuchten, sich so klein wie möglich zu machen. Aber Asriel konnte nicht verhindern, dass sie dabei verletzt wurden. Glühend schoss der Schmerz durch ihren Körper, schien sie von innen heraus verbrennen zu wollen und blendete jeden anderen Gedanken aus. Ihr Sturz schien ewig zu dauern, immer wieder schlugen sie gegen Hindernisse und rissen weitere Gesteinsbrocken mit sich in die Tiefe.

Lizzie verlor das Gefühl für Zeit und Raum, als würde sie erneut ohne Körper durch die Luft schweben. Sie war losgelöst von allen Verpflichtungen, schwebte durch das Nichts. Ein Teil von ihr fragte sich, ob sich so der Tod anfühlte. Ein anderer Teil von ihr hoffte es.

In diesem Moment wurde ihr Sturz abrupt von einem Felsbrocken gestoppt. Mit voller Geschwindigkeit prallten sie auf, sodass Asriel die Luft aus der Lunge gepresst wurde. Für einen Moment war es, als würden sie weiterfallen, weiter in die Tiefe und in die Schwärze. Asriel schloss die Augen und gab sich der Dunkelheit hin, nur für einen Augenblick.

Schwer atmend lagen sie auf dem Rücken.

»Warte«, bat Asriel, keuchte. Noch immer hatte sie die Kontrolle über Lizzies Körper. Doch sie konnte spüren, wie das Mädchen gegen sie ankämpfte. Sie öffnete die Augen, starrte in den trügerisch blauen Himmel über sich. *»Ich werde versuchen, uns zu heilen.«*

»Ich brauche deine Hilfe nicht!«, fauchte Lizzie und wehrte sich gegen Asriels Griff.

»Ich habe nur versucht, dich zu beschützen!«

»Du hast Camael geopfert!«

»Es war seine Entscheidung.« Asriel ballte die Fäuste, sie fühlte Traurigkeit in sich aufsteigen. Sie hatte nichts tun können, um den Tod des Engels zu verhindern. *»Nicht meine. Ich habe ihn zu nichts gezwungen.«*

Sie richtete sich auf, ächzte und stieß ein Stöhnen aus. Sie atmete tief ein, fühlte Lizzies Trauer in sich. Aber es war wichtiger, sich jetzt um die Verletzungen ihres gemeinsamen Körpers zu kümmern. Mehrere Knochen waren gebrochen und es würde nicht einfach werden, das zu heilen. Sie war nur froh, dass Lizzie diese Verletzungen nicht spüren konnte.

»Lassen wir das«, meinte Asriel leise, bevor Lizzie weiter wüten konnte. *»Ich will mich jetzt nicht mit dir streiten.«* Der Mensch in ihr schwieg, aber Asriel war sich sicher, dass Lizzie sich ihren Teil dachte. Würde das Mädchen ihr jemals vertrauen? Allerdings konnte sie es ihr nicht verdenken. An Lizzies Stelle wäre sie auch alles andere als begeistert über diese Umstände gewesen. Wenn sie sich nicht dermaßen mit Lizzie um die Kontrolle gestritten hätte,

hätten sie Camael retten können. Sein Tod war vermeidbar gewesen, doch sie hatten versagt. Wie sollten sie den Himmel retten, wenn sie nicht einmal Lizzies Freund beschützen konnten?

Asriel schloss die Augen und rief den Wind. Sie ließ ihn in ihren Körper strömen, in jede einzelne Verletzung. Es war immer schwierig, sich selbst zu heilen. Man wurde dabei viel zu leicht von den eigenen Gedanken abgelenkt, durch die eigenen Schmerzen. Doch gerade bei der Heilung war es wichtig, sich zu konzentrieren. Es gab zu viele Dinge, die schiefgehen konnten.

Sie horchte in sich hinein, fühlte die Knochen, die gebrochen waren. Sie neigte den Kopf, atmete erneut tief ein. Mit einem Ruck führte sie die Knochen wieder zusammen. Ein Keuchen entfuhr ihr und selbst Lizzie zuckte zusammen.

»Alles wird gut«, murmelte Asriel. »Wir bekommen diesen Körper wieder hin.«

»Den Körper vielleicht, ja. Aber was ist mit dem Rest von uns?«

Asriel stieß einen Seufzer aus, sie fühlte, wie ihr der Schweiß auf der Stirn perlte. *»Ich weiß, wie du dich fühlst.«*

»Woher willst du das wissen? Woher willst du irgendetwas über mich oder mein Leben wissen?«

»Lizzie, bitte. Ich verspreche dir, dass du mich gleich weiter anbrüllen kannst. Aber jetzt sei bitte für einen Moment still, ich muss mich konzentrieren.«

Lizzie murrte, doch sie sagte nichts mehr. Es war das erste Mal, dass sie eine Bitte befolgte, die Asriel an sie richtete, und im Moment war der Engel sehr froh darüber. Mit Hilfe des Windes kümmerte sie sich um die Verletzungen, eine nach der anderen. Richtete die Brüche, verschloss die offenen Wunden und besänftigte die Prellungen. Es war eine mühsame Prozedur, sie raubte ihr alles, was sie noch an Kraft hatte.

* * *

In der Dunkelheit ihres Geistes verbarg Lizzie den Kopf zwischen den Händen. Sie versuchte, das alles zu verstehen, sich zu konzentrieren. Es war das erste Mal gewesen, dass Asriel zu ihr wie zu einer Gleichberechtigten gesprochen hatte. Der Engel könnte sie jederzeit überwältigen. Asriel könnte einfach aufstehen und Midgard überrennen, sich bis zum Weltenbaum durchkämpfen. Es konnte ihr egal sein, was mit Lizzies Körper oder Seele geschah, solange sie nur ihr Ziel erreichte. Stattdessen arbeitete sie daran, die Verletzungen zu heilen, hatte Lizzie zurückgedrängt, bevor der Schmerz sie in die Ohnmacht treiben konnte. Fast so, als wollte sie sie beschützen, fuhr es ihr durch den Kopf. Aber das war verrückt. Aus welchem Grund sollte Asriel versuchen, sie vor Schaden zu bewahren?

Jetzt spielte das ohnehin keine Rolle mehr. Lizzie spürte die Magie in ihrem Körper, der Wind schien überall gleichzeitig zu sein. Sie konnte nur erahnen, wie schlimm sie sich durch den Sturz verletzt hatte. Asriel heilte sie, Stück für Stück. Allerdings nicht vollständig, dafür reichten ihre Kräfte zurzeit nicht aus. Sie konnte fühlen, wie ihr Herzschlag sich verlangsamte, wie der Strom der Kräfte verebbte. Vor ihrem Kampf gegen Azrael war die Magie in ihrem Innern kaum zu bändigen gewesen, nun herrschte jedoch Stille. Es fühlte sich beinahe so an, als wäre sie wieder ein Mensch.

»Fertig.« Asriel stieß einen erleichterten Seufzer aus. *»Mehr kann ich für den Moment nicht tun.«*

»Wieso machst du das? Wieso hilfst du mir?«

Asriel lehnte sich an den Felsen, Lizzie konnte ihre Erschöpfung spüren. Sie breitete sich in ihrem Körper aus, befiel träge ihre Gedanken.

»Ich habe nichts gegen dich, Lizzie. Auch nicht gegen Sam oder Michael. Das habe ich dir mehr als einmal gesagt.«

»Ja, aber bisher habe ich dir das nicht geglaubt. Deine Handlungen ließen jedenfalls nicht auf große Hilfsbereitschaft schließen. Und jetzt ist Camael …« Lizzie konnte es nicht sagen. Sie sah Camaels große Gestalt vor sich, wie er am Rand des Abhangs stand. Wie er ihr zulächelte, während hinter ihm die Himmelswölfe sichtbar wurden.

»Ich weiß. Es tut mir leid«, erwiderte der Engel leise.

Lizzie fühlte sich leer, als hätte Camael jegliche Hoffnung mit sich genommen. Wie sollte sie das ohne ihn schaffen?

»Ich weiß, wie du dich fühlst, auch wenn du mir das nicht glauben

magst. Aber trotz allem habe ich den Krieger sehr geschätzt. Ich bin ihm sehr dankbar für die Hilfe, die er dir gewährt hat.«

Erinnerungen wanderten durch Asriels Gedanken. Lizzie sah, wie Asriel den jungen Krieger ausgewählt hatte, um ihre Zwillinge zu trainieren. Damals war Camael so alt wie Lizzie jetzt gewesen, eigentlich hätte er die Schmiede seines Vaters übernehmen sollen. Sie sah das kleine Gebäude mit dem Amboss, einen freundlichen, älteren Mann, der dem jungen Camael zeigte, wie man mit dem Hammer umging. Niemand hatte damit gerechnet, dass jemand von seiner Herkunft dazu berufen werden würde, sich um die Ausbildung der Erzengel zu kümmern.

Doch Asriel hatte etwas in Camael gesehen, das sie nicht in Worte fassen konnte. Es war wie eine Vorahnung gewesen, dass ihre beiden Söhne den Engel brauchen würden. Das Gefühl, dass er eines Tages eine wichtige Rolle in ihrem Leben spielen würde. So war Camael im Laufe der Jahre zu Michaels bestem Freund geworden, selbst Luzifer hatte dem Krieger vertraut. Asriel hatte dem Training der drei oft zugesehen. Sie wusste, dass ihre Söhne bei Camael in guten Händen waren. Man sah es an der Art seines Lächelns, wenn er ihnen auf die Schulter klopfte. Konnte es an dem warmen Blick erkennen, mit dem er die Fortschritte seiner Schüler beobachtete.

»Ich weiß, dass er dein Freund war«, ergänzte Asriel. *»Er war ein besonderer Mann.«*

»Er hat sein Leben für mich gegeben«, flüsterte Lizzie, Tränen liefen ihr die Wangen hinunter. *»Ich weiß nicht, wie ich damit umgehen soll. Oder wie ich es Michael erklären soll.«* Wie sollte sie ihm sagen, dass sein bester Freund gestorben war? Dass sie nichts hatte tun können, um das zu verhindern?

»Michael wird es eines Tages verstehen.«

»Asriel, was erwartet uns an den Toren? Was auch immer es ist, es kann unmöglich einen so hohen Preis rechtfertigen!« Wenn Lizzie könnte, würde sie den Engel an den Schultern packen und kräftig schütteln.

»Camael ist in dem Glauben gestorben, dass ich einen Weg zurückfinde!« Asriel klang erschöpft, aber sanft.

»Ach ja? Dann lass uns doch über den Tod sprechen! Darüber, dass Camael sich für uns geopfert hat. Oder darüber, dass ich langsam sterbe!« Wütend stemmte Lizzie sich gegen Asriels Kontrolle. *»Du hast den Verstand verloren! Auf deinem Weg wirst du uns alle in den Untergang ziehen und wofür?«*

»Der gesamte Himmel ist dem Untergang geweiht! Ich versuche lediglich, diejenigen zu retten, die noch zu retten sind! Denkst du wirklich, mir macht das Spaß?« Asriel schüttelte den Kopf. *»Alle, die ich liebe, sind entweder tot oder haben nichts als Hass für mich übrig.«*

»Falls es dich irgendwie tröstet, entschuldige ich mich gerne dafür«, sagte der Engel seufzend und klang plötzlich müde. »Sagen wir einfach, dass ich damals nicht ich selbst gewesen bin.«

»Falls das beruhigend klingen sollte, so hat es seine Wirkung verfehlt.«

Asriel lachte leise. *»Glaub mir, das sollte dich beruhigen. Es ist besser für uns alle, dass ich wieder bei klarem Verstand bin.«*

»Bedeutet das, dass du das vorher nicht warst?« Alle sagten, dass Azrael den Verstand verloren habe. Was, wenn es auf Asriel genauso zutraf? Wie Michael schon gesagt hatte: Jeder, der hinter die Himmelstore ging, kam verändert zurück.

Der Engel zuckte mit den Schultern. *»Als ich dich traf, war ich nur zu einem Teil ich selbst. Du weißt doch, wie das mit der Magie und der Kontrolle ist. Ich habe lange genug mit diesen Kräften zu tun gehabt, um mich in ihnen zu verlieren. Die Tatsache, dass ich als freie Seele über die Erde wandelte, hat die Sache nicht gerade verbessert. Michael und Sam werden es dir bestätigen. Je stärker du bist, desto schwieriger ist es, du selbst zu bleiben.«*

»Aber wir verfügen über dieselben Kräfte, deine Fähigkeiten sind auch meine. Wieso merke ich nichts von diesen Veränderungen?« Sicher, es war schwierig, sich nicht zu verlieren. Aber Lizzie hatte nicht das Gefühl, dass es sie veränderte. Jedenfalls nicht mehr als Asriels Anwesenheit in ihr.

»Du bist anders«, meinte Asriel und schloss die Augen. *»Auch wenn du es mir nicht glauben magst, aber du bist ein Teil dieser Geschichte. Ich habe dich nicht aus Zufall ausgesucht oder weil du*

bereit warst, so viel für Sam zu geben. Das ehrt dich zwar, aber es war nicht der Hauptgrund.«

»Ich dachte, es wäre wegen der Ähnlichkeiten zwischen uns gewesen.«

Immer ging es um diese verfluchten Tore. Lizzie warf einen Blick auf Midgards Häuser. Sie waren nur wenige Meter entfernt. *»Aber das werden wir nicht tun, um den Himmel zu retten«*, ergänzte sie leise. *»So oder so, wir müssen dafür an Azrael vorbei.«*

»Er wird dich aufhalten wollen.«

»Wirst du mir denn helfen?« Ohne Camael war Lizzie auf sich allein gestellt. Es war das erste Mal seit ihrer Ankunft im Himmel, dass sie niemanden an ihrer Seite hatte. Wie sollte sie es allein bis zum Weltenbaum schaffen? Wen sollte sie um Rat fragen, wem konnte sie sich anvertrauen? Es war nicht nur die Angst vor dem Tod oder vor den Himmelstoren. Es ging um das, was danach geschehen würde. Was passierte, wenn sie das Siegel nicht brach, sondern erneuerte.

Stumm verfolgte Asriel ihre Gedanken, bis sie sich räusperte. *»Ich kann nicht gegen Azrael kämpfen, Lizzie. Würdest du ihn kennen, wie ich ihn kennengelernt habe, dann hättest du eine andere Meinung von ihm.«*

»Ich habe deine Erinnerungen gesehen. Das, was ich dort gesehen habe, kann ich nur schwer mit dem Azrael in Verbindung bringen, dem ich begegnet bin.« Waren an diesen Veränderungen auch die Himmelstore schuld?

»Das weiß ich.« Vorsichtig richtete Asriel sich auf. *»Seit damals ist sehr viel geschehen. Einiges, was wir nicht vorhersehen konnten, was so nicht geplant war. Aber in seinem Kern ist Azrael der Mann von damals geblieben.«* Sie schüttelte den Kopf. *»Es tut mir leid, Lizzie. Ich wäre diesen Pakt nicht mit dir eingegangen, wenn es nicht notwendig gewesen wäre. Doch bei dem, was ich vorhabe, brauche ich deine Hilfe. Das Paradies ist nicht so, wie du es dir vorstellst. Was hinter den Toren liegt, ist alt. Vermutlich älter als ich oder Azrael, älter als der Himmel selbst. Und es ist sehr mächtig. Nur mit dir zusammen kann es mir gelingen, das Ganze endgültig zu beenden. Dann kann meine Seele endlich Frieden finden.«*

Es. Eine Person oder ein Ort? Je mehr Lizzie darüber nachdachte, was es sein könnte, desto mehr Angst bekam sie. Die Vision dessen, was geschehen würde, wenn sich die Tore öffneten, steckte noch immer in ihren Knochen. Sie konnte dieses Bild der Dunkelheit und Zerstörung nicht abschütteln. Wie sollte sie etwas aufhalten, was dazu in der Lage war?

Der Engel stützte sich an einem Felsen ab. *»Ich fürchte, dass ich mich jetzt zurückziehen muss«*, erklärte Asriel. *»Wenn du kannst, dann finde einen Unterschlupf. Wir werden all unsere Kräfte brauchen.«* Mit einer Hand deutete sie auf Yggdrasil, die halb hinter den Häusern verborgen lag.

Bevor Lizzie darauf etwas erwidern konnte, hatte Asriels Seele sich bereits zurückgezogen.

Erschrocken keuchte Lizzie auf, als die Schmerzen sie mit voller Wucht trafen. Sie knickte zusammen, ihre Fingernägel kratzten über den blanken Stein. Trotz Asriels Heilung waren noch diverse Wunden und Prellungen zurückgeblieben. Ihr liefen die Tränen über das Gesicht, aber es war nicht der Schmerz über ihre körperlichen Verletzungen.

Camael.

Sie krallte ihre Hände in die Erde, schluchzte leise. Er hatte sie nur retten wollen, hatte gewollt, dass sie überlebte. Aber wie konnte er annehmen, dass ihr Leben mehr wert war als seines? Sie hätten es gemeinsam schaffen können, doch er hatte diese Entscheidung ohne sie getroffen. Wenn er wüsste, was Asriel tatsächlich plante, hätte er es dann trotzdem getan? Sie hätte niemals zugelassen, dass er auf die Erde gelangte.

»Vergiss nicht, Sam von mir zu erzählen«, hallte seine Stimme in ihrem Kopf wider.

Lizzie schluckte den Kloß in ihrem Hals hinunter und stand mühsam auf. Sie hoffte, dass Asriel ihr die Erinnerungen an Camael niemals nehmen würde. Sie wollte sich an den Engel erinnern, an jede Einzelheit. An seine kräftige Gestalt, seine unabdingbare Loyalität Michael gegenüber. An die von Tattoos überzogenen Arme, die einen einerseits umarmen und andererseits mit tödlicher Präzision ein Schwert schwingen konnten. An sein dröhnendes Lachen, das wie der Berg selbst klang. An Camaels Mut, an seine Bereitschaft, alles für die Personen zu tun, die ihm wichtig waren. Sie wollte sich an seinen Händedruck erinnern. An das Funkeln in seinen Augen und seine Liebe zum Himmel. All das waren Dinge, die sie nicht vergessen wollte, niemals.

Sie holte tief Atem, wischte sich mit dem Handrücken die Tränen aus dem Gesicht und griff nach ihrem Stein. Erleichtert bemerkte sie, dass er noch da war. Manchmal schien es ihr, als wäre dieser rote Anhänger neben Sam das Einzige, was sie hier in der Realität hielt.

Die Stadt war nur noch wenige Meter entfernt.

Aus der Ferne hatte Midgard viel erhabener gewirkt, viel geheimnisvoller. Vor Lizzie reihten sich jedoch nur graue, trostlose Häuser aneinander, wie eine Front, die sich gegen sie stellte. Vereint unter den kahlen Ästen des Weltenbaums.

Stolpernd setzte sie sich in Bewegung. Zum ersten Mal, seit sie im Himmel war, fühlte sie sich allein. Es gab niemanden mehr, der ihr beistand. Sie war auf sich gestellt – und das bereitete ihr beinahe mehr Angst als der Gedanke an die Himmelstore.

Sie ging mit wackligen Beinen auf die nächstgelegene Hauswand zu und stützte sich ab. Es rasselte in ihrer Lunge, jeder Atemzug fühlte sich schwerer an als der vorherige. Ohne Asriel hätte sie diesen Sturz nicht überlebt, doch bei der Heilung musste sie die eine oder andere verletzte Rippe übersehen haben. Vielleicht hatte ihre Kraft auch einfach nicht mehr ausgereicht.

Vollkommen erschöpft legte Lizzie den Kopf in den Nacken und fuhr sich mit dem Handrücken über die heiße Stirn. Sie wollte sich nur noch in eine Ecke setzen und nichts mehr tun, nichts mehr denken. Nur um den Engel trauern, der ihr Freund geworden war. Aber Camael hatte trotz all seiner Skepsis am Ende daran geglaubt, dass sie es schaffen konnte und sie hatte nicht vor, ihn zu enttäuschen.

Lizzie straffte sich. Sie hielt sich an dem rauen Stein fest und setzte vorsichtig einen Fuß vor den anderen. Mit zögerlichen Schritten bog sie in eine Lücke zwischen den Mauern, streifte mit ihrer Schulter die ehemals weiße Hauswand. Vor langer Zeit hatte etwas diese Wände dunkel verfärbt, hier und da waren Rußspuren zu sehen, teilweise waren sogar die Mauern eingefallen. Lizzie blieb stehen und sah sich um. Es war die zweite Engelsstadt, die sie sah. Zu ihrem Erstaunen hingen an den Wänden keine Steckbriefe von ihr und Michael. Vielleicht hatte Azrael nicht damit gerechnet, dass sie Midgard tatsächlich erreichen würde. Sie sollte beruhigt sein, dennoch konnte sie ein ungutes Gefühl nicht abschütteln. Wie eine Stimme in ihrem Kopf, die sie immer wieder auf etwas hinweisen wollte, das sie vergessen hatte. Eine Erinnerung möglicherweise? Wieso kam ihr dieser Ort sonst so bekannt vor? Die halb verfallenen Häuser, die ihren Weg säumten, verwinkelte Gänge und Gassen. Rauch, der zwischen den Mauern hervorquoll. Nur, dass da jetzt kein Rauch war, es war nur eine Erinnerung, vielleicht auch ein ...

Abrupt blieb sie stehen. Das hier war die Stadt aus ihrem Traum.

An diesem Ort hatte sie sich bereits aufgehalten, es war ihr erster Albtraum von Azrael gewesen. Ein Schauer fuhr ihr über den Rücken. Wie war das möglich? Wie hatte sie damals schon von Azrael und Midgard träumen können? Sie hatte erst vor Kurzem von dieser Stadt erfahren.

Erschüttert lehnte sie sich gegen die Hauswand, als ein blutiger Hustenanfall sie schüttelte. Sie krümmte sich zusammen, keuchte auf. Ihre Lunge brannte, da schlugen die Kopfschmerzen mit voller Kraft zu. Sie verlor den Halt, alles um sie herum wurde schwarz, als sie zu Boden stürzte.

12

TYCHAEL

»Wach auf!«

Sam fuhr in die Höhe, er zuckte zurück.

»Beruhige dich!«

Eine Hand berührte ihn an der Schulter und hielt ihn fest, bevor er sich nach einer Waffe umschauen konnte.

Er brauchte einen Moment, bis er sein Gegenüber erkannte. »Tychael? Was um Himmels willen machst du hier?« Nur mühsam beruhigte sich sein Herzschlag.

»Ich habe dich gesucht.« Der Himmelswolf verdrehte die Augen. »Aus welchem Grund sollte ich sonst um diese Zeit hier sein?«

»Wo ist Michael?« Sam sah sich um. Dunkel erinnerte er sich an Idriel und den Erzengel, die bei ihm gewesen waren. Wollte Michael nicht genau solche Besuche verhindern? Dennoch war er froh, den Himmelswolf wiederzusehen und zu wissen, dass es ihm gut ging, jedenfalls den Umständen entsprechend.

»Hoffentlich weit weg. Ich kann mir nicht vorstellen, dass der Feuerengel einen der Meinen freundlich begrüßen würde. Allerdings habe ich bei dir auch mit einem anderen Empfang gerechnet.«

Sam stieß ein Schnauben aus und setzte sich auf. »Ich habe nicht gedacht, dass ich dich wiedersehen würde«, stellte er fest. Schon gar nicht zu dieser Zeit. Außerhalb dieses Unterschlupfes lag alles im Dunkeln. Wie lange hatte er geschlafen? Hatten sie dadurch viel Zeit verloren? Es fühlte sich wie eine Ewigkeit an. Nur entfernt konnte er Lizzie spüren. Das Band zwischen ihnen war gespannt, als könnte es jederzeit reißen.

Tychael schüttelte den Kopf. »Dasselbe könnte ich von dir behaupten. Ich habe gehört, dass sich einige meiner Brüder auf den

Weg gemacht haben, um dich zu Azrael zu geleiten. Sie scheinen keinen Erfolg gehabt zu haben.«

»Das nächste Mal sollte Azrael mehr Männer schicken.« Oder weniger, je nachdem, was der Himmelsherrscher bezwecken wollte.

»Das tut er.« Tychaels Gesichtsausdruck wurde ernst. »Deswegen bin ich hier.«

»Wird das ein Höflichkeitsbesuch?«

»Das hängt ganz von der Sichtweise ab. Ich bin geneigt, es einen Freundschaftsbesuch zu nennen.«

Sam musste lächeln. Er konnte nicht sagen, woran es lag, aber er mochte den Himmelswolf. In Tagen wie diesen war ihm jeder Freund willkommen, der helfen wollte. »Ich finde deinen Vorschlag gut.« Wer hätte gedacht, dass er sich jemals mit einem Wolf verbünden würde? »Was hat Azrael vor?«

»Er ist unterwegs nach Midgard. In Begleitung von jedem einzelnen meiner Brüder.«

»Das ist uns bewusst.« Sam verzog das Gesicht und fuhr sich mit einer Hand durchs Haar. Dabei streifte er mit dem Handrücken die Stoppeln an seinem Kinn. Sie waren länger geworden, viel länger, als er es gewohnt war. Was würde Lizzie sagen, wenn sie ihn so sähe? »Wir sammeln uns ebenfalls. Die Rebellen werden kämpfen. Es wird nicht einfach werden, aber ...«

»Sam, du hörst mir nicht zu.« Tychael runzelte die Stirn. »Azrael ist bereits unterwegs. Schon in wenigen Stunden wird er in Midgard ankommen.«

»Was?« Er sprang auf die Beine, sah den Wolf entsetzt an. »Aber ... das ist unmöglich! Wie kann er so schnell dort sein?«

»Ich nehme an, dass er sich schon länger darauf vorbereitet hat.«

Sam schwieg, seine Gedanken überschlugen sich. Das alles ging viel schneller, als sie gedacht hatten. Wo war Lizzie? Wusste sie, was sie in Midgard erwarten würde? »Ich muss die anderen warnen«, sagte er schließlich und strich sich die Haare aus der Stirn.

»Was willst du ihnen vorbringen? Sie werden meinen Worten kaum Glauben schenken.«

»Deinen vielleicht nicht, aber meinen.« Sam stöhnte innerlich. Wie sollte er derart schlechte Nachrichten überbringen? Sie würden es niemals rechtzeitig zum Weltenbaum schaffen, nicht zu Fuß. Und schon gar nicht mit so vielen Engeln im Schlepptau. Doch je weniger sie waren, desto schlechter standen ihre Chancen, tatsächlich etwas ausrichten zu können. Er wandte sich zu Tychael um. »Wirst du mitkämpfen?« Der Wolf hatte bei ihrer ersten Begegnung klargemacht, dass er sich im Zweifelsfall für seine Brüder entscheiden würde. Doch Sam konnte sich nicht vorstellen, dem Himmelswolf im Kampf gegenüberstehen zu müssen.

Tychael schüttelte den Kopf. »Das ist noch nicht entschieden. Wie schon gesagt, es gibt Wölfe und Wölfe. Diejenigen von uns, die an Azrael zweifeln, haben sich zusammengeschlossen. Es herrscht ... Unstimmigkeit darüber, was wir als Nächstes tun sollen.«

»Das kann ich verstehen.« Die Engel würden es nicht akzeptieren, wenn die Himmelswölfe plötzlich an ihrer Seite kämpften. Nicht nach allem, was geschehen war. Sollten sie den Krieg verlieren, würde Azrael ihnen gegenüber keine Gnade walten lassen. Vermutlich wäre es das Sicherste für Tychaels Leute, wenn sie in den Untergrund gingen. Er sah den Krieger offen an. »So oder so, ich bin dir sehr dankbar für deine Hilfe.« Ohne Tychael wären die Dinge sicherlich anders gelaufen.

»Konzentriere dich lieber auf den Kampf, Sam. Mach dir um mich keine Gedanken.« Tychael schlug sich mit der Faust zweimal gegen die Brust. »Auf dass wir uns unter erfreulicheren Umständen wiedersehen mögen.«

Zögerlich erwiderte Sam die Bewegung. »Auf erfreulichere Umstände«, stimmte er zu. War dies ein Abschied oder ein Schwur?

Der Krieger lächelte und nickte ihm zu. Dann drehte er sich um und ging genauso leise fort, wie er gekommen war. Für einen Moment blieb Sam allein zurück.

Schließlich gab er sich einen Ruck und verließ den Unterschlupf.

In der Zwischenzeit waren viele Zelte aufgebaut worden, es waren mehr Engel hinzugekommen. Er blieb stehen und sah sich staunend um. Überall herrschte ein hektisches Getümmel, eifrig liefen die Engel durcheinander. Es waren viele neue Gesichter dabei, das konnten unmöglich nur Rebellen sein. Hatten sich ihnen auch

Engel der Unterschicht angeschlossen? Linael konnte er zumindest nicht entdecken.

Schon nach wenigen Schritten hörte er Michaels Stimme, kräftig erhob sie sich über den allgemeinen Lärm. Sam folgte dem Klang, bis er an ein größeres Zelt gelangte.

Michael und einige andere Engel waren über eine Landkarte gebeugt. Idriel stand neben ihnen. Sie diskutierten eifrig, zogen mit dem Finger Linien über die Karte.

Als Sam eintrat, sahen sie auf. Etwas an seinem Gesichtsausdruck schien ihn zu verraten, denn Michael runzelte die Stirn. »Alles in Ordnung?«

»Nein.« Es gab keinen Grund, das zu verbergen. »Schlechte Neuigkeiten.«

»Sprich ruhig.« Der Feuerengel wies auf die Umstehenden. »Keiner hier wird deine Worte in Zweifel ziehen.«

Sam verschränkte die Arme vor der Brust. Es war ihm völlig egal, was die anderen Engel von ihm dachten. Wichtig war nur, dass Michael ihm Glauben schenkte. »Azrael wird in wenigen Stunden Midgard erreichen. Uns rennt die Zeit davon.«

»Woher willst du das wissen?«

»Nennen wir es eine vertrauenswürdige Quelle.« Einer der Engel schnaubte, aber Michael sah Sam prüfend an. Schließlich nickte der Erzengel und stieß einen Fluch aus, der das Feuer der Kerzen höher schießen ließ. »In der Tat«, stellte er fest, »Das geht schneller, als wir dachten. Aber noch liegen wir gut in der Zeit.«

»In der Zeit? Michael, wir werden den Weltenbaum niemals rechtzeitig erreichen!«

Zu seiner Überraschung lächelte der Engel. »Doch, das werden wir. Aber wir werden uns ein wenig beeilen müssen. Idriel, zeigst du es ihm?«

»Sicher.« Auch Idriel lächelte und wandte ihren Blick von Michael ab. Sie blinzelte, als wäre sie aus einem Traum erwacht. »Komm, ich erkläre dir alles unterwegs«, sagte sie und ging auf Sam zu.

»Warte!« Michael richtete sich auf und Idriel drehte sich zu ihm um. Er schien zu zögern. »Sehen wir uns vorher noch? Das ... Ich wollte ...«

»Ja.« Rasch verbarg sie ihr Lächeln. »Ich wollte auch noch etwas mit dir besprechen.«

Michael senkte den Kopf, doch Sam sah seine hochroten Wangen und rollte mit den Augen.

Idriel deutete zum Ausgang des Zeltes und schob ihn voran. »Na los, sträube dich nicht so.«

»Das sagst du zu mir?« Draußen suchten sie sich ihren Weg durch die Engel. »Du solltest es ihm einfach sagen.«

»Wem soll ich was sagen?«

»Michael. Wen sollte ich sonst meinen?« Selbst ein Blinder konnte das sehen, offensichtlicher ging es kaum noch.

»Kümmere dich um deinen Kram.« Der Engel drehte sich um, ihr Schritt beschleunigte sich. »Von jemandem, der sich fast zehn Jahre lang immer wieder vor seiner Freundin gedrückt hat, nehme ich bestimmt keine Beziehungsratschläge entgegen.«

»Weiß hier denn jeder über mich Bescheid? Es wäre toll, noch ein paar Geheimnisse zu haben.« Missmutig folgte er ihr. Man hätte meinen können, dass die Engel genügend eigene Probleme hätten, auf die sie ihre Aufmerksamkeit richten könnten.

»Hast du etwas anderes erwartet?« Belustigt sah Idriel ihn an. »Sam, ihr seid das Gesprächsthema des Himmels. Besonders Lizzie, aber im Moment stehst du ihr in nichts nach.«

Verständnislos sah er sie an.

Sie stieß einen Seufzer aus. »Für viele hier seid ihr ein Vorbild.«

Er schnaubte. Ganz so viel schienen die Engel dann doch nicht über ihn zu wissen. »Glaub mir, ich sollte niemandem als Vorbild dienen. Ganz sicher nicht.«

»Doch, natürlich.« Sie schien es tatsächlich ernst zu meinen. »Du weißt nicht, wie es hier im Himmel war. Wir haben schon lange den Mut verloren. Jeder versucht einfach nur, zu überleben. Für Freundschaft oder gar Liebe ist in einer solchen Welt nicht viel Platz. Aber ihr beide seid anders. Ihr tut absolut alles für das Recht, zusammen zu sein. Dieser Wunsch ist so stark, dass euch vermutlich nicht einmal der Tod aufhalten könnte.«

»Wollen wir hoffen, dass der Tod das genauso sieht. Versucht hat er es auf jeden Fall schon.« Sam war so auf Lizzie und seinen

Weg zu ihr bedacht gewesen, dass er nicht wahrgenommen hatte, wie das auf andere wirken musste. Und wenn doch, so hätte er angenommen, dass sie ihn für verrückt hielten. In einer normalen Welt wäre er das sicherlich auch gewesen. »Keiner von uns beiden hatte vor, es so weit kommen zu lassen. Wir wollten nie, dass es zu einem Krieg kommt. Oder dass irgendjemand für uns stirbt. Wie du schon sagtest: Ich habe zehn Jahre meines Lebens verschwendet.« Würde er jemals eine Chance bekommen, das wiedergutzumachen? Vielleicht hatte er den richtigen Zeitpunkt schon vor langer Zeit verpasst.

Sachte berührte sie seine Schulter, als könnte sie ihm so seinen Schmerz nehmen. »Wir finden sie.«

»Machen wir uns lieber an die Arbeit. Also, wieso ist Michael so zuversichtlich?«

Sie lächelte, deutete auf die Schlucht vor ihnen. »Komm, ich zeige es dir. Es liegt gleich dort hinten.«

Er seufzte. Es sah hier genauso aus wie hinter dem Himmelsgericht. »Um ehrlich zu sein, habe ich langsam die Nase voll von euren Gebirgen. Oder eurem Himmel im Allgemeinen.«

»So schlimm ist es hier gar nicht. Vor Azrael hat das alles anders ausgesehen, da gab es keine karge Landschaft und blütenweiße Städte. Sondern Leben und Natur, so weit das Auge reichte.« Sehnsucht schwang in ihrer Stimme mit. »Yggdrasil hat über alles gewacht, prächtig und erhaben war ihre Anwesenheit weithin spürbar. Wie ein stummer Beschützer, ein Titan aus alten Zeiten, der sich bei Gefahr aus seinem Schlaf erheben würde. Jetzt ist der Baum nur noch ein kümmerlicher Abklatsch dessen, was er einst war. Azraels Siegel hat nicht nur unsere Kräfte eingeschränkt, mit dem Weltenbaum hat er uns auch die Hoffnung genommen, die Möglichkeit, ein Leben außerhalb des Himmels zu führen.« Sie schüttelte den Kopf. »Hoffen wir einfach darauf, dass bessere Zeiten kommen werden.«

»Gerade hoffe ich nur, dass sich dieser Spaziergang lohnt«, murrte er. Wieso gab es in diesem Himmel überhaupt so viele Berge? Sie hätten sich ruhig einen wohnlicheren Ort aussuchen können. Das mit Lizzie und der Urlaubshütte musste er sich noch einmal in Ruhe durch den Kopf gehen lassen. Missmutig trat Sam einen Stein aus dem Weg, dann waren sie am Rand der Schlucht angekommen.

Idriel hielt inne, deutete nach vorn. »Das ist der Grund für Michaels Zuversicht.«

»Was um Himmels willen …« Sam musste nach Luft schnappen. Mit diesem Anblick hatte er wahrlich nicht gerechnet.

»Raphael hat sie entworfen«, erklärte sie. »Er muss ein herausragender Windelementar gewesen sein.«

Sam blinzelte, dachte an das bunte Haus im Wald, mit all den Windspielen und anderen Dingen, die Raphael ausgetüftelt hatte. Alle verkörperten seine Sehnsucht nach einem Element, dem er abgeschworen hatte, aber der Wind war überall spürbar.

»Das ist er noch immer«, stimmte er heiser zu. Vor ihm schien der Höhepunkt von Raphaels Können zu liegen, Magie und Technik vereint. Wie aufs Stichwort fuhr dem Dämon ein Windstoß durchs Gesicht, als wollte ihm sein Vater einen Gruß schicken. Ihn wissen lassen, dass er nicht weit entfernt war.

In der Schlucht unter ihnen ruhten gut zwanzig riesige Schiffe aus Holz, die weißen Segel spannten sich im Wind. Die Schiffe waren besetzt mit Engeln, die eifrig hin- und herliefen, im Versuch, der kleinen Flotte zu neuem Glanz zu verhelfen. Sie sahen aus wie die alten Kriegsschiffe, mit denen die Schlachten der Piraten auf See ausgetragen worden waren. Nur mit dem Unterschied, dass diese Schiffe hier fliegen konnten. Dicke Seile hielten sie am Boden der Schlucht verankert, spannten sich, als könnten sie jederzeit reißen. Wie war so etwas möglich?

»Nach dem ersten Krieg wollte man sie vernichten, Azraels Meinung nach brauchte man keine Magie mehr. Welchen Sinn hätten dann diese Schiffe gehabt? Doch auf Umwegen gelang es uns, einige von ihnen vor dem Untergang zu retten. Als ob wir geahnt hätten, dass wir sie eines Tages noch einmal brauchen würden.« Die Rebellin schloss die Augen, während der Wind sanft durch die Schlucht strich und ihre kupferroten Haare aufwirbelte.

»Das sind tatsächlich gute Neuigkeiten«, stellte Sam fest, er konnte seinen Blick kaum von den Schiffen abwenden. Sie würden möglicherweise für einen gewissen Überraschungseffekt sorgen. Aber am wichtigsten war, dass sie den Weltenbaum auf diese Weise noch rechtzeitig erreichen konnten.

»Plötzlich geht alles ganz schnell«, meinte Idriel, als könne sie seine Gedanken lesen. »Gestern noch hast du von einem anderen Leben geträumt, dir vorgestellt, wie es sein könnte. Und dann, von einem Moment auf den anderen, befindest du dich mitten in den Kriegsvorbereitungen.«

»Ich muss nicht mehr von einem anderen Leben träumen.« Sam lächelte. »Ich hatte es. Zwar nur für einen einzigen Tag, eigentlich nur ein paar Stunden, doch ich hatte es. Nun muss ich nur noch dahin zurück.«

»Beneidenswert. Es geht los.« Sie deutete auf die Prozession von Engeln, die sich den Schiffen näherte. Unter ihnen war deutlich Michaels flammendes Haar zu erkennen.

»Dann sollten wir uns auch auf den Weg machen.« Ruckartig entfaltete Sam seine Flügel, die schwarzen Federn stoben zur Seite. »Brauchst du eine Mitnahmegelegenheit?«

Sie grinste. »Kannst du überhaupt mit mir mithalten?« Bevor er etwas erwidern konnte, stürzte sie sich von dem Rand der Schlucht und entfaltete im Fall ihre Flügel.

Sam sprang hinterher, ließ sich vom Wind tragen, doch er hatte kaum Zeit, das Gefühl von Luft unter seinen Flügeln zu genießen. Beinahe zeitgleich kamen sie auf dem Deck des Schiffes an.

Michael betrat das Schiff und Sam rief seine Flügel zurück. Vielleicht war es besser, den Erzengel nicht zu deutlich daran zu erinnern, wie ähnlich er und Luzifer sich waren.

»Wir brechen auf«, teilte Michael ihm mit, hinter ihm betraten die anderen Engel das Schiff. »Du solltest dich festhalten.«

Ein Ruck ging durch das Holz, als sich die Taue lösten. Langsam, aber stetig, erhob sich das Schiff; besetzt mit Hunderten von Engeln, die in den Krieg zogen.

Sam warf einen ehrfürchtigen Blick über die Reling nach unten. »Das ist definitiv das Beste, was ich hier erlebt habe.« Er hatte nicht gedacht, dass man Magie für derartige Wunder einsetzen konnte, bisher waren ihm seine Kräfte wie eine Bedrohung vorgekommen.

Sie stiegen weiter hoch und ließen die Schlucht vollständig hinter sich. Michael brüllte Befehle, dirigierte die Engel an die richtigen Plätze. Die anderen Schiffe folgten ihnen, eines nach dem anderen.

Weit und offen lag der Himmel vor ihnen, der Weltenbaum sichtbar in der Ferne. Sam atmete tief ein, als er die kahlen Äste sah. Ausgerechnet dort würde sich alles entscheiden.

Michael trat an seine Seite. »Diese Schiffe werden Lizzie sicherlich gefallen.«

»Ja«, stimmte Sam leise zu. Er hoffte, dass Lizzie überhaupt noch in der Lage war, sie zu bemerken. Was, wenn sie trotz allem zu spät kamen? Wenn Asriel oder Azrael vorher für Lizzies Untergang sorgten? »Es wird auf jeden Fall interessant werden.«

»Was wirst du tun, wenn du sie findest?«

»Das kommt ganz darauf an, wen von beiden wir finden werden«, erwiderte Sam. Er sah den Erzengel von der Seite an. »Ich habe Lizzie versprochen, dass ich Asriel aufhalten werde, wenn diese erneut die Kontrolle über sie übernimmt.«

»Wirst du sie denn töten?«

»Asriel mit Sicherheit. Sie ist verantwortlich für dieses ganze Chaos.« Vielleicht fand Raphael eine Möglichkeit, Asriel und Lizzie voneinander zu trennen. Dann würde er mit dieser Engelsseele abrechnen.

Michael stieß ein Schnauben aus. »Chaos ist eine sehr milde Umschreibung der Tatsache, dass wir alle sterben werden.«

Resigniert senkte Sam den Kopf. »An den Optimismus von euch Engeln werde ich mich nie gewöhnen.« Dabei hatte er selbst bereits denselben Gedanken gehabt. Er spürte Michaels unausgesprochene Frage: Was, wenn Asriel tatsächlich die Kontrolle über Lizzies Körper hatte? Aber er konnte dem Erzengel keine Antwort darauf geben. Sam hoffte einfach nur, dass es nicht dazu kommen würde. Wie sollte er gegen Asriel kämpfen? Trotz allem war es immer noch Lizzie. Irgendwo tief in diesem Körper steckte das Mädchen, das er liebte. Er konnte ihr nichts tun.

Kopfschüttelnd beugte Sam sich über die Reling, sah auf die Landschaft unter sich, die langsam vorbeizog. Der Weltenbaum kam immer näher, erhob sich wie ein unheilvolles Omen am Horizont. Mit ihm rückte auch Midgard immer näher. Was würden sie dort vorfinden?

Michael folgte seinem Blick. »Ich habe mit meinem Leben schon vor langer Zeit abgeschlossen. Immerhin bin ich der letzte Erzengel, der noch im Himmel ist. Ich hätte schon am Fluss durch die Hand der Himmelswölfe sterben sollen. Es ist Lizzie zu verdanken, dass dies nicht geschehen ist.« Michael runzelte die Stirn, schien in Gedanken bei jenem Moment zu sein, während Sam ihn aufmerksam betrachtete. »Sie zog mich von der Schwelle des Todes, ohne an ihre eigene Sicherheit zu denken. Verausgabte sich dabei derart, dass wir sie zu den Rebellen bringen mussten. Doch dieses Gefühl ...« Nachdenklich sah er in die Ferne. »Dir muss ich vermutlich nicht sagen, wie sich eine Heilung anfühlt und dass sie von Person zu Person unterschiedlich ist. Raphael war stets ruhig und beherrscht, agierte verhalten. Er ging recht sachte vor, weil er wusste, welche Schmerzen eine Heilung verursacht. Ich wurde auch schon von Asriel geheilt, bei ihr kam mir das alles sehr ungeordnet vor. Es fühlte sich an, als würde sie gedanklich hin und her springen, den Faden und vor allem ihre Konzentration verlieren. So etwas hätte ich bei Azraels Wahnsinn erwartet, aber nicht bei ihr. Tja, und Lizzie sticht natürlich heraus«, fügte er lächelnd hinzu. »Sie war auch ruhig, das muss sie von Raphael geerbt haben. Aber gleichzeitig war sie auch warm und sanft, als würdest du langsam in ein heißes Bad oder in eine friedliche Umarmung sinken. Ich konnte fühlen, wie sich mein Körper entspannte, sich nicht gegen diese Magie sträubte. Ich starb, aber dank Lizzie hatte ich keine Angst. Obwohl ich sie kaum kannte, vertraute ich ihr. Doch wie können sie und Asriel sich derart unterschiedlich anfühlen?«

»Das habe ich mir schon bei dem Pakt gedacht«, murmelte Sam. In Stichworten berichtete er Michael von den Umständen, unter denen Lizzie ihre Seele an Asriel verkauft hatte. Und wie der Engel ihn später heilte, auch wenn er ein anderes Wort für diesen Vorgang wählen würde. Es hatte nichts mit Heilung zu tun gehabt, eher mit roher Kraft, mit Chaos.

Michael schüttelte den Kopf. »Ich weiß nicht, was ich davon halten soll.« Fragend sah er zu Sam. »Wenn sie denselben Körper und dieselben Kräfte teilen, wie kann das dann sein?«

»Ich weiß es nicht«, musste Sam besorgt zugeben, er runzelte die Stirn. »Viele Dinge um die beiden scheinen keinen Sinn zu ergeben. Asriel verhält sich nicht wie erwartet, weder in Bezug auf Lizzie, noch auf Azrael. Ich frage mich, ob wir jemals erfahren, was genau sie vorhat.«

»Vielleicht wird es Lizzie wissen. Sicher ist nur, dass sich einiges ändern wird. Oder sich schon geändert hat. Jedenfalls habe ich nicht erwartet, einmal Seite an Seite mit dem Erben meines Bruders in den Kampf zu ziehen.«

»Seite an Seite? Vergiss es.« Sam grinste. »Ich hänge dich locker ab.«

»Das will ich sehen!« Der Engel schnaubte. »Vergiss nicht, dass ich dir ein paar Jahrhunderte Erfahrung voraushabe!«

»Was nur bedeutet, dass du eingerostet bist.«

Michael schlug ihm freundschaftlich gegen die Schulter. Dann deutete er zum Horizont, wo die ersten Häuser Midgards sichtbar wurden. Unter dem Schatten des Weltenbaums wirkten sie unbedeutend, verloren. Dabei konnten sie selbst von hier aus die Feuer sehen, die in der Stadt tobten.

Sam richtete sich auf. Alles in ihm schrie danach, sofort loszufliegen und sich in den Kampf zu stürzen. Aber wie sollte er damit Lizzie helfen?

»Es beginnt«, stellte der Erzengel neben ihm fest. Ernst blickte er zu Sam. »Jetzt einmal ganz ohne Scherz: Was meinst du, wie stehen unsere Chancen?«

»Das hängt ganz von Lizzie ab, und dieser Gedanke macht mir eine Heidenangst. Ich wünschte, dass sie diese Entscheidung nicht ohne mich getroffen hätte. Ich wäre an ihrer Seite geblieben, bis zum letzten Herzschlag. Aber ich muss Vertrauen haben.« Er seufzte. »Sie wird mit allem fertig werden. Wenn sie scheitert, dann hoffe ich, dass ich das nicht lange miterleben muss.« Schon der Gedanke daran, ohne sie zu sein, bereitete ihm physische Schmerzen. Er stützte sich auf die Unterarme und sah den Mann neben sich an. »Danke, dass du auf sie aufgepasst hast.« Das würde er dem Erzengel nicht vergessen.

»Gern.« Michael nickte, er schien es tatsächlich ernst zu meinen.

Sam spielte mit Lizzies Armband, das er in den Bergen gefunden hatte. Noch immer musste er es ihr zurückgeben. »Wenn das alles hier vorbei ist, solltest du uns mal besuchen kommen«, schlug er vor. »Raphael und Lizzie würden sich sicherlich freuen.«

Der Erzengel lächelte. »Ich werde darauf zurückkommen.«

13

DIE ÜBERLEBENDEN DES HIMMELS

Ruckartig fuhr Lizzie in die Höhe, das Herz schlug ihr bis zum Hals. Sie wehrte die Hand ab, die sie beruhigend wieder in die Kissen drücken wollte und zuckte zurück. Sie krallte ihre Hände in die dünne Bettdecke.

»Beruhige dich«, bat eine weibliche Stimme sanft. »Du bist hier in Sicherheit, zumindest für diesen Moment.«

Trocken lachte Lizzie auf. »Das haben mir schon viele Leute gesagt, aber irgendwie schien das nie wahr zu sein.«

Lizzie sah sich zögerlich um. Sie lag in einem Bett, neben ihr saß eine Frau mit mausbraunem Haar. Die Frau wirkte jung, kaum älter als sie selbst.

Ihre Gedanken drehten sich, während ihr Körper bei jeder Bewegung stöhnte. Sie hatte sich bei dem Sturz mehr Verletzungen zugezogen, als sie angenommen hatte. Dunkel erinnerte sie sich daran, wie sie von den Wölfen über das Plateau gejagt worden war, an ihr Gespräch mit Asriel. Sie schüttelte den Kopf.

»Habt ihr noch einen anderen Engel gefunden?«, erkundigte sie sich. »Er ist groß und kräftig, mit vielen Tätowierungen auf den Armen.«

Doch der Engel schüttelte den Kopf. »Nein, tut mir leid. Es war sonst niemand bei dir.«

Lizzie schloss die Augen. Damit schien festzustehen, dass Camael es nicht geschafft hatte.

Die junge Frau zögerte sichtlich und beugte sich ein Stück nach vorn. »Wo ist Sam? Hat er dich nicht gefunden?«

Sie sah den Engel an. »Woher kennst du Sam?«

»Wir sind uns begegnet, als er auf der Suche nach dir war. Ich bin übrigens Linael.« Sie reichte Lizzie die Hand, die diese ergriff. Selbst diese winzige Berührung ließ Lizzie die Lippen zusammenkneifen. Wie sollte sie in einem solchen Zustand weiterkommen? Dröhnend pochte der Schmerz in ihrem Kopf.

In knappen Worten erzählte Linael ihr, wie sie Sam kennengelernt hatte. »Seitdem habe ich ihn nicht mehr gesehen«, schloss der Engel. »Ich habe allerdings gehofft, dass er noch rechtzeitig zu dir gelangt.«

»Das ist er auch, in gewisser Weise jedenfalls.« Mühsam richtete sie sich auf. Sie fühlte sich, als wäre sie von einem Laster angefahren worden, jeder einzelne Knochen tat ihr weh. »Aber ich musste ohne ihn weitergehen.«

»Was? Aber ...«

Lizzie lächelte knapp. »Glaub mir, das ist nichts, was mir leichtgefallen ist. Die ganze Zeit frage ich mich, ob es die richtige Entscheidung gewesen ist. Doch dies ist nicht sein Kampf.«

»Wir kämpfen alle«, hielt Linael dagegen. »Selbst Xuriel und die anderen Ausgestoßenen sind hier. Sam wird nicht begeistert sein, wenn er als Einziger nicht an dem Kampf teilnehmen kann.«

»Ich weiß.« Vermutlich suchte Sam auch in diesem Moment nach einer Möglichkeit, zu ihr zu finden. Er würde sich nicht davon abhalten lassen, nicht einmal Michael könnte ihn aufhalten. Lizzie hoffte nur, dass ihr Onkel auf Sam aufpasste, wie er es versprochen hatte. Keinem der beiden durfte etwas passieren. Sie könnte es nicht ertragen, einen weiteren Freund zu verlieren.

»Sicherlich hattest du deine Gründe«, erwiderte Linael, wirkte aber nicht überzeugt. Sie schüttelte den Kopf und lächelte. »Ich finde es jedenfalls interessant, dich einmal kennenzulernen. Die ganze Zeit habe ich mich gefragt, wie du wohl bist. Noch nie habe ich einen Dämon getroffen. Oder irgendjemanden, der mit Sam vergleichbar wäre.«

Lizzie verbarg ihr Lächeln. Sam schien bei dem jungen Engel einen bleibenden Eindruck hinterlassen zu haben. Wieder ein geraubtes Herz, von dem er vermutlich nicht einmal etwas wusste. Er war noch nie gut darin gewesen, zu wissen, wann eine Frau sich für ihn interessierte.

»So jemanden habe ich auch nicht getroffen«, stimmte Lizzie zu. »Doch genau deswegen darf er nicht gegen Azrael kämpfen. Ich muss zum Weltenbaum, bevor er ihm begegnen kann.«

»Weit hast du es nicht mehr«, meldete sich eine andere Stimme von der Tür.

Linael stand hastig auf und wich zurück.

»Es ist alles in Ordnung, Linael«, beruhigte die ältere Frau sie lächelnd. »Ich wollte nur mit Lizzie sprechen.«

Lizzie schluckte den Kloß in ihrem Hals hinunter. Der neu dazugekommene Engel war blind. Trüb blickten ihre Augen in den Raum. Sie trug ihr graues Haar kurz und strahlte dabei eine ruhige Würde aus, die ihresgleichen suchte.

»Mein Name scheint ja schon in aller Munde zu sein«, stellte Lizzie fest. Sie zog die Decke enger um sich und betrachtete die ältere Frau.

»Bei deinem bisherigen Weg sollte dich das nicht überraschen«, erwiderte diese. Mit beschwingten Schritten trat sie zu ihr ans Bett, ohne zu zögern griff sie nach ihrer Hand. »Mein Name ist Yuriel.«

»Freut mich.« Lizzie blinzelte, nach einem Augenblick zog sie ihre Hand zurück.

»Ich ... ich werde nach den anderen sehen«, murmelte Linael. Sie kniff die Lippen zusammen und warf Lizzie noch einen Blick zu, bevor sie das Zimmer verließ.

Verwundert sah Lizzie ihr nach. »Was hat sie denn?«

Yuriel wandte den Kopf in Richtung der Tür. »Sagen wir einfach, Linael ist mit vielen Geschichten aufgewachsen. Gerade bei ihrem Volk sind diese Legenden sehr verbreitet. Sie mögen es leugnen, doch insgeheim erweisen sie jedem Respekt, der über Kräfte verfügt.«

»Hat Linael denn keine Kräfte?«

»Nein, sie ist Teil der Ausgestoßenen.«

Etwas klingelte bei dieser Bezeichnung. Lizzie runzelte die Stirn. »Michael hat mir davon erzählt«, sagte sie. »Eine größere Gruppe von Engeln, die keinen Zugang zu den Elementen haben.« Das hatte Linael also gemeint. Der Engel hatte mit diesen Begriffen um sich geworfen, als müsste Lizzie über alles Bescheid wissen.

»Ganz genau. Seit dem Siegel haben sie sich in die Berge zurückgezogen, leben ausgestoßen von der Gesellschaft der anderen Engel. Normalerweise halten sie sich aus allem raus, besonders aus bevorstehenden Kämpfen wie diesem hier. Ohne Kräfte haben sie keine großen Überlebenschancen.« Yuriel sah zur Tür, durch die Linael gegangen war. Ein trauriger Ausdruck huschte über ihr Gesicht, verschwand jedoch sogleich wieder. »Dennoch sind viele von ihnen jetzt hier. Es ist das erste Mal, dass diese Engel bereit sind, gegen Azrael zu kämpfen. Sie hoffen, dass du das Siegel brichst.«

»Sie sollten ihre Hoffnungen vielleicht nicht zu hoch stecken«, murmelte Lizzie. Gab es irgendjemanden, der nicht all seine Hoffnungen in sie gesetzt hatte? »Im Moment sehe ich keine Möglichkeit, ihre Erwartungen zu erfüllen. Die letzten Tage haben mir ziemlich zugesetzt.«

»Das glaube ich dir. Mit deiner Erlaubnis kann ich diesen Zustand jedoch ändern. Ich kann zumindest deine körperlichen Verletzungen heilen.«

»Ihr seid eine Heilerin? Ich dachte ...«

»Azrael hat sehr viele von uns getötet, das stimmt. Aber irgendjemand musste hierbleiben und sich um die Engel Midgards kümmern. Immerhin sind nicht mehr sehr viele von ihnen übrig. Bei dem Aufstand damals wurden nicht nur die Heiler beinahe ausgelöscht.«

»Habt ihr Euch all die Jahre in dieser Stadt aufgehalten?« In Michaels Geschichten hatte es geklungen, als wäre Midgard verlassen.

»Es ist der letzte Ort, an dem Azrael nach uns suchen würde.« Yuriel wies auf den Stuhl neben Lizzies Bett. »Darf ich?«

»Natürlich.«

Der Engel setzte sich, griff nach Lizzies Hand. »Ich weiß, wer dein Vater ist. Aber falls du das noch nicht kennst, könnte es etwas schmerzhaft werden.«

»Ich weiß.« Tief holte Lizzie Luft. Die letzte Heilung durch Azrael war ihr im Gedächtnis hängen geblieben.

»Versuche, dich trotzdem zu entspannen. Ich werde so sanft wie möglich vorgehen«, versprach Yuriel.

Die Heilerin drückte sie vorsichtig in die Kissen zurück. Lizzie schloss die Augen. Es wunderte sie, dass sich Asriel nicht meldete, sie nicht fragte, wieso sie dem fremden Engel vertraute. Sonst war Asriel immer die Erste, die Zweifel an anderen äußerte. Vielleicht war sie noch zu erschöpft von den zurückliegenden Ereignissen.

Die Luft im Zimmer bewegte sich, eine sanfte Brise strich über ihre zerschundene Haut. Ein Schauer fuhr ihr durch den Körper und ließ ihr die Haare zu Berge stehen. Dann begann Yuriel mit der Heilung. Sanft floss die Magie durch ihren Körper, wie ein warmer Strom aus Licht. Es war nicht zu vergleichen mit der rabiaten Art von Azraels Heilung, auch nicht mit der von Zack. Lizzie fühlte, wie sich ihr Körper Stück für Stück entspannte. Es ziepte lediglich, als sich ihre Wunden schlossen, aber es war kein nennenswerter Schmerz. Sie hatte das Gefühl, als würde sie in ein warmes Bad gleiten und wollte am liebsten nie wieder daraus auftauchen. Der Schmerz war nicht nur verschwunden, sie fühlte sich regelrecht erfrischt. Voller Energie, aufgeladen mit frischen Kräften. In diesem Moment hätte sie es mit allem und jedem aufgenommen. War das eine ganz normale Heilung gewesen?

»Danke«, murmelte sie, als Yuriel sich mit ihrer Magie wieder zurückzog.

»Keine Ursache. Ich freue mich, dass ich dir helfen konnte. Früher waren Heilungen wie diese Teil der Gastfreundschaft meines Volkes.« Sie löste ihre Hand von Lizzies Arm. »Es ist bedauerlich, dass so viel verloren ging. Heute kann sich kaum noch jemand daran erinnern.«

»So kann man das auch nennen.« Sie zog sich die Decke fest an die Brust. Nun, wo ihre Schmerzen und Verletzungen fort waren, hatte sie wieder Hoffnung. Lizzie fühlte sich gestärkt, noch immer konnte sie den Hauch der Magie in ihren Adern fühlen. Vielleicht gab es tatsächlich eine Möglichkeit, Azrael aufzuhalten.

Yuriel neigte den Kopf. »Ich weiß, dass du schlechte Erfahrungen mit Engeln gemacht hast.«

»Diese Geschichten sind bis hierher vorgedrungen?« Es schien im Himmel niemanden zu geben, der nicht über sie oder jeden ihrer Schritte Bescheid wusste. Wussten dann auch alle, dass Sam seinen Weg zu ihr gefunden hatte?

»Das müssen sie nicht. Ich kann sehen, dass du nicht allein bist.« Der Engel legte den Kopf schief. »Du trägst Asriels Seele in dir. Ich kann mir vorstellen, dass dein Weg nicht einfach war. Sie hat viele Narben auf deiner Seele hinterlassen.«

»Von dieser Seele dürfte nicht mehr viel übrig sein.« Lizzie blinzelte. Sie wusste nicht genau, was es war, aber Yuriel hatte etwas an sich, dem sie vertraute. Der ältere Engel hatte eine beruhigende Ausstrahlung an sich, die ihre Sorgen weniger wichtig wirken ließen.

»Ich habe von dir und dem Dämon gehört. Deine Seele scheint mir ein hoher Preis für sein Leben zu sein.«

»Das war es wert.« Lizzie zuckte mit den Schultern. »Sicher, es ist viel passiert, was ich gern rückgängig machen würde. Erfahrungen, auf die ich verzichten könnte.« Wie die, Camael zu verlieren. »Doch für mich ist nur wichtig, dass Sam noch am Leben ist.« Hoffentlich sorgte Michael dafür, dass ihnen nichts geschah. Keiner der beiden durfte mehr leiden.

»Dabei dachte ich, dass mich nichts mehr überraschen könnte.« Yuriel lächelte. »Ich hatte angenommen, dass Asriel seit dem Pakt mit dir an Stärke gewonnen hätte. Aber du wirkst noch immer recht menschlich auf mich.«

»Das nehme ich als Kompliment.«

»Es ist eines. Ich kannte Asriel. Sie war nicht unbedingt ein einfacher Charakter.«

Lizzie schnaubte. »Das ist eine ziemlich untertriebene Beschreibung ihrer Persönlichkeit.«

»Ich kann dich hören«, murmelte Asriel träge und Lizzie rollte mit den Augen.

»Denkst du wirklich, dass mich das kümmert? Im Gegensatz zu dir bin ich wenigstens ehrlich.«

»Dennoch hat sie einen Weg gefunden, zurück in den Himmel zu gelangen«, merkte der Engel an. »Ich nehme an, sie will erneut zum Weltenbaum.«

Lizzie nickte.

»Und was ist mit dir, Mädchen? Hast du dasselbe Ziel?«

Auch Asriel horchte auf.

»Ich weiß es nicht«, gestand Lizzie. »Eine Zeit lang wollte ich einfach nur wieder zurück, aber jetzt …« Sie zuckte mit den Schultern. »Ich denke, dass ich meine Entscheidung erst am Weltenbaum treffen werde. Ich muss mir ein eigenes Bild davon machen, worum es hier geht. Die Informationen, die ich bisher erhalten habe, waren nicht sehr hilfreich.«

»Was ist mit der Vision der Zukunft?«

»Vielleicht ist es nur deine Vision«, gab Lizzie zurück. *»Wie kann ich dir glauben, dass die Öffnung des Siegels tatsächlich so viel Verderben auslösen wird? Jeder einzelne Engel hofft darauf, dass sich die Tore öffnen. Sie können sich nicht alle irren.«* Immerhin sprachen sie hier vom Paradies.

»Weil sie nicht die ganze Wahrheit kennen.«

»Dann befinde ich mich ja in guter Gesellschaft.«

Sachte berührte Yuriel sie am Arm, als wüsste sie, wo sie mit ihren Gedanken war. »Es ist gut, dass du Asriel nicht traust.«

»Für meinen Geschmack hat sie zu viele Geheimnisse.«

»Das kann ich mir vorstellen. Ich wünschte, es gäbe mehr, was ich dir über sie erzählen könnte. Aber ich kann dir sagen, dass vom Weltenbaum nichts Gutes ausgeht. Die Urengel haben das Paradies nicht umsonst verlassen.«

Lizzie richtete sich in ihren Kissen auf. »Du meinst, dass sie freiwillig gegangen sind?« Dieser Gedanke war ihr noch gar nicht in den Sinn gekommen. Wieso sollte jemand das Paradies hinter sich lassen wollen?

»Man könnte auch sagen, dass sie geschickt wurden. Die sieben Urengel gründeten den Himmel, sie sollten eine neue Welt erschaffen. Eine ganze Weile ging dies auch gut, die Engel lebten friedlich zusammen. Es gab noch keine Unterscheidung zwischen ihnen und den Dämonen. Es gab nur Urengel, Engel und Menschen. Schließlich gingen die Urengel auf die Erde. Sie hatten den Auftrag, über die Menschen zu wachen. Aber Azrael verliebte sich in einen von ihnen, weihte Asriel in die Geheimnisse der Elemente und des Himmels ein. Du kennst doch ihre Geschichte, nicht wahr? Die Geschichte des Menschen, der zum Engel wurde?«

»Einen Teil davon. Zumindest das, was Asriel mir gezeigt hat.«

»Und diese Ähnlichkeit macht dir Angst.«

»Du scheinst Gedanken lesen zu können.« Langsam kam Lizzie sich vor wie auf dem Präsentierteller. Wie konnte dieser Engel so viel über sie wissen?

»Nein«, Yuriel schmunzelte. »Als Azrael mir mein Augenlicht nahm, habe ich zwar viel gelernt, aber nicht solche Fähigkeiten.«

»Azrael hat dir das angetan?«

»Wundert es dich, nach dem, was du bisher über ihn gehört hast?«

»Ich bin mir nicht sicher.« Lizzie zog die Knie an die Brust. »Um ehrlich zu sein, werde ich nicht schlau aus ihm.« Sie musste daran denken, wie Azrael sie vor den Trümmern in der Fabrikhalle bewahrt hatte, kurz bevor er sie beinahe getötet und entführt hatte. Wie er sie zurück zu Camael gebracht und anschließend bei Niahmas mit ihr getanzt hatte. Das passte nicht zu dem, was sie von anderen über ihn gehört hatte. Azrael hätte sie jederzeit töten können, dennoch hat er es nicht getan. Stattdessen hatte er dafür gesorgt, dass Michael sie begleiten würde. Welchen Plan verfolgte er?

Yuriel beugte sich vor, berührte mit den Fingerspitzen sanft den roten Stein an Lizzies Kette. »Du solltest nicht alles glauben, was man dir erzählt«, sagte sie freundlich. »Bewahre dir diese Skepsis. Manchmal steckt hinter den Dingen mehr, als es auf den ersten Blick scheint.«

»Ich wünsche mir nur, dass das alles endlich einen Sinn ergeben würde«, gestand Lizzie. »Stattdessen bekomme ich von allen Seiten nur noch mehr Geheimnisse und Andeutungen.«

»Dann vertraue auf dein Herz«, schlug der Engel vor und lächelte. »Wenn ich dieser Kette Glauben schenken darf, dann hat dich das noch nie in die falsche Richtung geführt.« Sie ließ den Stein zurückfallen, warm berührte er Lizzies Haut. »Pass gut auf diese Kette auf. Auch hinter diesen Steinen steckt eine Geschichte. Es kann sein, dass ihr sie eines Tages brauchen werdet.«

»Wieder ein neues Rätsel.« Seufzend strich sich Lizzie die Haare aus dem Gesicht und schwang die Beine aus dem Bett. Wann würden sich diese Geheimnisse endlich auflösen?

»Das alles wird sich früher klären, als du denkst.« Yuriel stand auf. Sie wies auf eine der Fackeln hinter sich und der Docht entzündete sich. »Vielleicht wird der Tag kommen, an dem du dir diese Unwissenheit zurückwünschst.«

Lizzie stockte und richtete sich auf. »Zwei Elemente«, murmelte sie.

»Wie bitte?«

»Du beherrschst zwei Elemente.« Lizzie deutete auf die Fackel. »Das Feuer und die Luft, immerhin hast du mich geheilt. Aber das kann nicht sein. Außer, du …«

Yuriel hob eine Hand. »Manche Dinge bleiben besser unausgesprochen«, erklärte sie. Ihre Stimme war ernst, dennoch lächelte sie dabei. »Wie ich es dir schon sagte, nicht alles ist auf den ersten Blick so, wie es scheint.«

Lizzie schluckte den Kloß in ihrem Hals hinunter. »Entschuldige«, murmelte sie. Das war also ein Urengel? »Ich habe nicht erwartet, jemandem wie dir zu begegnen. Schon gar nicht an diesem Ort.« Sagte Camael nicht, dass die anderen Urengel verschollen seien? Anscheinend war es Azrael nicht gelungen, diesen Engel zu töten. Wenn Yuriel noch lebte, existierten dann auch die anderen ihrer Art noch? Vor wem oder was versteckte sich der Engel?

»Du brauchst dich nicht zu entschuldigen, Lizzie. Wie hättest du das wissen sollen?« Yuriel griff zielsicher nach dem schwarzen Stapel auf dem Tisch neben sich und reichte ihn Lizzie. »Hier. Das müsste dir passen.«

»Danke.« Sie fühlte sich verunsichert. Nach Azrael war Yuriel der erste Urengel, den sie traf. Sie hätten kaum unterschiedlicher sein können. Lizzie biss sich auf die Lippe, dann zog sie sich um. Obwohl Yuriel blind war, drehte sie dem Engel dabei den Rücken zu. Die schwarze Hose und das schlichte, schwarze Top, passten ihr tatsächlich. Der Stoff schmiegte sich an ihre Haut, ohne sie dabei in ihren Bewegungen einzuschränken. Sie wandte sich zu Yuriel um, die ihr freundlich zunickte und auf die Tür wies.

»Es wird Zeit für dich. Der Krieg hat bereits begonnen.«

Mit festem Schritt ging Lizzie los.

An der Tür hielt Yuriel sie noch einmal an der Schulter fest. »Ich befürchte, dass es bei dieser einmaligen Begegnung bleiben wird«, erklärte sie. »Ich wünsche dir für deinen weiteren Weg jedoch alles Gute.«

»Wirst du nicht kämpfen?«

Sie schüttelte den Kopf. »Ich habe schon zu viele Kriege gesehen und meine Kraft neigt sich dem Ende zu. Es ist besser, wenn die Elemente dich unterstützen, statt eine alte Frau wie mich.« Kurz drückte sie Lizzies Schulter. »Es hat mich gefreut, deine Bekanntschaft zu machen, Lizzie. Ich denke, wir können noch einiges von dir erwarten.«

»Da wäre ich mir nicht so sicher.« Lizzie runzelte die Stirn und wandte sich ab. Wie es aussah, würde ihre Reise in dieser Stadt enden.

Sie hatte keine Ahnung, welche Richtung sie einschlagen sollte und folgte einfach dem Lärm. Yuriel hatte recht, der Krieg hatte bereits begonnen. Sie hörte das Klirren von Waffen, der stechende Geruch von Rauch lag in der Luft.

Was sie jedoch vor allem wahrnehmen konnte, war der Ruf des Weltenbaums. Sie hielt kurz inne und atmete tief ein. Die Haare auf ihrem Rücken stellten sich auf. Konnte nur sie das Flüstern hören? Den leisen Singsang, der sie immer weiter zu sich lockte? Vielleicht spürte er, dass es bald enden würde.

Kopfschüttelnd eilte Lizzie den Gang entlang, der aus grobem Stein gehauen war. Je weiter sie lief, desto stärker fühlte sie sich. Die Magie pulsierte durch ihren Körper. Vielleicht war es die Gewissheit, dass bald alles vorbei sein würde, die ihr Kraft gab. Vielleicht hatte Yuriel jedoch auch mehr getan, als sie nur zu heilen. Im Endeffekt spielte es keine Rolle. Es würde ein Ende finden, auf die eine oder andere Weise. Vor sich konnte sie bereits den Ausgang sehen, Licht strömte herein.

Ein Schatten fiel jäh über sie, als sie hinausstürmen wollte. Sie zögerte nicht lange, rief den Wind und schleuderte den Himmelswolf von sich, noch bevor er sie erkannt hatte.

Dann betrat sie den Ort der letzten Schlacht.

14

WARNUNG VOR DEM UNVERMEIDLICHEN

»Wir sehen uns später«, versprach Zack. »Ich hole dich ab.« Sie standen auf der Galerie vor seinem Zimmer, unter ihnen diskutierten Engel und Dämonen gleichermaßen.

»Wir wohnen im selben Haus.« Gabriel verschränkte die Arme vor der Brust. Sie sah ihn an, als wäre er verrückt geworden, aber es kümmerte Zack nicht.

»Es ist unser erstes Date«, beharrte er. »Ich habe vor, das richtig zu machen. Also werde ich dich abholen und alles Weitere überlässt du mir.«

»Du wirst mir nicht sagen, was du vorhast?«

»Nein.«

»Aber was, wenn ...«

»Gabbs!« Sanft berührte er sie am Arm. »Vertrau mir bitte einfach. Lass dich überraschen, du wirst den Abend sicherlich nicht bereuen.«

Sie stieß ein Schnauben aus, nickte dann aber. »Also gut. Um neunzehn Uhr bin ich fertig. Sei pünktlich!«

»Als ob ich es wagen würde, zu spät zu kommen!« Sein Lachen trieb ihr die Röte in die Wangen. Kopfschüttelnd wandte sie sich um und ging die Galerie entlang.

Zack betrat sein Zimmer und zog unter dem Bett seine Tasche hervor. Hoffentlich fand er etwas, das er heute Abend anziehen konnte, sonst müsste er noch mal in die Stadt. Mit etwas Glück würde Audriel ihn begleiten, auch wenn das Gabriel sicherlich nicht erfreuen würde. Aber es war besser, als wenn er sie nur in Jeans und einem alten Pulli abholen würde. Er schob Luzifers Tagebücher zur Seite und zog das oberste Hemd heraus.

Die Dämonen waren erst am Vortag in der Fabrik aufgetaucht, doch für Zack war seitdem eine halbe Ewigkeit vergangen. Ein Gespräch nach dem anderen hatte stattgefunden. Die Höllenfürsten waren auf den neusten Stand gebracht worden und gemeinsam mit Raphael und Gabriel wurden Pläne geschmiedet. Immer wieder musste einer von ihnen die Beratungsrunden verlassen, um zwischen den Engeln und Dämonen zu vermitteln. Bisher war diese neue Konstellation ohne viel Blutvergießen vonstattengegangen. Doch das bedeutete nicht, dass die alten Konflikte von einem Moment auf den anderen vergessen werden konnten. Dieser Krieg schweißte sie zusammen, zumindest für diesen Moment. Niemand wusste, ob sie danach überhaupt noch am Leben wären, geschweige denn, wie es weitergehen würde.

»Das scheint tatsächlich in der Familie zu liegen«, meinte eine rauchige Stimme, die aus der Richtung der Tür kam.

Zack sah auf und drehte sich um. »Was willst du damit sagen, Belial?« Die Momente, in denen er einem der Höllenfürsten bisher alleine begegnet war, ließen sich an einer Hand abzählen. Was also trieb die Dämonin zu ihm?

Belial lehnte sich an den Türrahmen. Die schwarzen Haare fielen ihr in Wellen über die bloßen Schultern, verschmolzen beinahe mit dem dunklen Kleid. »Dass es vielleicht keine gute Idee ist, sich mit einer der Donovan-Frauen einzulassen«, stellte sie fest. »Besonders du solltest es besser wissen.«

»Meine Beziehung zu Gabriel geht dich nichts an.«

»Schön.« Sie zuckte mit den Schultern. »Und was ist mit Sam und dieser Lizzie? Immerhin hat sie unseren Anführer in den Himmel gelockt.«

Darum ging es also. Zack stieß einen Seufzer aus. Hatte Belial noch immer nicht überwunden, dass Sam ihr damals einen Korb gegeben hatte? Für die Höllenfürstin war es zum erklärten Ziel geworden, an der Seite von Luzifers Erben die Hölle zu führen. Allerdings war das ganz und gar nicht der Plan, den Sam für sich oder seine Zukunft hatte. Immer wieder hatte er Belial zurückgewiesen, die nicht locker ließ.

»Lizzie hat Sam nirgendwohin gelockt, er ist ihr freiwillig gefolgt.

Ich denke nicht, dass sie begeistert über seine Entscheidung sein wird.« Oder hatten sie sich möglicherweise schon getroffen?

»Wie ist sie so? Dieser Mensch, für den wir jetzt alle unseren Hals riskieren?«

»Außergewöhnlich. Was auf alle Donovan-Frauen zuzutreffen scheint«, konnte er sich nicht verkneifen zu sagen.

Belial rollte mit den Augen und Zack musste lächeln. »Du könntest Lizzie sogar mögen«, fügte er hinzu. Auf eine gewisse Art und Weise würden sich die beiden gut verstehen. »Sie ist sehr direkt und hat ihr Herz am rechten Fleck.«

»Und ist sie es wert?« Mit dem Kopf wies sie hinter sich. Aus der Halle unter ihr waren selbst bis zu seinem Zimmer die Gesprächsfetzen der Engel und Dämonen zu vernehmen.

»Ja.« Seine Antwort kam, ohne dass Zack darüber nachdenken musste. »Außerdem darfst du nicht vergessen, dass es nicht nur um sie geht. Lizzie ist dabei, unseren Kampf zu Ende zu bringen. Ich denke, dass sie Azrael tatsächlich aufhalten könnte.« Er trat auf die Fürstin zu. »Und jetzt entschuldige mich bitte. Ich muss mich auf ein Date vorbereiten.«

»Einer schlimmer als der andere«, murmelte Belial. Dennoch wandte sie sich um und ging.

Mit einem leisen Lächeln schloss Zack die Tür. Er brauchte ein wenig Zeit, um sich vorzubereiten. Schließlich ging er nicht jeden Abend mit einem Erzengel aus.

* * *

Irritiert schlug Gabriel in der Nacht die Augen auf. Das Zimmer war dunkel, es war still. Nichts gab einen Hinweis darauf, dass etwas geschehen sein könnte. Doch wieso schlug dann ihr Herz so laut? Wieso hatte sie dieses beklemmende Gefühl, dass etwas nicht stimmte? Sie richtete sich vorsichtig auf, die Bettdecke rutschte zurück.

»Gabriel?« Zack bewegte sich neben ihr und sah sie an. »Ist alles in Ordnung bei dir?« Er setzte sich schläfrig auf, die strohblonden Haare standen verwuschelt in alle Richtungen ab.

»Ich weiß es nicht«, erwiderte sie nachdenklich, runzelte die Stirn. Diese Ungewissheit war ein Umstand, der ihr Furcht einflößte. Dennoch griff sie nach seiner Hand. »Vermutlich war es nur ein Traum.« Allerdings einer, an den sie sich nicht mehr erinnern konnte. War es wieder ein Traum von Lizzie gewesen? Was war dieses Mal geschehen?

Sie strich sich die goldfarbenen Strähnen hinters Ohr. »Ich muss mir die Beine vertreten.«

»Jetzt?« Zack sah sie irritiert an. »Gabbs, es ist mitten in der Nacht!«

Mit Schwung warf sie die Bettdecke zur Seite und stand auf. »Ich weiß, aber ich muss es versuchen.« Sie konnte fühlen, dass es richtig war, konnte den Ruf des Wassers hören. Etwas stimmte nicht.

Zack sprang auf, griff nach seinem Hemd. »Warte!«

Doch sie konnte nicht mehr warten und eilte aus dem Zimmer. Sie wusste, dass er sich Sorgen machte, dass er einen weiteren Angriff der Himmelswölfe befürchtete. Aber etwas sagte ihr, dass nichts dergleichen geschehen würde, nicht jetzt.

Sie lief den schmalen Metallsteg entlang, eine Hand am Geländer, und fühlte das Metall unter ihren Fingerspitzen. *Kalt wie der Tod*, fuhr es ihr durch den Kopf. Sie hielt sich nicht für abergläubisch und doch lief ihr ein Schauer über den Rücken. »Bitte nicht«, flüsterte sie in die Stille.

Sie hastete weiter, sie musste es wissen. Rasch lief sie die Treppe hinunter, an den Dämonen und Engeln vorbei, die in der Nacht Wache hielten. Sie konnte ihre überraschten Blicke fühlen, doch es kümmerte sie nicht. Das Herz klopfte ihr wild in der Brust. Mit schnellen Schritten lief sie weiter, bis ihr die kalte Nachtluft in die Nase stieg. Sie stockte, es roch mehr nach Winter als nach Herbst. Fast so, als könnte es jeden Moment schneien. Lizzie hatte Schnee schon geliebt, seit sie ein kleines Mädchen gewesen war. Sie würde sich ärgern, den ersten Schnee in Lillienmarsch verpasst zu haben. Ironischerweise war das zurzeit sicherlich ihre geringste Sorge. Bei diesem Gedanken stiegen Gabriel die Tränen in die Augen. Sie wischte sich über die Augenwinkel, lief weiter. Dabei musste sie nicht auf den Weg achten, sie wusste genau, wo sie hinmusste. Seit sie das erste Mal die Fabrik betreten hatte, war sie fast täglich hier gewesen.

Rasch bog sie um die Ecke, steuerte auf den kleinen Teich zu. Er lag am Ende des Geländes, dicht beim Waldrand.

Vor dem Teich ging sie in die Hocke, berührte mit ihren zitternden Fingerspitzen die kalte Wasseroberfläche. »Bitte«, flüsterte sie. »Irgendjemand.« Irgendjemand musste sie hören, musste ihr sagen, dass ihr Gefühl nur Einbildung war. Gleich würde sie erfahren, dass alles gut war, dass sie sich keine Sorgen zu machen brauchte. Es spielte keine Rolle, dass sie seit Tagen keine Neuigkeiten mehr aus dem Himmel erhalten hatte. Heute brauchte sie Antworten.

Kreise breiteten sich unter ihren Fingern aus, immer weiter, wie ein Echo. Sie schloss die Augen, konzentrierte sich. Sie fühlte, wie sich das Wasser bewegte, wie es sich veränderte und zu einem Zugang wurde.

Doch auch heute antwortete niemand auf ihren Ruf. Sie biss sich auf die Lippe, öffnete die Augen. *Ein Blick*, bat sie stumm. *Ich will nur einen einzigen Blick auf Lizzie werfen.* Schon für das geringste Lebenszeichen wäre sie dankbar gewesen.

Stattdessen überfiel die Vision sie mit voller Wucht.

Gabriel fiel nach hinten und krümmte sich hilflos auf dem eisigen Boden zusammen.

Sie sah brennende Gebäude, von denen der Rauch finster in die Wolken stieg, den Himmel verdunkelte. Midgard! Das Entsetzen lähmte sie förmlich. Es war viele Jahrhunderte her, seit sie diese Stadt gesehen hatte, doch sie würde diese Häuser überall wiedererkennen.

Der Krieg war bereits in vollem Gang. Lichterloh brennend stürzte ein Schiff durch die Wolken, krachte in eines der Häuser. Azraels Himmelswölfe zogen mordend durch die Straßen, ein Engel nach dem anderen wurde hingerichtet. Eiskalte Finger umklammerten Gabriels Herz, drückten es zusammen. Sie konnte der Vision nicht entrinnen, sie konnte nichts tun. Nur hilflos zusehen, während ihr die Tränen stumm über das Gesicht liefen. Sie sah Michael leblos am Boden liegen, Azrael, der sich triumphierend abwandte. Er bewegte sich langsam auf Lizzie zu, die von zwei Himmelswölfen festgehalten wurde. Sie wehrte sich gegen ihren Griff, aber es nützte nichts, sie konnte Azrael nicht entkommen. Er stieß Lizzie sein Schwert in die Brust, bohrte es tiefer und sah ihr dabei direkt in die Augen, als das Leben aus ihr wich. Die Wölfe ließen sie los, ihr sterbender Körper fiel zu Boden. Ein Schrei zog über das Schlachtfeld. Der Schrei eines Wesens, das soeben einen Teil seiner Seele verloren hatte. Gabriel schrie mit Sam, schrie Lizzies Namen, dann verschlangen die Schatten den Himmel.

Stumm weinte Gabriel, schlang die Arme um ihren Körper. Es war vorbei, alles war verloren. Zitternd krümmte sie sich zusammen.

»Gabbs!« Sie hörte, wie sich ihr schnelle Schritte näherten, fühlte, wie Zack sie vorsichtig aufrichtete. Er legte eine Jacke über ihre bebenden Schultern, zog sie in seine Arme. »Gabbs, geht es dir gut? Was ist passiert?«

»Midgard brennt«, flüsterte sie, klammerte sich an ihn. Wie sollte sie ihm sagen, was sie gesehen hatte? Ihm erklären, dass sie alle sterben würden?

»Lizzie?«, erkundigte er sich leise. Doch sie konnte nicht antworten, schüttelte nur stumm den Kopf. Zack drückte sie an sich. »Noch ist es nicht zu spät. Noch können wir ihr helfen.«

»Wie? Wir können ihn nicht aufhalten, Zack.« Woher nahm er diesen Optimismus? Wenn er gesehen hätte, was sie erblickt hatte, würde er genauso jede Hoffnung fahren lassen. Wie hatten sie nur glauben können, dass sie gegen Azrael eine Chance hatten?

»Uns gelingt das vielleicht nicht, aber Lizzie schon.«

Gabriel schüttelte den Kopf, sie löste sich von ihm. »Ich sah sie sterben. Wir werden zu spät kommen, der Krieg hat schon begonnen!«

»Das kann sein«, entgegnete er ruhig. »Aber das heißt nicht, dass wir die Hoffnung jetzt aufgeben sollten. Lizzie ist schon einmal gestorben. Wenn es jemand schaffen kann, dann sie.«

»Warum bist du dir da so sicher?«

Sanft wischte er ihr die Tränen aus dem Gesicht. »Weil sie dir in ihrer Dickköpfigkeit in nichts nachsteht. Sie ist so weit gekommen, Gabbs. Weiter, als es irgendjemand für möglich gehalten hätte.

Denkst du wirklich, dass sie jetzt aufgibt? So kurz vor dem Ziel?« Er schüttelte den Kopf. »Lizzie wird kämpfen, bis zum letzten Atemzug. Glaub mir, wie werden sie rechtzeitig erreichen. Wir holen sie nach Hause zurück.«

»Ich habe Angst«, gestand sie leise. Niemals hätte sie gedacht, dass sie das einmal sagen würde. Doch wenn sie vor dem Weltuntergang keine Angst hatte, wovor dann?

»Ich auch.« Er atmete tief ein. »Dennoch sollten wir den anderen Bescheid sagen.«

Gabriel nickte. Ihnen blieben höchstens noch Stunden, bevor das Siegel brach. Was sollten sie in dieser Zeit tun? Versuchen, noch einmal alles zu geben und das Beste aus diesem Leben herauszuholen? Oder sollten sie Abschied nehmen und ihre Vorbereitungen treffen? In dieser Hinsicht war sie nicht so optimistisch wie Zack. Allerdings hatte er in einem Punkt recht: Wenn es jemand schaffen konnte, dann Lizzie. Das war ihre einzige Hoffnung. Sie mussten sie erreichen und retten. Vorausgesetzt, Asriel hatte noch etwas von ihr übrig gelassen, was Raphael retten konnte. »Gehen wir.«

Zack griff nach ihrer Hand und gemeinsam gingen sie zur Halle zurück.

Die beiden Wächter sahen auf, als sie näher kamen. Gabriel zog die Jacke enger um ihre Schultern. »Eure Wache wird nicht mehr nötig sein«, erklärte sie. »Sagt den anderen Bescheid, dass sie sich bereit machen sollen. Es bleibt nicht mehr viel Zeit.«

Den Wächtern wich die Farbe aus dem Gesicht, dennoch nickten sie. Der Engel war der Erste, der loslief, nur zögerlich folgten ihm die Dämonen. Als könnten sie so das Unheil weiter hinauszögern und sich stattdessen der Illusion hingeben, dass alles gut werden würde.

Gabriel seufzte, als sie ihnen nachsah. Gern hätte sie ihnen bessere Neuigkeiten gebracht, besonders in Anbetracht der letzten Tage. Aus dem chaotischen, wild durcheinandergeworfenen Haufen waren seit der Ankunft der Höllenfürsten beinahe schon Kämpfer geworden. Das war nicht zuletzt Raphael zu verdanken, der ein hartes Regiment führte. Seit er das Ratsmitglied getötet hatte, war er nicht mehr wiederzuerkennen. Nicht nur, dass er seine Resignation verloren hatte, er war nun auch wieder zu dem Krieger geworden, der er einst gewesen war. Plötzlich machten ihm Engel und Dämonen gleichermaßen respektvoll Platz, wenn er an ihnen vorbeiging. Sie sahen ihn mit Ehrfurcht an, befolgten jeden seiner Befehle. In Reih und Glied standen sie vor ihm, während er ihnen zeigte, wie man mit dem Schwert kämpfte und die Magie rufen konnte. Zumindest gelang es ihnen so weit, dass die Zahl der Verletzten stark zurückgegangen war. Ob es ihnen auch im Kampf gegen die Himmelswölfe helfen würde, stand dagegen auf einem anderen Blatt.

Gabriel ließ sich müde auf den Stuhl sinken. In der Halle hinter ihr wurde Gemurmel laut, die Nachricht schien sich schnell verbreitet zu haben.

»Besuch«, murmelte Zack.

Sie sah auf. Aus der chaotisch durcheinanderlaufenden Gruppe löste sich Lyrael, der auf sie zukam.

»Es ist also so weit«, stellte er fest und nickte Zack grüßend zu.

Stumm neigte sie den Kopf.

Lyrael wandte sich um. »Ich hätte nicht gedacht, dass ich das jemals zu Gesicht bekommen würde.«

Gabriel folgte seinem Blick und lächelte schwermütig. Engel und Dämonen waren in einem Raum versammelt, ohne sich gegenseitig umzubringen. Sie standen Seite an Seite, selbst die Fürsten hatten ihr Lager in der überfüllten Fabrikhalle aufgeschlagen. Unter anderen Umständen hätte aus der Kooperation dieser beiden Völker Großes entstehen können, sie wären in die Geschichte eingegangen. Dabei waren sie Jahrtausende voneinander getrennt gewesen. Scheinbar hatte es nur einen Menschen und einen Dämon gebraucht, um sie wieder zusammenzubringen.

»Viele werden den Kampf nicht überleben, nicht wahr?« Lyrael drehte sich fragend zu ihr um, aber er schien die Antwort auf seine Frage bereits zu kennen. »Ich hoffe sehr, dass du dich irrst, Gabbs.«

»Das hoffe ich auch.« Sie fühlte sich leer und hoffnungslos, als hätte ihr die Vision jegliche Kraft genommen. Wieso konnte sie plötzlich wieder in die Zukunft sehen? Was hatte das zu bedeuten?

Er legte ihr eine Hand auf die Schulter. »Ich lasse euch beide dann mal allein«, meinte er und lächelte Zack zu. Lyrael ging fort, wurde wieder zu einem Teil der Menge.

Zack seufzte. »Er scheint ein netter Kerl zu sein.«

»Das ist er«, murmelte sie. Auf der einen Seite war sie froh, dass Lyrael hier war, auf der anderen Seite wünschte sie sich, dass er sich am anderen Ende der Welt aufhalten würde und dass er Zack und Raphael mit sich nahm. Aber spielte es eine Rolle? Der Krieg würde sie überall finden. Sie konnten sich nicht mehr vor Azrael verstecken.

Der Heiler setzte sich neben sie. »Um ehrlich zu sein, weiß ich nicht, was ich jetzt sagen soll«, meinte er. »Danke für die schöne Zeit? Viel Glück?«

Sie konnte sich denken, was ihm durch den Kopf ging. Für Zack war dies seit seiner Begegnung mit den Himmelswölfen der erste richtige Kampf. Sicher kein Ereignis, auf das er sich freute.

Sie lehnte sich an ihn. »Ich weiß«, erwiderte sie leise. »Mir geht es genauso.« Wenn sie sich diesen Moment in den letzten Tagen in Gedanken ausgemalt hatte, war es stets anders gewesen. Sie hatte gedacht, dass sie an Lizzie denken würde, an ihre Familie. Dass sie sich gemeinsam mit Raphael eine Taktik ausdenken würde oder schlicht erleichtert wäre. Seit sie Sam in den Himmel gebracht hatte, hatten sie auf diesen Augenblick hingearbeitet. Doch statt aufgeregt oder gar nervös zu sein, fühlte sie sich müde.

»Lass uns einfach gar nichts tun«, bat sie und schloss die Augen, als könnte sie so die Kriegsvorbereitungen ausblenden. »Lass uns einfach hierbleiben und warten.«

Sanft drückte er ihre Hand. Gemeinsam sahen sie dem Treiben zu. Freunde, die einander letzte Worte sagten, um Vergebung baten oder sich für die gemeinsamen Erlebnisse bedankten. Liebende, die bis in alle Ewigkeiten zusammenbleiben wollten, nun aber die letzten Küsse austauschten. Vereinzelt unterhielten sich Engel und Dämonen miteinander, reichten sich voller Respekt die Hand.

Sie biss sich auf die Lippe. »Lass mich nicht allein.«

»Niemals«, versprach er.

Ihr und sicher auch Zack war jedoch bewusst, dass sie dieses Versprechen nicht lange halten könnten. Doch das spielte keine Rolle, denn möglicherweise würde es das Letzte sein, was sie einander versprachen. Und damit das Letzte, woran sie sich erinnern würden. Sobald das Siegel brach, würden sie es mit Tausenden von Kriegern zu tun bekommen. Niemand wusste, wie viele Himmelswölfe es tatsächlich gab. Aber schon wenige von ihnen würden ausreichen, ganz zu schweigen von Azrael. Wie auch immer dieser Kampf ausging: Die Welt, die sie kannten, würde danach nicht mehr dieselbe sein.

Und das alles nur, weil Sam und Lizzie, entgegen aller Regeln, für das Recht kämpften, zusammen zu sein. Ohne es zu wissen, hatte Lizzie ihre Seele nicht nur für einen Dämon gegeben, sondern für sie alle. Für Zack, Raphael, Audriel und all die anderen verzweifelten Seelen.

»Hey, Gabriel?«

»Ja?« Irritiert wandte sie sich zu ihm um, als sie aus ihren Gedanken gerissen wurde.

»Wenn dieser Krieg vorbei ist, würde ich dich gern erneut zum Essen einladen. Offiziell, meine ich.«

Gabriels Finger schlossen sich um den Schlüssel in ihrer Jackentasche. Lizzie hatte vor ihr gestanden und ihr den Beutel hingehalten. *»Hier.« Rot-blau gestreift hatte er sich deutlich von ihrer jungen Haut abgehoben.*

»Du schenkst mir ein Stück Stoff?« Gabriel lehnte sich an den Türrahmen. Es war das erste Mal, dass Lizzie sie spontan besuchte. Amüsiert lächelte sie. »Dafür hättest du dich nun wirklich nicht herbemühen müssen.«

»Sehr witzig.« Ihre Nichte rollte mit den Augen. »Denkst du wirklich, dass du so ein großes Geheimnis bist, Gabbs? Ab und an kannst du auch ruhig mal deine netten Seiten zeigen. Ich weiß, dass sie existieren.« Auffordernd hielt Lizzie ihr den Beutel hin. »Das ist ein Schlüsselanhänger. Und ein Glücksbringer.«

»Wieso sollte ich Glück brauchen?«

»Nimm ihn einfach«, bat Lizzie. »Ich habe ihn aus einem dieser kleinen Kräuterläden, wo Dad immer seine Zutaten kauft. Angeblich

soll der Anhänger dir helfen, das zu finden, was du suchst. Jedenfalls kann er kaum schaden.«

Mit spitzen Fingern nahm Gabriel ihr den Anhänger ab, betrachtete den muffigen Beutel argwöhnisch. »Will ich wissen, was ich deiner Meinung nach suche?«

Lizzie schüttelte den Kopf, wandte sich ab. »Was wohl?«, hatte sie über die Schulter hinweg gemeint und ihr zugelächelt. »Das, was wir alle suchen, Gabbs. Liebe. Alles dreht sich um die Liebe.«

Ja, dachte Gabriel und kehrte in die Realität zurück. Mittlerweile waren die Farben des Beutels verblasst, der Duft der Kräuter nicht mehr ganz so kräftig. *Genau darum dreht sich alles.*

»Ich werde darauf zurückkommen.« Sie lächelte Zack zu. »Lizzie hat mir von einem tollen Italiener erzählt.«

15

AZRAEL

Feuer und Rauch erfüllten die Stadt, Flammen stiegen aus den Häusern und Trümmern hervor, der Rauch verdunkelte den Himmel. Selbst der Weltenbaum brannte lichterloh, niemand machte Anstalten, ihn zu retten. Brennend stürzten die Äste zu Boden, erschlugen Engel und Wölfe gleichermaßen.

Lizzie wich zwei kämpfenden Männern aus. Innerlich fühlte sie sich leer und kalt. Von solchen Dingen las man in Geschichtsbüchern, man sah sie in Filmen oder malte sie sich anhand von Erzählungen aus. Doch nun tatsächlich mitten drin in diesem Krieg zu sein, war etwas völlig anderes. Das hier war ein Ort, an dem sich die apokalyptischen Reiter aus Camaels Geschichten durchaus wohlfühlen konnten.

Rauch drang in ihre Nase, brachte sie zum Husten und ihre Augen zum Tränen. Von allen Seiten drangen Rufe und Schreie an ihre Ohren. Waffen, die klirrend aufeinanderprallten, Magie, die in Wände einschlug und Mauern bersten ließ. Wie bei einem Geysir brach kochendes Wasser aus der Erde hervor, suchte sich tobend seinen tödlichen Weg durch die Menge. Feuer loderte auf, nur um sofort zu einem gewaltigen Inferno heranzuwachsen.

Lizzie handelte instinktiv. Sie beschützte einen Engel vor eben diesen Flammen, ließ sie mit einer Handbewegung erlöschen. Der Engel drehte sich zu ihr herum, Schmutz und Blut zierten sein junges Gesicht. Dennoch weiteten sich seine Augen vor Überraschung, als er sie sah.

Ein Rebell?, schoss es ihr durch den Kopf. Aber nein, das konnte nicht sein. Nach Azraels Angriff mussten sie in alle Winde zerstreut sein, sich erst einmal erholen. Trotzdem kam ihr das Gesicht dieses Engels bekannt vor.

»Lauf!«, rief er in diesem Moment.

Sie erwachte aus ihrer Starre und sah auf. In diesem Augenblick stürzte ein brennendes Schiff vom Himmel. Die ehemals weißen Segel flammten lichterloh, das Holz knirschte und ächzte. Mit ausgebreiteten weißen Flügeln sprangen die Engel von Bord, als der Bug des Schiffes in eines der Häuser krachte. Mit einem ohrenbetäubenden Dröhnen barsten die Mauern, flogen durch die Luft.

»Lauf!«, forderte der Engel erneut, packte sie am Arm.

Lizzie lief los. Sie ballte die Hände zu Fäusten, wich angreifenden Himmelswölfen und herabfallenden Trümmerstücken aus. Schubste Engel aus dem Weg, die beinahe Opfer von Azraels Kriegern geworden wären. Zu wenige von ihnen verfügten über Kräfte oder entsprechende Mittel, um es mit den Wölfen aufzunehmen. Sie waren zu lange unterdrückt worden, zu lange hatte man ihnen gesagt, dass sie nicht kämpfen konnten. Die Engel waren keine Streitmacht, sie waren einfach nur normale Leute, die für das kämpften, was ihnen wichtig war. So wie auch Lizzie lediglich ihre Lieben beschützen wollte. Ob sie das Siegel brechen oder verstärken würde, spielte keine Rolle. Zumindest für die, die diesen Krieg überlebten, wäre wieder ein normales Leben möglich. Dann konnte es wieder Frieden geben. Vielleicht würde sogar Asriels rastlose Seele aufhören, über die Erde zu wandeln und nach einem Körper zu suchen. Alles hing davon ab, was Lizzie als Nächstes tat.

Sie setzte über ein Trümmerstück hinweg, wurde im Sprung jedoch von einem Ball aus wirbelndem Wasser getroffen, der sie gegen eine Häuserwand schlug. Sie prallte mit voller Wucht auf und stieß einen heiseren Schrei aus, als Sterne vor ihren Augen tanzten. Schmerz schoss ihr beißend die Seite hinauf. Da schob sich bereits ein Himmelswolf in ihr Blickfeld, hob sein Schwert, um den letzten Schlag zu führen.

»Nein!« Eine andere Gestalt stürmte von der Seite heran, stieß dem Himmelswolf ein Schwert in die Brust. Blut spritzte auf, es regnete warm auf Lizzies Gesicht. Keuchend kam sie wieder auf die Beine, knickte jedoch um.

»Steh auf!«, befahl eine männliche Stimme neben ihr. Als sie aufsah, blieb ihr fast das Herz stehen. Sie blickte geradewegs in die blassblauen Augen eines Himmelswolfes. Er hatte schwarze Haare, die in alle Richtungen abstanden. Rasch griff er unter ihre Schultern, hob sie auf die Beine. Aber er griff sie nicht an, schüttelte nur den Kopf. »Du musst weiter, Lizzie!« Über den Lärm der sterbenden Stadt waren seine Worte kaum zu verstehen, sein eindringlicher Blick war dafür jedoch umso deutlicher. Kurz drückte er ihre Schulter, an der er sie festhielt. »Es ist nicht mehr weit. Aber du musst weiter!«

Lizzie nickte. »Danke«, brachte sie heraus, dann stolperte sie weiter, fing sich und rannte los.

Für die sterbenden Engel um sie herum konnte sie nichts mehr tun, egal, wie viele sie auch zu retten versuchte. Sie hatte den Weltenbaum fest im Blick. Dort würde es enden.

Mit dem Handrücken wischte sie sich die Tränen aus dem Gesicht. Sie kämpfte sich durch die Straßen, folgte dem stummen Ruf Yggdrasils, den nur sie hören konnte. Sie stieß Engel aus dem Weg, schleuderte Himmelswölfe davon und lief weiter, immer weiter.

Plötzlich herrschte Stille.

Sie hatte den Weltenbaum erreicht. Vorsichtig näherte sie sich dem Stamm. Niemand außer ihr war hier, als würde eine unsichtbare Grenze um Yggdrasil verlaufen.

Es war das erste Mal, dass sie den Baum in der Realität sah, aber er hatte nichts von seiner Bedrohlichkeit verloren. Das hier war der Ursprung ihrer Albträume, der Grund, aus dem sie hier war. Auch die Irrlichter, die um sie herumschwirrten, änderten nichts daran. Noch immer waren sie warm, aber ihre Wärme spendete keinen Trost. Lizzie wusste, weswegen sie hier waren. Magie würden sie sicherlich genug bekommen.

Sie atmete tief durch. Jetzt konnte sie ohnehin nicht mehr zurück. Sie wusste, dass Azrael sie hier finden würde.

Vorsichtig streckte sie eine Hand aus, fuhr mit den Fingern über die Verzierungen der Flügeltüren, die sich im Stamm Yggdrasils befanden. Ein Schauer fuhr durch ihren Körper. Für einen Moment hatte sie den Eindruck, als würden sich die Schnitzereien unter ihren Fingern winden. Der Ruf des Weltenbaums war hier lauter zu vernehmen, forderte sie auf, noch näher zu kommen, eins mit ihm zu werden und seine Tore zu öffnen.

»Beeindruckend, nicht wahr?«, erkundigte Azrael sich hinter ihr.

Lizzie drehte sich langsam um. Er stand nicht weit von ihr entfernt, leger in eine dunkle Hose und ein weißes Hemd gekleidet, als wäre er nur zu einem Spaziergang aufgebrochen. Der Kragen war leicht geöffnet, auf seiner Brust sah sie den hölzernen Ring aus ihrem Traum. Es war kein Blut an seiner Kleidung, er trug keine Waffe bei sich. Nichts deutete darauf hin, dass sie sich mitten in einem Krieg befanden. An diesem Ort gab es nur sie beide.

Azrael sah sie an, die braunen Haare hatte er aus dem Gesicht genommen und zu einem straffen Zopf nach hinten gebunden.

»Ich wusste, dass du kommen würdest«, meinte er. Der Engel nickte ihr zu, als würde er eine alte Freundin begrüßen. Jemanden, auf dessen Erscheinen er sich gefreut hatte.

»Du hast mir kaum eine andere Wahl gelassen.« Lizzie blieb stehen und musterte den Herrscher des Himmels. Nicht einmal jetzt wirkte er bösartig auf sie. Er schien nicht das Monster zu sein, mit dem sie gerechnet hatte. Wer war Azrael wirklich?

Er schüttelte den Kopf. »Es geht um mehr als um dich und mich, Lizzie. Es geht auch nicht um Asriel. Sondern darum, die Dinge wieder richtigzustellen. Alles in seinen Anfangszustand zurückzuversetzen.«

»In welchen? Den, in dem du Asriel tötest?«

»Nein«, erwiderte er leise. »Die Dinge begannen lange vorher. Hat sie dir noch immer nicht gezeigt, was hinter den Toren ist? Den wahren Grund, aus dem sie hier ist?«

Im Stillen fluchte Lizzie. Irgendwo tief in ihrem Kopf verborgen war die Information, die sie noch brauchte. Das letzte Puzzlestück, damit sie das Rätsel um die beiden Engel lösen konnte. Wieso nur behielt Asriel es für sich? Was würde passieren, wenn Lizzie die Wahrheit erfuhr?

»Ich bin nicht hier, um das Siegel zu lösen«, erklärte sie. »Asriel will, dass ich es verstärke. Sie will genauso wenig wie du, dass sich die Tore öffnen.«

»Du hast keine Ahnung, was Asriel wirklich will.« Der Engel lächelte mitleidig. »Doch das spielt jetzt keine Rolle mehr. Wollen wir beginnen?«

Welche abstruse Höflichkeit, sie zu fragen, ob sie nun bereit zum Sterben sei.

Mit zitternden Fingern griff sie nach dem roten Stein an ihrer Kette, ballte die Faust drumherum. Sie nickte.

»Wir beenden das jetzt«, teilte sie Asriel mit. Argwöhnisch hielt sie ihren Blick dabei auf Azrael gerichtet, der sie abwartend betrachtete. Er ließ ihr den Vortritt, als wäre dies ein ehrenhaftes Duell aus alter Zeit.

»Wirst du ihn töten?«

»Nein. Nicht, wenn ich es vermeiden kann.« Sie würde Azrael nicht das Leben nehmen. Es lag nicht an ihr, ihn für seine Taten zur Rechenschaft zu ziehen. *»Aber ich werde ihn aufhalten. Doch ich kann mich nicht auf den Kampf gegen Azrael konzentrieren, wenn ich dabei gleichzeitig gegen dich kämpfen muss.«*

Asriel lächelte. *»Du hättest niemals gegen mich kämpfen müssen, Lizzie. Nicht ich war der Feind.«*

»Du hast eine sehr merkwürdige Art, das zu zeigen.«

»Ich hoffe nur, dass du weißt, was du tust.« Asriels Sorge war spürbar, ein Umstand, der Lizzie lächeln ließ.

Nach den Dingen, die sie hinter sich hatten, den Kämpfen, den Toten und allem anderen, waren sie noch immer zwei Seelen in einem Körper. Und nach alledem sorgte Asriel sich plötzlich um sie. *»Das hoffe ich auch«*, gestand sie. Wie auch immer das ausgehen würde, sie musste Azrael aufhalten. Nur dann würde sie sich überlegen können, wie es weitergehen sollte.

Sie blendete den Engel aus, richtete ihre Aufmerksamkeit nun wieder ganz auf Azrael. »Bringen wir es einfach hinter uns.«

»Ich sehe, Asriel ist nicht ganz einverstanden mit dem, was du vorhast«, erwiderte er. Mit schief gelegtem Kopf sah er sie an. »Oder hat sie dir jetzt alles erzählt? Wofür du kämpfst?«

»Das braucht sie nicht.« Sie biss sich auf die Lippe, ihr Herz klopfte wild. Ihr war bewusst, dass dies möglicherweise die letzten Worte sein würden, die sie in diesem Leben sprach. Ihre Gedanken huschten zu Sam, dass sie es ihm hätte sagen müssen. Was, wenn sie damals einfach zusammen fortgelaufen wären? Stünde sie dann trotzdem hier, an diesem Ort? Der Stein an ihrer Brust fühlte sich warm an, wie ein Teil von ihr.

»Ich weiß, wofür ich kämpfe«, sagte sie. »Ich weiß, für wen ich kämpfe.«

»Das sind starke Worte für ein Mädchen deines Alters.«

Sie stieß ein Schnauben aus. »Glaub mir, in den letzten Tagen bin ich innerlich um einige Jahrhunderte gealtert.« Von dem jungen Mädchen, das an die Uni gehen und ein weltliches Leben führen wollte, war nicht mehr viel übrig. Nicht nach all den Dämonen und Engeln, die in ihr Leben getreten waren.

Azrael zuckte mit den Schultern. »Vergiss nicht, dass es deine Wahl war. Du hast dich dafür entschieden, deine Seele für diesen Dämon zu geben.«

»Ja, ich habe mich entschieden. Aber diese Wahl habe ich schon lange vorher getroffen.«

Der Herrscher des Himmels brauchte keine weitere Aufforderung. Ohne Vorwarnung schossen Ranken vor Lizzie hoch, wickelten sich um ihre Beine wie damals um die von Sam.

Sie dachte an Michael, an sein flammendrotes Haar und sein dröhnendes Lachen, ihren Begleiter und Freund. Sie rief die Flammen. Die Magie schoss aus ihren Händen, versengte die Ranken. Lizzie prallte auf dem Boden auf, rollte sich rasch zur Seite und kam auf die Beine.

Azrael beschwor eine Wasserfontäne, schien das Feuer im Keim ersticken zu wollen, doch da warf sie sich bereits zur Seite. Sie fühlte den Wind, der ihr durchs Haar fuhr, lenkte ihn zwischen sich und den Engel, damit das Wasser keinen Zugang fand. Wirkungslos schlug es neben ihr ein, wirbelte Erdbrocken und Steine hoch. Sie nutzte den Schwung, schleuderte die Erde mithilfe des Windes gegen Azrael.

Die Steine trafen ihn unvorbereitet und ließen ihn einen Schritt zurücktreten.

Hastig rappelte sie sich auf, ihre Hände zitterten. Sie spürte, dass sie diesen Kampf nicht lange würde durchhalten können, das Herz raste wild in ihrer Brust. Dabei hatte er gerade erst begonnen. Alles, was sie tun musste, war Azrael zu besiegen.

»Willst du das wirklich allein versuchen?« Azrael klopfte den Staub von seinen Ärmeln und betrachtete sie prüfend. »Das ist eine Sache zwischen mir und Asriel.«

»Dann hättest du es nicht zu meiner Sache machen sollen.«

»Den Krieg?« Der Herrscher des Himmels runzelte die Stirn. »Dabei ging es nie um dich.«

»Nein, es ging um Sam!«, fauchte sie und schleuderte ihm einen Flammenball entgegen. Sam und all die anderen waren Teil dieses Krieges und sie würde dafür sorgen, dass Azrael sich an jeden einzelnen Namen erinnerte.

Vor ihr brach die Erde auf, ließ sie plötzlich nach hinten stürzen. Mit einem erschrockenen Ausruf rollte Lizzie sich zur Seite und rappelte sich auf. Eine Kugel aus zischendem Feuer traf sie an der Hüfte, jagte einen glühenden und pulsierenden Schmerz durch ihren Körper. Sie schrie auf und löschte das Feuer mit einer hastigen Handbewegung.

»Denkst du, du bist die Einzige, die etwas verloren hat?« Azrael ballte seine Hände zu Fäusten. »Genau wie du habe ich alles verloren, meine gesamte Familie!« Wütend holte er aus und rief einen wirbelnden Sturm.

Lizzie kam mühsam auf die Beine, schwarze Flecken tanzten vor ihren Augen. »Deine Familie hat sich von dir abgewendet, weil du verrückt bist!«, gab sie zurück.

Gerade noch rechtzeitig stieß sie beide Hände nach vorn. Azraels Angriff prallte wirkungslos an einer Wand aus Erde ab, die vor ihr aus dem Boden wuchs und sie vor seinen Blicken verbarg. Müde sank sie in die Knie, ihre Lunge rasselte. Die Verletzung pochte an ihrer Hüfte, als würde das Feuer von Azraels Magie sich immer weiter durch ihren Körper nagen. Sie warf den Kopf in den Nacken und schnappte nach Luft. Über ihr wehten die Äste des Weltenbaums schwach im Wind, schienen sie aufzufordern, weiterzumachen.

»Lizzie, du darfst dich nicht so verausgaben!«, warnte Asriel. *»Du bringst uns beide um!«*

»Deine Sorge ist wirklich rührend! Aber du weißt, dass ich jetzt nicht aufgeben werde.« Nicht, bevor sie die Wahrheit erfahren hatte. Sonst wäre alles umsonst gewesen. Jeder einzelne Schritt, der sie bis hierher geführt hatte.

»Hast du schon genug?«, erkundigte sich Azrael hinter ihrem Schutzwall. »Du wirst dich nicht ewig dahinter verstecken können.«

Sie warf einen Blick zur Seite. Die goldenen Himmelstore waren noch immer eingerahmt von den beiden Löwen mit den erhobenen Pranken. Sollten sie die Türen schützen oder eventuelle Besucher warnen? Die Antwort darauf würde sie möglicherweise bald erfahren. Ein Schauer rann ihr über den Rücken.

Mit einer Hand griff sie nach dem roten Stein. »Pass gut darauf auf«, hatte Sam ihr erklärt. »Die Kette ist mein Versprechen an dich, dass ich dich immer finden werde. Solange du sie trägst, werde ich zu dir zurückkommen.« Bisher hatte Sam dieses Versprechen halten können, selbst hier im Himmel.

»Es tut mir leid«, flüsterte Lizzie und schloss die Augen. Es sah nicht danach aus, als könnte sie Sam die Kette wiedergeben.

Ruckartig schossen ihre Hände nach vorn. Der Wall aus Erde und Steinen, der sie hatte schützen sollen, zerbrach in einer Kaskade aus Splittern und scharfkantigen Trümmern. In einer Wolke aus Staub erkannte sie schemenhaft Azrael, der getroffen zurückzuckte. Er öffnete den Mund, wollte etwas entgegen, sie erneut angreifen.

In diesem Moment bemerkten sie beide den Schnitt in seinem weißen Hemd. Langsam färbte es sich rot.

Lizzie stand mit den Rücken zu den Himmelstoren, konnte die Kälte fühlen, die von dem Metall ausging. Keuchend beugte sie sich nieder, versuchte, wieder zu Atem zu kommen.

Sie hatte es geschafft. Azrael blutete. Endlich. Es war vorbei.

Erleichterung durchflutete sie, ließ sie ihre eigenen Schmerzen für wenige Sekunden vergessen. Jetzt war nur noch wichtig, dass sie es zu Ende brachte. Wenn das Siegel brach, würden ihre

Kräfte stärker werden, dann würde sie Azrael lange genug aufhalten können, um das Siegel zu erneuern.

Doch wieso geschah nichts?

Die Welt schien den Atem anzuhalten. Von Azraels Arm tropfte das Blut langsam zu Boden. Tropfen für Tropfen fiel auf die zerwühlte Erde. War das Siegel schon gebrochen, war der Prozess eingeleitet? Es musste doch irgendetwas geschehen, es musste irgendein Zeichen geben, dass es jetzt vorbei war.

»Bitte«, flüsterte Lizzie. Sie konnte sich kaum noch auf den Beinen halten, aber sie hatte gewonnen. Mit aller Kraft klammerte sie sich an diesen Gedanken. Es war vorbei. Azraels Blut würde das Siegel brechen, das er vor so langer Zeit erschaffen hatte. »Komm schon!«

Da fuhr ihr von hinten eine Wurzel direkt durch ihre Brust.

Sie durchstieß den roten Stein ihrer Kette, sodass er auseinanderbrach. In Tausenden Splittern, zu klein, als dass man sie je wieder hätte zusammensetzen können, fiel er auf den Boden.

Sie keuchte erstickt auf, sah voller Schrecken auf die Wurzel, die aus ihrem Körper ragte, auf das Blut. Ihr Blut. Ihre zitternden Fingerspitzen griffen danach, als könnte sie sich nur so davon überzeugen, dass diese Dinge wirklich geschahen.

Aber das konnte nicht sein. Azrael war besiegt, das Siegel gebrochen. Das ...

Die Wurzel zog sich ruckartig zurück. Mit einem lautlosen Schrei ging Lizzie in die Knie. Bevor sie nach hinten stürzen konnte, fingen Azraels kräftige Arme sie auf. Sanft berührte er sie an den Schultern, ließ sie langsam zu Boden sinken. Lizzies Brust schien vor Schmerz zu zerspringen, während sie in die grauen Augen über sich starrte. Fast schon mitleidig sahen sie sie an.

Azrael legte seine Hände ruhig auf ihre beiden, die panisch versuchten, die Wunde in ihrer Brust zu verschließen. Immer schneller ging Lizzies Atem langsam in ein ersticktes Keuchen über.

»Es ist vorbei«, erklärte er leise. »Beruhige dich, du kannst nichts mehr tun.«

Als sie den Kopf drehte, sah sie, wie ihr Blut auf die Himmelstore zulief. Eine kleine, rote Spur, unscheinbar und dennoch das Einzige, was ihre müden Augen wahrnehmen konnten. Das Blut schlängelte sich in einem kleinen Rinnsal bis zu der goldenen Verzierung.

Plötzlich leuchteten die Himmelstore auf.

Gleißendes Licht fuhr durch ganz Midgard, als wollte es den gesamten Himmel versengen.

Geblendet schloss Lizzie die Augen, wandte den Blick ab.

»Es tut mir leid«, sagte Azrael leise, Schmerz schwang in seiner dunklen Stimme mit. Sanft strich er ihr eine Strähne aus dem Gesicht. »Ich wünschte, ich hätte das nicht tun müssen. Du hast nur versucht, das Richtige zu tun. Aber diese Dinge sind größer, als du dir vorstellen kannst, Lizzie. Du hattest in diesem Krieg nie eine Chance. Ich bin der Einzige, der es aufhalten kann. Ich muss mit eigenen Augen erblicken, was Asriel damals gesehen hat.«

Sie konnte nicht antworten, ihn nur fassungslos anschauen und rasselnd nach Luft schnappen.

Er schien in ihren Augen zu lesen, dass sie verstanden hatte, in diesem letzten aller Momente.

»Ja«, er lächelte nachsichtig. »Es war Asriel, die das Siegel erschuf, nicht ich. Nur mit ihrem Blut konnte ich es lösen.« Er beugte sich vor, seine Lippen berührten sanft ihre Stirn. »Dein Opfer wird nicht umsonst gewesen sein. Lebe wohl, Lizzie.« Er löste sich von ihr und richtete sich wieder auf. »Es war mir eine Ehre.«

Tränen rannen ihr stumm über das Gesicht. Lizzie fühlte, wie das Blut stetig weiter aus ihr herauslief und auf die goldenen Türen zuhielt.

Die Luft schien zu explodieren, als das Siegel brach. Donnernd öffneten sich die Flügel, ließen die Erde vibrieren. Weißes, hell strahlendes Licht flammte auf.

Das Letzte, was Lizzie sah, war Azrael, der durch das offene Tor schritt. Dann schloss sie erschöpft die Augen.

Es war vorbei.

16

HIMMELSSCHLACHT

Idriel löste ihren Blick nur mit Mühe vom Weltenbaum. Sie drehte sich um und entdeckte schließlich Sam. Er stand am anderen Ende des Schiffes und schien in die Tiefe zu blicken. Vorsichtig ging sie auf ihn zu. Erst, als sie näher kam, entdeckte sie das Bild in seiner Hand. Es war reichlich zerknittert, es schien durch viele Taschen gewandert zu sein. Dennoch konnte sie darauf undeutlich Sam und Lizzie erkennen, die dicht beieinander neben einem Lagerfeuer saßen und lachten.

»Es wird nicht mehr lange dauern«, sagte sie.

Er zuckte zusammen, als sie an seine Seite trat.

Rasch verbarg er das Bild mit seiner Hand.

Sie lächelte ihn freundlich an. »Gleich erreichen wir Midgard. Dann wirst du Lizzie wiedersehen.«

»Hoffentlich.« Er verstaute das Bild in seiner hinteren Hosentasche. »Ich kann es kaum erwarten, bis wir all das endlich hinter uns lassen können.« Sam sah hoch, die Sonnenstrahlen fielen auf sein Gesicht und für einen Moment schloss er die Augen. »Ich hoffe nur, dass alles gut gehen wird«, murmelte er.

»Denkst du, Lizzie schafft das nicht?« Eine solche Haltung hätte sie ihm gar nicht zugetraut. Bisher schienen beide dem jeweils anderen vertraut zu haben. Sie vertrauten darauf, dass jeder das Richtige tun würde. Wenn Sam nicht daran glaubte, dass Lizzie Azrael besiegen konnte, welche Hoffnung blieb ihnen dann noch?

»Es geht mir nicht um die Kräfte«, erklärte Sam, als könnte er ihre Gedanken lesen. »Wenn es nur darum gehen würde, dann wären sich Lizzie und Azrael mindestens ebenbürtig.«

»Sie wird auch gegen Asriel bestehen können.«

»Wird sie das?« Er biss sich auf die Lippe und wandte den Kopf ab. »Ich habe gesehen, wie fertig sie aussah, Idriel. Es ist nett, dass du mir Hoffnungen machen willst, aber meine Sorge bleibt. Was, wenn nicht Lizzie gegen Azrael gewinnen wird, sondern Asriel? Dann tauschen wir nicht nur ein Übel gegen ein anderes ein, sondern ich bin auch gezwungen, mir Gedanken über mein Versprechen zu machen.«

»Noch ein Versprechen?«

Sam musste lächeln, aber Schmerz lag darin. »Ich gab es Lizzie, als Asriel das erste Mal die Kontrolle über ihren Körper übernommen hatte. Sie bat mich, den Engel aufzuhalten, falls sie es nicht mehr schafft, zurückzukommen.«

»Das klingt nicht gut. Asriel aufzuhalten würde bedeuten, dass du sie töten musst. Und zwar, während sie noch in Lizzies Körper steckt.«

Er nickte. »Zumindest, sofern ich sie nicht rechtzeitig zu Raphael auf die Erde zurückbringen kann. Noch habe ich die Hoffnung, dass er eine Lösung findet.«

»Das wird er bestimmt.« Idriel stupste ihn mit der Schulter an. »Ich würde mir nicht so viele Gedanken darum machen. Sicher, Lizzie sah erschöpft aus, aber kannst du ihr das verdenken? In den letzten Tagen hat sie Unglaubliches geleistet!«

»Hoffen wir einfach, dass wir sie rechtzeitig erreichen.«

»Sie wird auf dich warten.« Davon war Idriel überzeugt. Es musste einfach gut für die beiden ausgehen, eine andere Möglichkeit wollte sie nicht wahrhaben. Wenn Sam und Lizzie es schafften, allen Widrigkeiten zum Trotz zusammenzukommen, dann hatten auch alle anderen einen Grund zum Hoffen.

»Sam!«, hörten sie plötzlich Michaels Stimme.

Abrupt sahen sie auf und liefen zum Bug des Schiffes.

Der Erzengel stand an der Reling, seine Knöchel traten weiß hervor.

* * *

»Der Krieg hat bereits begonnen.« Mit bleichem Gesicht sah der Feuerengel zum Weltenbaum. Neben ihm krallte Sam seine Hände um die Reling. Midgard stand in Flammen, selbst von hier oben konnten sie die Himmelswölfe erkennen. War Tychael unter ihnen? Waren sie zu spät?

»Ich muss Lizzie finden«, presste Sam heraus. Um ihn vibrierten die Schatten, als wollten sie ihn auffordern, sich endlich in die Schlacht zu stürzen. Er würde jeden einzelnen von ihnen brauchen, selbst wenn es ihn alles kosten würde. Nie zuvor hatte er an einem derartigen Krieg teilgenommen. Er klammerte seine Hand um den Griff des Schwertes, das Michael ihm gegeben hatte.

»Festhalten!«, brüllte Michael plötzlich und stieß Sam zur Seite. Doch seine Warnung kam zu spät. Der Feuerball der Himmelswölfe traf ihr Schiff. Die Segel flammten lichterloh auf und das Schiff stürzte knarzend auf die Seite. Schreiend fielen die Engel von Bord.

Sam stürzte ihnen hinterher. Der Wind pfiff ihm um die Ohren, als er schlagartig in den Kampfeslärm der Stadt eintauchte. Ruckartig entfaltete er seine Flügel, sah, wie die fallenden Engel es ihm gleichtaten. Gemeinsam stürzten sie sich auf die kämpfende Menge.

Sam ließ sich fallen und landete auf einem der Himmelswölfe, der in diesem Moment einen Engel erschlagen wollte. Gemeinsam prallten sie zu Boden. Er rollte sich ab, zog sein Schwert und wirbelte herum, enthauptete den Krieger mit einem einzigen Schlag, bevor dieser überhaupt reagieren konnte.

»Nummer eins«, murmelte Sam. Es würde sicherlich nicht der Letzte bleiben. Seine Hände zitterten, er betrachtete die dunklen Blutspritzer auf ihnen.

Der gerettet Engel sah ihn und seine schwarzen Flügel mit großen Augen an, schien sich unsicher zu sein, ob er nun gerettet oder endgültig verloren war. Er stolperte einen Schritt zurück.

»Gern geschehen.« Sam schnaubte. Das würde nicht einfach werden. »Runter!« Er holte mit dem Schwert aus und mit einem erschrockenen Schrei duckte sich der Junge. Blut spritzte auf.

»Die Wölfe scheinen dich nicht zu mögen«, stellte Sam fest und rief seine Flügel zurück. Lose flatterten die schwarzen Federn zu Boden. »Sieh zu, dass du hier verschwindest! Los!«

Eine Dreiergruppe von Wölfen entdeckte ihn und lief geradewegs auf ihn zu. Er stieß den Engel zur Seite, griff auf dem Boden nach einem weiteren Schwert. Der Engel rannte davon. Mit beiden Schwertern in der Hand beschwor Sam seine Schatten. Wie eine wütende Meute Wölfe stürmten sie auf Azraels Krieger zu, die für einen Moment erstarrten, gefangen in ihrer Angst. Dieses Zögern war ihr Untergang. Die Dunkelheit verschlang sie, bis ihre Schreie verebbten.

Kopfschüttelnd wandte Sam sich ab, parierte den niedergehenden Hieb eines Himmelswolfes mit seinem Schwert, das andere stieß er ihm in den Unterleib.

Michael taucht neben ihm auf. »Es sind zu viele!« Auch von seinem Schwert tropfte Blut. In einer fließenden Bewegung schwang er es empor, empfing den nächsten Himmelswolf mit einem gezielten Hieb. »Lizzie sollte sich besser beeilen!«

»Das darfst du ihr gern selber sagen!« Rücken an Rücken kämpfte er mit dem Engel, wie zuvor in der Stadt der Rebellen. Doch nun hatten sie jegliche Unbeholfenheit verloren, hatten keine Scheu mehr voreinander.

Sam musste zugeben, dass sie ein sehr gutes Team abgaben. Sie schützten sich gegenseitig, während ihre Hiebe auf Azraels Krieger niederprasselten. Die Himmelswölfe hatten keine Chance gegen sie. Wer hätte gedacht, dass sie so gut zusammenarbeiten konnten? Zack wäre von dieser Kombination sicherlich nicht begeistert.

»Wir könnten ein wenig Feuer gebrauchen!«, rief er dem Engel zu.

»Ich mache alles, was uns hier raushilft«, knurrte Michael. Schon schlugen Flammen aus seiner geballten Faust. Mit einem lodernden Inferno hob Michael fünf weitere Wölfe von den Beinen.

»Genau so habe ich mir das gedacht.« Sam begleitete Michaels Feuer mit seinen Schatten, eine tödliche Kombination. Gemeinsam suchten sich ihre Elemente einen Weg durch den Kampf und griffen zusammen an. Als hätten sie seit Jahrhunderten darauf gewartet, sich wieder vereinen zu können. Licht und Dunkelheit formten einen tödlichen Wirbel, dem keiner ihrer Angreifer standhalten konnte.

»Hast du Idriel gesehen?«, rief Michael ihm über die Schulter hinweg zu.

»Nein!« Sam hoffte, dass es dem Engel gut ging. Er hatte keinen Zweifel daran, dass sie den Absturz überlebt hatte. Die Frage war jedoch, wie sie in diesem Gemetzel zurechtkam.

Der Feuerengel stieß einen Fluch aus, als wären ihm ähnliche Gedanken durch den Kopf geschossen.

Mitten in der Bewegung stockte Sam, als er den Himmelswolf vor sich erkannte. Doch es war nicht Tychael.

Der Wolf blinzelte, schien sich ebenfalls an die Begegnung vor Lizzies Fahndungsplakat zu erinnern. Sam lächelte, als er die Erkenntnis sah, die sich auf dem Gesicht seines Gegenübers breitmachte. Er rief seine Schatten und die Dunkelheit stürzte sich auf den überraschten Wolf. Dessen einzige Gegenwehr bestand darin, schützend die Arme vor das Gesicht zu heben, doch das reichte nicht.

Sam schnaubte leise, als er sich umwandte. Immer wieder fiel sein Blick auf den Weltenbaum, er musste sich dazu zwingen, die Augen abzuwenden. Noch blühten die Knospen an den Ästen des Baumes nicht, noch war Lizzie nichts passiert. Er konnte undeutlich sehen, wie sie unter dem Baum gegen Azrael kämpfte, sah die Magie der Kontrahenten, die immer wieder aufeinanderprallte. Alles in ihm schrie danach, sich durch die Stadt zu kämpfen, um an ihrer Seite zu sein. Selbst seine Schatten strebten zu ihr. Aber er rief sie zurück. Lizzie brauchte ihn hier auf dem Schlachtfeld dringender. Sie hatte sich dafür entschieden, das Leben der Engel über ihr eigenes zu stellen. Wenn er jetzt zuließ, dass der Himmel unterging, würde sie ihm das nicht verzeihen können. Schon gar nicht, wenn Michael etwas passieren sollte.

Er hatte den Eindruck, in der Ferne einen großen Himmelswolf mit rabenschwarzen Haaren zu sehen, der an der Seite der Engel kämpfte. Hatte Tychael sich doch dafür entschieden, gegen seine Brüder zu kämpfen?

Michael kämpfte dicht vor Sam, sein Rücken war ungedeckt. Mit einer Handbewegung wehrte Sam einen der Wölfe ab, riss ihn mithilfe der Dunkelheit zu Boden. Michael entkam dem Todesstoß, fuhr herum, als hätte er es bemerkt. Er nickte Sam zu und schickte sein Feuer los, das über Sams Kopf hinwegschoss. Rasch stellten sie sich wieder mit dem Rücken zueinander.

Ein Himmelswolf nach dem anderen fiel ihren Angriffen zum Opfer, Feuer und Dunkelheit verbanden sich miteinander. Fauchend jagten ihre Elemente über das Schlachtfeld, rissen diejenigen von den Beinen, die sich zu nahe an sie heranwagten.

Auch die anderen Engel kämpften, allen voran der Rat der Rebellen. Sam entdeckte Gariel, der mit seinem Schwert zwei Wölfe in Schach hielt. Makariel sah, dass sein Anführer in Schwierigkeiten steckte, und eilte auf diesen zu. Doch er wurde von hinten von einem der Himmelswölfe niedergestreckt.

»Nein!«, schrie Sam auf, löste seine Dunkelheit von Michaels Magie und hüllte den Himmelswolf vollständig darin ein.

Azraels Krieger wand sich, aber die Schatten kannten keine Gnade, fuhren in seinen Körper und vernichteten ihn von innen nach außen. Gariel stockte, kniete neben Makariel nieder, der fest die Hand des älteren Engels umklammert hielt.

Sam trat einen Schritt auf sie zu. Wenn sie rechtzeitig einen Heiler fanden, konnten sie dem jungen Engel noch helfen. Sie …

Plötzlich fuhr ein stechender Schmerz durch Sams Brust. Er stieß ein ersticktes Keuchen aus, sank auf die Knie.

»Lizzie!«

* * *

Das Beben erschütterte die Erde und brachte die alte Fabrikhalle zum Wanken, als das Siegel brach. Engel und Dämonen strafften sich. Nun gab es kein Zurück mehr.

»Jetzt!«, brüllte Raphael und umklammerte fest den Bogen in seiner Hand. Er und Gabriel hielten sich an den Händen, konzentrierten sich und beschworen im selben Augenblick ihre Elemente. Sie spürten, dass es so weit war, dass das Siegel gebrochen war, konnten die Stimme des Weltenbaums in ihren Köpfen hören.

Ein blendend weißer Blitz schoss durch die Luft. »Los!«, befahl Raphael, dirigierte die Krieger durch das Portal. »Beeilt euch!« Sie durften keine Zeit verlieren, er musste zu seiner Tochter. Er musste retten, was noch zu retten war. Engel und Dämonen stürmten hindurch, Raphael folgte ihnen als Letzter.

Er landete mitten auf dem Schlachtfeld Midgards. Es sah nicht gut für sie aus, das erkannte er innerhalb eines Atemzuges. Es war genau wie in dem Bild, das Gabriel ihm beschrieben hatte: Die ganze Stadt stand in Flammen.

Über all dieses Chaos streckten sich die blühenden Äste des Weltenbaums hinweg. Raphael stockte mitten in der Bewegung. Er wusste, was das bedeutete.

Gabriel taumelte und stützte sich an Zack ab. Sie schüttelte sich, richtete sich wieder auf und beschwor ihr Element. Tosend stieg es aus dem Fluss der Gaben auf, fegte durch die Reihen der Himmelswölfe wie ein hungriger Drache. Auch Zack warf sich auf die Wölfe.

Raphael sah, wie sich alle in den Kampf stürzten, die Luft vibrierte vor Magie. Jeder, der dazu fähig war, setzte seine Kräfte ein, schien sich wie berauscht zu fühlen von dem plötzlichen Strom der Kraft, der durch seinen Körper jagte. Sie waren nicht mehr länger eingeschränkt durch Azraels Siegel, verfügten wieder über das ganze Ausmaß ihrer Kräfte.

»Sam!« Raphael hörte Zacks Ruf und sah sich hektisch um. Sein Sohn lag am Boden, krallte die Finger in die Erde und versuchte, sich trotz allem aufzurichten.

»Nicht«, flüsterte Raphael, seine Nackenhaare stellten sich auf. Obwohl er damit gerechnet hatte, obwohl er wusste, was ihn hier im Himmel erwarten würde, war er vor Angst wie gelähmt. Keines seiner Kinder sollte hier sein, keines von ihnen sollte das hier durchmachen müssen. Es wäre seine Pflicht gewesen, sie davor zu bewahren.

Er lief los, rannte auf seinen Sohn zu. Noch im Laufen beschwor er seine Magie. Wenn er Sam rettete, dann würde er auch Lizzie helfen können, er musste nur zu ihnen. Sein Blick fiel auf den Weltenbaum. Wieso waren die Tore geschlossen, was hatte das zu bedeuten?

Ruckartig entließ Raphael die Magie aus seinem Griff. Der Wind schoss durch die Armee der Himmelswölfe wie ein Hagel aus Pfeilen. Sie hatten ihm nichts entgegenzusetzen, konnten sich nicht dagegen wehren. Tot stürzten sie zu Boden.

»Lizzie!« Er schrie nach seiner Tochter, obwohl er wusste, dass sie ihn nicht hören konnte. Aber er musste etwas tun, irgendetwas, um die Panik in seinem wild schlagenden Herzen zu übertönen. »Lizzie!«

Grimmige Wut erfasste ihn. Er duckte sich unbeeindruckt unter dem Feuerschweif, der auf ihn zuflog weg, durchschnitt mit einer fauchenden Handbewegung die Kehle seines Angreifers. Er empfand nicht einmal Reue dabei, es kümmerte ihn nicht. Keiner von ihnen war unschuldig. Sie alle hatten Schuld an dem Leiden seiner Kinder, an dem Leid so vieler anderer. Jetzt war es genug. Die Wölfe hatten sich für eine Seite entschieden und es war die falsche Seite. Niemand von ihnen würde jemals wieder einem seiner Kinder schaden.

Er legte den Bogen an, als einer der Wölfe sich unter Michaels Schwert duckte und auf Sam zutrat. Zwischen Raphaels Fingern formten sich Pfeile aus silbrig schimmernder Luft. Er spannte die Bogensehne und mit einem wütenden Surren entließ er den ersten Pfeil aus seinem Griff. Seine Magie schoss los, vervielfältigte sich in der Luft zu vier weiteren Pfeilen, die sich erneut teilten. Der Pfeilhagel ging auf den Himmelswolf nieder, jeder einzelne traf ihn. Zuckend stürzte Azraels Krieger zu Boden und fiel neben Sam dumpf auf die Erde.

Aus den Augenwinkeln sah Raphael, wie die Höllenfürsten sich durch die Armee der Wölfe schlachteten, sich in kleineren Gruppen mit den überraschten Engeln zusammenschlossen. Keiner der Rebellen machte Anstalten, die Dämonen anzugreifen. Sie kämpften stattdessen an ihrer Seite, als wäre es nie anders gewesen. Belial und Abaddon kommandierten die Dämonen, schrien über den Lärm der Schlacht hinweg Anweisungen, während sie gleichzeitig mit den ihnen eigenen Waffen kämpften. Belial schlug mit ihrer nachtschwarzen Peitsche um sich, jeder Hieb kostete einen Wolf das Leben. Unablässig sauste das Leder durch die Luft, als wollte es den Himmel selbst zerteilen. Abaddon kämpfte dicht neben ihr, sein hölzerner Stab schickte Stoßwellen aus Magie durch die Erde. Risse taten sich auf, verschlangen Azraels Krieger, und schlossen sich gleich darauf wieder, als hätten sie nie existiert. Auch die anderen Höllenfürsten standen mitten in diesem Chaos. Es gab niemanden, der Asmodeus' Axt lange widerstehen konnte und trotz ihres harmlosen Äußeren waren Astartes Messer nicht weniger tödlich.

Auch Zack und Gabriel kämpften gemeinsam, hatten einen Weg gefunden, ihre Kräfte miteinander zu kombinieren. Es war eine Kraft, die die Himmelswölfe unterschätzten, die sie erst begriffen, als sie starben.

Wütend schritt Raphael voran, begleitet von der zornigen Naturgewalt des Windes.

* * *

Gleißend helles Licht schoss durch Midgard und ließ Michael geblendet zurücktaumeln. Jubel brandete auf, jedem schien klar zu sein, was dieses Licht zu bedeuten hatte. Die Tore waren geöffnet. Nun gab es nichts mehr, was sie aufhalten konnte. Gleichzeitig mit dem Licht hörten sie auch den Ruf. Michael erstarrte, die Haare an seinen Armen stellten sich auf. Es war keine Stimme, die sie hörten. Sondern ein Gefühl, als würde jemand in seinem Kopf mit Fingernägeln über eine Kreidetafel fahren. Das war nicht das, was er erwartet hatte. So sollte es sich nicht anfühlen. Er fuhr auf dem Absatz herum. »Sam!«

Michael stieß einem Wolf sein Schwert in die Brust. Doch die Wölfe kamen unaufhaltsam näher. Er stellte sich vor den Dämon, beschwor das Feuer, das um ihn schwang, jeder Hieb ein tödlicher Treffer. »Sam, komm wieder hoch!«

Der Jubel und die Erleichterung auf dem Schlachtfeld verblassten. Nach und nach sickerte die Erkenntnis durch, dass sie keineswegs gewonnen hatten. Etwas stimmte nicht. Das Siegel war zwar gebrochen, doch von Lizzie war weit und breit nichts zu sehen.

Sams blutige Finger krallten sich in die Erde, während die Schatten unaufhaltsam aus ihm herausflossen. Er schien nichts mehr zu haben, was er der Dunkelheit entgegensetzen konnte. Ohne Lizzie war er verloren, er würde mit ihr gemeinsam sterben. Sofern sich nicht zuvor Gabriels Vision erfüllte, schoss es Michael durch den Kopf. Was, wenn es das war, was seine Schwester gesehen hatte? Wenn sie nun alle in Midgard durch Sams Schatten sterben würden?

Bis dahin käme jedoch niemand an ihm vorbei. Er hatte Lizzie versprochen, dass er sich um diesen Dämon kümmern würde und bis zum letzten Flügelschlag würde er dieses Versprechen halten. Wenn Sam und Lizzie noch immer durch dieses Band verbunden waren, dann reichte es, wenn er einen von beiden am Leben erhielt, damit auch der andere lebte. Michael wollte alles tun, um das zu gewährleisten. Keinem der beiden durfte mehr etwas geschehen.

Mit einem Grollen, das tief aus seinem Innern kam, trieb er die Himmelswölfe weiter zurück. Er ignorierte seine zitternden Hände, die seit so langer Zeit wieder auf seine Kräfte zurückgriffen, die Erschöpfung, die sich langsam in ihm ausbreitete. Wenn er die Kontrolle über die Flammen verlor, würde er wenigstens Hunderte von Himmelswölfen mit sich in den Untergang gerissen haben. Rings um ihn fielen die weißen Blütenblätter des Weltenbaums zu Boden, unwirsch verbrannte Michael sie in der Luft. Er wollte diese Blüten nicht sehen, wollte nicht wahrhaben, was ihre Existenz bedeutete. *Ihr ist nichts passiert*, wiederholte er wie ein Mantra in seinem Kopf. *Sie lebt, ihr ist nichts passiert.*

Hinter ihm bäumte sich Sam auf, die Finger fest in die Erde gekrallt und den leeren Blick auf etwas gerichtet, das nur er sehen konnte. Die Schatten krochen über den Boden, waberten wie Nebel über die Steine hinweg, griffen nach Michaels Beinen.

»Wage es ja nicht, jetzt aufzugeben!«, befahl Michael. War das jetzt das Ende? Hatte Azrael Lizzie getötet? Nein. Das konnte nicht sein. Sam musste durchhalten, um jeden Preis. Nur dann hatte Lizzie eine Chance. »Steh auf und kämpf!«

17

ABSCHIED

»Es tut mir leid.«

Lizzie öffnete die Augen, die Hände zu Fäusten ballend stand sie auf und drehte sich zu Asriel um. Der Engel war die letzte Person, die sie jetzt sehen wollte. Mehr als alles andere wollte sie, dass es endlich vorbei war. Sie war lange genug ein Spielball dieser Mächte gewesen. Jetzt wollte sie nur noch ihre Ruhe finden.

»Es tut dir leid?«, echote Lizzie und stieß ein Schnauben aus. »Ich sterbe, Asriel. Scheinbar ist es genau das, was du die ganze Zeit gewollt hast.« Alles schien darauf hinausgelaufen zu sein. Dieses ganze Gerede, diese vielen Gespräche an imaginären Orten hatten nichts gebracht, sie hatten nichts verändert. Außer, dass sie nun endlich klar sehen konnte.

»Wir brauchen noch etwas Zeit«, meinte Asriel leise und Lizzie folgte ihrem Blick. Dicht neben dem Weltenbaum stand eine dunkle Gestalt. Sie kam ihr bekannt vor, obwohl sie sicher war, ihr noch nie begegnet zu sein. Doch etwas an ihr war vertraut.

Wie so oft zuvor befanden sie sich wieder in dem Wald. Ein Stich fuhr ihr durch die Brust. Wie die Bäume im Forb-Wald auf der Erde, so würde sie auch diesen Ort niemals wiedersehen. Es spielte keine Rolle, dass die Sonne schien und versuchte, sie zu trösten. Dass ihre hellen Strahlen durch die Blätter des Weltenbaums bis auf den Boden fielen. Sollten die Vögel in diesem Traum beruhigend wirken, verfehlten sie ihr Ziel. Nichts davon hatte mehr eine Bedeutung. Nicht einmal der Wind, der sanft durch ihr Haar fuhr und versuchte, ihr aufgewühltes, verratenes Herz zu beruhigen. Nichts konnte ungeschehen machen, was Asriel getan hatte.

Der Engel trat auf sie zu, die langen, braunen Haare fielen ihr bis auf die Hüften. »Glaub mir, ich wollte das nicht.«

»Ich glaube dir gar nichts mehr! Lass mich einfach in Ruhe, Asriel!«

Lizzie fuhr zurück, aber Asriel hob die Hände. »Bitte, lass es mich erklären. Mir bleibt nicht mehr viel Zeit!«

»Denkst du wirklich, dass mich das interessiert? Azrael hat mich gerade umgebracht, Asriel! Er tötete mich, weil ich versucht habe, dein Ziel zu erfüllen! Also verschwinde endlich und lass mich in Frieden sterben!«

»Ich weiß, wie du dich fühlst und ich bin dir dankbar für deine Hilfe. Wir ...«

»Blödsinn!« Es war ihr egal, dass das nur ein Traum war. Dies war der letzte Traum, den sie jemals träumen würde und sie musste ihn ausgerechnet mit diesem verfluchten Engel verbringen. »Du hast mich die ganze Zeit über manipuliert. Wie es dir passte, hast du mich an der Nase herumgeführt! Was sollte dieses Gerede darüber, dass du die Tore verschließen wolltest? Die Engel haben an dich geglaubt! Sie dachten, dass du sie retten würdest. Dabei warst du es, die sie damals in den Untergang geführt hat!« Azrael hatte die ganze Zeit die Wahrheit gewusst. All die Jahrhunderte hatte er dennoch so getan, als wäre er für dieses Grauen verantwortlich gewesen. Dabei hatte er lediglich für Asriel seinen Kopf hingehalten. Freiwillig war er zum Geächteten geworden, nur um ihr Ansehen zu wahren. Jetzt ergaben Asriels Erinnerungen einen Sinn. Nun, wo Lizzie das letzte Puzzlestück in den Händen hielt. Sie selbst war es gewesen. Sie war das letzte Teil des Rätsels.

Asriel hatte das Siegel geschaffen, deswegen hatte es auch nur durch ihr Blut brechen können. Oder vielmehr durch Lizzies Blut, weil sie Asriels Seele in sich trug. Azrael hatte sie aufhalten wollen, nicht umgekehrt. Lizzie dachte an ihren Traum von Midgard, in dem Azrael seine leblose Tochter in den Armen gehalten hatte. Michael hatte gesagt, dass Azrael für den Tod Uriels verantwortlich gewesen sei, aber was, wenn es Asriel gewesen war? Wenn sie diejenige gewesen war, die den Verstand verloren hatte, und nicht Azrael?

Die ganze Zeit hatte sie gegen den falschen Gegner gekämpft.

Blieb nur noch die Frage, aus welchem Grund der Herrscher des Himmels all diese Schuld auf sich genommen hatte. Er hätte es die ganze Zeit richtigstellen können. Azrael hätte den Engeln klarmachen können, dass Asriel das Monster war, nicht er. Dass es keinen Sinn ergab, Asriel um Hilfe anzubeten oder für sie Geschenke in den Fluss der Gaben zu legen. Deswegen hatte es Asriel auch nie interessiert, welche Hoffnungen in sie gelegt worden waren. Asriel hatte nie vorgehabt, irgendjemandem zu helfen. Sie hatte nur zurück zum Weltenbaum gelangen wollen. Um das zu beenden, was sie damals begonnen hatte. Nur dafür war sie den Pakt mit Lizzie eingegangen.

»So weit hätte es nie kommen dürfen.« Müde ließ Asriel die Hände sinken. »Ich hätte schon vor langer Zeit sterben sollen, Lizzie, genau wie du. Du hast es gesehen. Du hattest recht, wir sind uns in vielen Punkten ähnlich. Vor allem aber darin, dass wir beide nicht mehr am Leben sein dürften. Weil wir von einem Wesen gerettet wurden, dem wir nie hätten begegnen sollen. Es war nicht vorgesehen. Das hat unser Leben komplett verändert. Denn nur dadurch war Azrael in der Lage, mir den Umgang mit Magie beizubringen. Zu diesem Zeitpunkt hatten wir noch keine Ahnung, wozu diese Kräfte in der Lage waren. Und glaub mir, Menschen sollten keinen Zugang zu den Elementen haben. Jedenfalls dachte ich das, bis ich dich traf.« Asriel lächelte müde und sah zu ihr.

Lizzie starrte den Engel noch immer wütend an. Sie wollte diese Dinge nicht hören. Sie wollte nur endlich ihren Frieden finden und vor der Erkenntnis weglaufen, dass sie versagt hatte, dass sie ihre Freunde im Stich gelassen hatte. Wie sie, würden sie sterben und es war ihre Schuld. Sie konnte keinen einzigen von ihnen retten. Hatte sie je eine echte Chance gehabt?

Asriel schien ihren Blick zu suchen. »Bis ich die Wahrheit erkannte, hatte ich meine Menschlichkeit und meinen Verstand bereits verloren. Diese Kräfte waren zu viel für mich. Ich war wie berauscht von dieser Macht, ich dachte nur noch daran, sie unter Kontrolle zu halten. Stattdessen kontrollierten die Kräfte mich, fraßen mich nach und nach auf. Mich und alles, was mich ausgemachte. Sie wucherten in meinem Verstand, infiltrierten mein Herz. Azrael war der einzige Mann, den ich jemals liebte, dem ich alles anvertrauen konnte und der mich kannte wie niemand sonst. Doch als er es bemerkte, war es zu spät.« Asriel schloss die Augen. »Nichts und niemand hätte meinen Verfall noch aufhalten können, auch er nicht. Mit dem Erlernen dieser Fähigkeiten, durch meine bloße Existenz, hatte ich gegen die Regeln verstoßen. In meinen wenigen lichten Momenten versuchte ich, die Kontrolle zurückzugewinnen. Mir war klar, dass ich dabei war, mich aufzulösen. Also suchte ich Antworten hinter den Himmelstoren, bat um Audienz. Nur sehr wenige waren auserwählt, die Wahrheit hinter den Toren zu erblicken und ich war eine davon.« Sie schüttelte den Kopf. »Manchmal wäre es mir lieber gewesen, ich hätte es nie gesehen«, fügte sie flüsternd hinzu und ließ sich auf den Baumstamm sinken. »Es gibt Dinge, die der Verstand nicht begreifen kann, die niemand hätte wissen sollen. Diejenigen, die es vor mir gesehen hatten, waren längst gestorben. Oder es kümmerte sie nicht, so wie Azrael. Er fügte sich den Dingen, die von ihm verlangt wurden. Aber ich konnte es nicht vergessen.«

Lizzie stieß einen Seufzer aus, öffnete die Fäuste und verschränkte die Arme vor ihrer Brust. Sie wusste nicht, wohin mit sich. Warum beichtete Asriel ihr nun alles? Jedes Mal, wenn sie miteinander geredet hatten, hatte sie den Engel schon beinahe angefleht, ihr die Wahrheit zu sagen. Jetzt war es dafür zu spät. Selbst wenn sie nun alles hörte, was würde es bringen? Was sollte es ändern? Der Kampf war verloren.

»Nicht einmal das, was ich hinter den Toren erfuhr, hielt mich auf. Stattdessen unternahm ich alles, um mein Schicksal zu ändern. So gebar ich die Erzengel, meine und Azraels Kinder. Sie alle waren wunderschön, jeder auf seine Art.« Tränen stiegen dem Engel in die Augen und ließen Lizzie überrascht einen Schritt auf sie zutreten. »Meine Kinder waren so rein und unbescholten. Sie hatten keine Ahnung von der Welt, in die sie geboren worden waren. Von den Geschehnissen, die auf sie zukommen würden. Ich teilte meine Kräfte unter ihnen auf und mein Verstand wurde wieder klarer. Für wenige Jahre war ich frei, ich musste nicht mehr alle Elemente gleichzeitig kontrollieren. Meine Kinder entwickelten sich sehr gut, wir lebten in Frieden und Harmonie. Für Michael und Luzifer war es schwieriger, aber auch sie meisterten ihre Kraft. Alles sah gut aus, als hätten wir die Chance auf eine glückliche Zukunft. Aber dann wurde Luzifer hinter die Tore gerufen.« Sie schüttelte den Kopf. »Ich habe alles versucht, um ihn davon abzuhalten. Er sollte nicht sehen, was ich gesehen hatte. Luzifer war so sanft, so voller Hoffnung. Ich wusste, dass ihn die Wahrheit verändern würde. Doch ich hätte nicht gedacht, dass es ihm gelingen würde, sich von allem abzuwenden. Wie es den Anschein hatte, war nicht nur das Element der Dunkelheit einzigartig an ihm. Sein Weggang zerstörte Michael und es veränderte den Lauf der Dinge noch mehr, als es ohnehin der Fall gewesen wäre. Sie wussten es nicht, aber spätestens ab diesem Zeitpunkt waren wir alle verloren.« Trauer stahl sich in ihre Züge und Lizzie lief ein Schauer über den Rücken. Was ging hier vor?

Sie hätte wütend auf Asriel sein müssen, toben, schreien und sie verfluchen sollen. Stattdessen empfand sie so etwas wie Mitleid für den Engel. Lizzie wusste, wie es sich anfühlte, diese Kräfte in sich zu haben. Die Elemente waren wie wilde Tiere. Je mehr man versuchte, sie zu kontrollieren, desto stärker setzten sie sich dagegen zur Wehr. Sie ließen sich nicht gerne regulieren, in Formen zwängen oder nach dem Willen anderer lenken. Sie waren Individuen mit einem eigenen Verstand, vielleicht sogar einem eigenen Herzen.

Alles hatte mit den Himmelstoren begonnen. Mit dem, was dahinter lag. Es hatte erst Asriel verändert, dann Luzifer. Nun war Azrael dort und niemand wusste, was mit ihm geschehen würde. Was, wenn er genau wie Asriel den Verstand verlor? Die Welt würde nie wieder dieselbe sein.

»Der Wahnsinn hatte mich bald wieder völlig im Griff«, fuhr Asriel fort. »Die Momente, in denen ich noch vernünftige Entscheidungen treffen konnte, wurden immer seltener. An den meisten Tagen erwachte ich nur kurz aus meinem Delirium, ich erkannte mich im Spiegel nicht wieder. Azrael war besorgt, versuchte, meinen Zustand vor unseren Kindern zu verbergen. Es gelang ihm zwar, aber er konnte mir nicht helfen. Es war zu spät. Ich spürte, dass es an dem lag, was mit mir geschehen war. Dass dies der Grund dafür war, weswegen ich die Elemente kontrollieren konnte. Und genau das musste ein Ende finden. Ich musste die Quelle dieses Übels vernichten, damit niemandem mehr dasselbe geschehen konnte. Also reiste ich nach Midgard und erschuf das Siegel.« Sie zuckte müde mit den Schultern. »Den Rest der Geschichte kennst du.«

»Azrael hat versucht, dich aufzuhalten, nicht wahr? Er ahnte, was du vorhattest.«

»Er hat nie verstanden, warum ich mich so dagegen sträubte. Dabei hatte selbst unsere Tochter Uriel die Kontrolle verloren. Auch sie war von ihrem Element in den Wahnsinn getrieben worden.« Asriel schüttelte den Kopf. »Obwohl ich sie hatte töten müssen, verstand er noch immer nicht, warum es notwendig war, dem ein Ende zu setzen. Warum es notwendig war, diese verfluchten Tore endgültig zu verschließen. Nur ich konnte sie alle retten, doch bevor ich dazu kam, tötete Azrael mich. Dennoch war es dieser Gedanke, an den ich mich die ganze Zeit geklammert habe. Nur dieser eine Gedanke. Der Glaube daran, dass ich das Übel hinter den Toren endgültig vernichten musste, hielt mich am Leben. Obwohl es mich gleichzeitig immer weiter in die Dunkelheit trieb. Weiter und immer weiter, sodass es kein Entkommen mehr gab. Ich suchte nach einem Weg, wieder einen Körper zu erhalten. Einen, der stark genug war, um es mit allem aufzunehmen, weil diese Person einen wichtigen Grund dafür hatte. Ich brauchte jemanden, der wie ich war.«

»Da kam ich dir gerade gelegen.«

»Du warst mehr als ein glücklicher Zufall. Würde ich es nicht besser wissen, dann würde ich sagen, dass es vorherbestimmt war. Glücklicherweise ist es alles andere als das.«

»Schön, dass du dem Ganzen etwas Positives abgewinnen kannst.«

»Lizzie, du verstehst das nicht. Was ich gesagt habe, war mein völliger Ernst. Du bist wie eine verbesserte Version meiner selbst.«

Doch Lizzie schüttelte den Kopf. Es war nicht mehr wichtig, was Asriel glaubte, in ihr zu sehen. »Wirst du mir jetzt endlich sagen, was hinter den Toren liegt, Asriel?«

»Nein.«

»Ich habe ein Recht darauf!«

»Das hast du«, gab der Engel zu. »Darauf und noch auf so viel mehr. Du hast ein Recht auf Leben, Lizzie. Und das musst du tun: Du musst leben. Geh selbst hinter die Tore und schau dir an, was mich zerstört hat.«

»Was?« Lizzie blinzelte irritiert. »Wie stellst du dir das vor? Ich bin gerade gestorben, schon vergessen? Nicht einmal du kannst mich von den Toten wiederholen!«

»Das brauche ich auch nicht. Weißt du nicht mehr, was Zack und Raphael sagten? In einem Körper ist nur Platz für eine einzige Seele. Für einen von uns beiden ist es nun an der Zeit, zu gehen.«

»Was hast du vor?« Unsicher wich Lizzie einen Schritt zurück. Sie hatte die Nase voll von den Plänen des Engels. Oder von allem, was mit Asriel und Azrael zusammenhing.

Asriel winkte ab. »Du kennst mich. Ich werde alles tun, was notwendig ist.« Sie stand auf. »Jetzt geh, Lizzie. Versprich mir, dass du Azrael helfen wirst. Er hat alles verloren und das nur meinetwegen.« Der Engel sah sie traurig an. »Denk daran, dass er seine Gründe hatte. Er ist kein schlechter Mann. Vertrau ihm, so schwer es dir auch fallen mag. Bring zu Ende, was ich nicht beenden konnte.« Sie reichte Lizzie die Hand. »Auf Wiedersehen.«

»Warum das alles?« Lizzie sah in die grauen Augen, die ihr so viel Kummer bereitet hatten. Konnte das jetzt wirklich vorbei sein? War es möglich, dass sie Azraels Todesstoß überlebt hatte? »Wofür das alles, wenn du jetzt aufgibst?«

»Ich bin schon seit langer Zeit tot.« Asriel lächelte und nickte zu der dunklen Gestalt hinüber. Plötzlich wusste Lizzie, wann sie diese Präsenz schon einmal gefühlt hatte: als sie Michael am Fluss geheilt hatte. Genau wie sie hatte er im Sterben gelegen. Aber das würde bedeuten, dass dies …?

Asriel nickte ihr zu. »Niemand braucht einen verrückten Engel wie mich. Weder die Welt noch die Engel und schon gar nicht du. Es geht um dich, Lizzie.« Sie standen sich so nahe, dass sie sich berühren konnten. »Es ging immer nur um dich. Schon bevor wir uns trafen. Du warst etwas Besonderes, von dem Tag an, als du Sam begegnet bist. Du hast eine andere Verbindung zu diesen Kräften als ich, du hast nicht den Verstand verloren. Die Elemente haben dich akzeptiert, nun musst du sie akzeptieren. Du wirst ihre Hilfe brauchen, wenn du Sam retten willst.«

Lizzie schluckte. »Was auch immer das bedeutet«, murmelte sie und ergriff Asriels Hand.

Schlagartig wachte sie auf.

Die Äste des Weltenbaums erstreckten sich über ihr, blühend vor Leben. Die weißen Blüten schwankten leicht im Wind, Blätter schwebten sanft zu Boden.

Müde tastete Lizzie mit einer Hand nach dem Loch in ihrer Brust. Wieso war sie immer noch am Leben? Was war mit Asriel passiert?

Sie schloss die Augen, eine einzelne Träne lief über ihre Wange. Lizzie fühlte, dass etwas nicht stimmte. In ihren Gedanken herrschte Stille.

Asriel war fort.

Plötzlich ging ein Ruck durch Lizzies Körper. Sie wollte vor Schmerzen schreien, aber kein Laut kam über ihre Lippen.

Ihr Körper stand in Flammen, tosend und zischend vor Kraft. Es verbrannte sie von innen heraus, als hätte sie die Kontrolle verloren. Dann war sie lebendig begraben, fühlte das drückende Gewicht der Erde auf sich, neben sich, überall. Aus ihrem Körper wuchsen Pflanzen, ein ganzer Baum, der seine Energie aus ihr zog. Wasser war überall um sie herum, durchzog die Erde mit pulsierenden Adern, riss sie in einem rauschenden Strudel mit sich fort, bis sie unter die Oberfläche geriet. Sie schnappte nach Luft, aber nur Wasser drang in ihre Lungen, füllte sie komplett aus. Sie verbrannte, erstickte und ertrank gleichzeitig, es machte keinen Unterschied mehr. Dann fiel sie aus großer Höhe, sie spürte die Luft um sich herum und schlug durch die Wolken. Doch sie fiel nicht mehr länger nur durch die Luft, sie war die Luft. Sie war der Wind, frei und ungebändigt.

Bis ihr Sturz von Schatten aufgefangen wurde.

Warm und weich schlangen sie sich schützend um sie. Es fühlte sich an, als würde sie in Sams Armen liegen. Erleichtert schloss sie die Augen. Hier fühlte sie sich sicher und geborgen, wollte diesen Ort nie wieder verlassen. Doch das musste sie.

Sie richtete sich keuchend auf, bis sie auf allen vieren kniete. Sie fühlte, wusste, dass etwas nicht stimmte. Bilder strömten auf sie ein, Bilder von Sam, Raphael und Gabriel. Bilder, von denen sie wusste, dass es ihre Erinnerungen waren. Sie überfielen sie mit voller Wucht. Lizzie stöhnte, sie konnte dieser Sturmflut von Gedanken kaum standhalten. Mühsam hob sie den Kopf.

Als sie einen Blick hinter sich warf, sah sie sie: zwei Flügel, die sich strahlend weiß aus ihrem Rücken erhoben, so hell wie frisch gefallener Schnee. Kein Leid hatte je diese Federn befleckt, sie waren völlig rein.

Lizzie griff nach der Wunde in ihrer Brust, war jedoch nicht überrascht, als sie dort keine Verletzung vorfand.

»Was hast du getan, Asriel?«

Aber sie würde keine Antwort auf ihre Frage erhalten. Der Engel war fort.

Ein Gefühl der Leere herrschte plötzlich in ihrem Herzen und in ihrem Kopf. Sie war wieder allein. Dennoch pulsierte eine unstillbare Energie durch ihren Körper, nach wie vor trug sie die Elemente in sich. Lizzie konnte sich nicht erklären, wie das möglich war, aber im Endeffekt spielte es keine Rolle. Nie hatte es sich richtiger angefühlt, nie zuvor war sie so vollständig gewesen.

Doch es gab da noch immer etwas, das sie zu Ende bringen musste.

Sie richtete sich auf und schwankte unter dem ungewohnten Gewicht ihrer neuen Flügel. Lizzie warf einen Blick zurück, sah in die Richtung, in der sie Sam vermutete. Irgendwo auf diesem Schlachtfeld musste er sein, zwischen all den Toten, den Kämpfenden und dem Rauch. Sie spürte, dass er hier war. Nun konnte sie zu ihm gehen, sie konnten gemeinsam aus dem Himmel fliehen und das alles hinter sich lassen. Endlich das Leben führen, das ihnen entglitten war.

»Auf Wiedersehen«, flüsterte sie und wusste nicht, ob der Abschied an Sam oder an Asriel gerichtet war. Doch sie wünschte sich, dass der Engel am Ende ihren Frieden finden würde. Sie würde beenden, was Asriel begonnen hatte, was auch immer dies war. Um ihr Versprechen an Asriel zu halten, musste sie jedoch das

Versprechen an Michael brechen. Es gab nur diesen einen Weg, um die Wahrheit zu erfahren. Nur diesen Weg, um den Krieg zu beenden. Sie hoffte, dass es Michael und ihren Freunden gut ging, wo auch immer sie jetzt waren. Eine Weile mussten sie noch durchhalten, nur noch einen Augenblick.

Sie drehte sich um und folgte Azraels Spuren. Ohne sich noch einmal umzusehen, trat sie durch die Tore ins Paradies. Das Licht blendete sie, sodass sie schützend einen Arm vor ihre Augen hielt. Mit festem Schritt ging sie weiter durch das Licht, bis es plötzlich fort war. Sie nahm zögerlich den Arm hinunter. Was sie sah, war jedoch alles andere als paradiesisch.

Ein langer, düsterer Gang erstreckte sich vor ihr, das Ende lag vollständig im Dunkeln. Zum ersten Mal hatte sie keine Angst, sie fürchtete sich nicht mehr vor der Finsternis. Im Gegenteil, denn nun würde sie endlich erfahren, was hinter den Toren lag. Was sie so viele Nächte schweißgebadet hatte aufwachen lassen.

Sie biss sich auf die Lippe, als ihr ein Gedanke kam. Die Erinnerung an das, was Luzifer damals zu Camael gesagt hatte. Sie konnte den ehemaligen Engel verstehen, aber durfte sie das tun? Im Endeffekt hatte sie keine andere Wahl. Sie durfte nicht zulassen, dass ihr jemand folgte, weder Sam noch Michael. Niemand.

Lizzie wandte sich um, ging einen Schritt auf die Tore zu. Sie streckte die Hände zu beiden Seiten aus und schloss die Türen. Knarzend schoben sie sich zu.

Sie konzentrierte sich, griff auf Asriels Wissen zurück, das noch immer in ihr schlummerte und zwischen ihren Händen manifestierte sich die Magie. Sie konnte die verschlungenen Symbole sehen, die sich auf die Flügeltüren legten und sie verschlossen. Es war nicht dasselbe Siegel, das Asriel erschaffen hatte. Die Engel und Dämonen würden weiterhin auf ihre Kräfte zugreifen können, aber nach ihr konnte niemand mehr das Paradies betreten.

Der klang der schließenden Tore verhallte hohl in dem leeren Gang. Sie drehte sich um und verharrte einen Moment an der Tür. Es fühlte sich nicht richtig an, ihren Freunden die Entscheidung abzunehmen. Instinktiv fuhr ihre Hand zu dem roten Stein, aber dann fiel ihr ein, dass er fort war. Erschöpft schloss sie die Augen.

Selbst Sam würde nun Schwierigkeiten haben, sie zu finden. So lange hatte seine Kette sie begleitet, aber hierhin durfte er ihr nicht folgen. Sie musste es ohne seine Hilfe schaffen.

Mit einem Gedanken rief sie ihre Flügel zurück. An diesem Ort würde sie sie nicht brauchen, sie würden sie nur behindern. Wärme floss durch ihren Körper, es kostete sie nicht einmal Kraft. Es war wie atmen, etwas völlig Natürliches.

18

SCHATTEN

»Nein«, flüsterte Sam. Er wusste, was geschah, konnte es spüren. Das Band zwischen ihm und Lizzie riss in dem Moment, als sie verstand. Er fühlte ihre Überraschung, ihr Entsetzen. Die Kälte, die sich langsam in ihrem Körper ausbreitete und sein Herz befiel. Lizzie starb.

Müde schloss er die Augen. Nun würde Gabriels Vision doch noch Realität werden. Ohne Lizzie konnte er nicht weiterleben, er wollte es nicht. Aufgeben war alles, zu dem er jetzt noch in der Lage war. Sam wollte sich in die Dunkelheit fallen lassen, wollte ihr nach all den Jahren endlich nachgeben. Es gab keinen Grund mehr, sich ihr zu widersetzen, es gab nichts mehr, wofür es sich zu kämpfen lohnte. Er sah, wie die Schatten sich neben ihm aufbäumten. Beinahe so, als wollten sie ihn willkommen heißen, ihn tiefer in den Abgrund ziehen. Wenn er die Kontrolle verlor, würde er wenigstens die Himmelswölfe mit sich nehmen.

Die Welt um ihn herum war erstarrt, der Krieg hatte mitten in der Bewegung innegehalten. Als würden alle darauf warten, dass er aufgab.

»Also wirklich«, beschwerte sich eine dunkle Stimme neben ihm. »Das kann man ja nicht mit ansehen.«

Sam sah zur Seite. Ein junger Mann mit rabenschwarzen Haaren und dunkelbraunen Augen stand neben ihm. Er kam ihm bekannt vor, aber er konnte ihn beim besten Willen nicht einordnen. Und wenn er ehrlich war, dann war es ihm auch egal. Was für eine Rolle sollte es jetzt noch spielen?

»Geh«, murmelte Sam. »Lass mich einfach in Ruhe.«

»Nachdem ich die ganze Zeit auf dich gewartet habe? Bestimmt nicht. Hör mal, ich habe für diese Begegnung den letzten Gefallen eingefordert, den Tod mir noch schuldete.« Der Mann ging neben ihm in die Hocke und betrachtete ihn mit schief gelegtem Kopf. »Willst du jetzt wirklich das Handtuch werfen?«

»Lizzie ist tot.«

Sein Gegenüber schnaubte. »Wenn ich eines gelernt habe, dann, dass die Dinge nie so sind, wie sie auf den ersten Blick aussehen. Schon gar nicht bei euch beiden. Überzeuge dich doch erst einmal von ihrem Tod, bevor du in Selbstmitleid versinkst.«

Sam richtete sich wütend auf. »Woher willst du wissen, wie mir zumute ist? Du weißt gar nichts über mich, du weißt nichts über uns!«

»Oh, ich weiß eine ganze Menge«, widersprach er. »Vergiss nicht, dass du mein Erbe in dir trägst.«

Sam blinzelte, während die Worte durch seinen Kopf tanzten. »Luzifer?« Das war nicht möglich. Luzifer war tot.

»Hundert Punkte.« Spöttisch hob Luzifer eine Augenbraue. »Habe ich jetzt deine volle Aufmerksamkeit?«

»Aber ...«

»Dafür ist jetzt keine Zeit. Tod ist ein harter Verhandlungspartner, ich habe nur wenige Minuten. Also hör mir zu, bevor uns die Zeit davonrennt. Und glaub mir, du wirst jede einzelne Sekunde brauchen.«

Sam schüttelte den Kopf. Was sollte das, was hatte das zu bedeuten? Halluzinierte er nun?

Luzifers braune Augen blickten sanft. »Ich weiß, dass du viele Fragen hast, Sam. Und dass du vermutlich überall lieber wärst als hier bei mir. Aber es ist wichtig. Die Schatten sind nicht deine Feinde. In diesem Punkt musst du mir vertrauen. Sie sind es nie gewesen. Schau sie dir doch an. Selbst jetzt noch stellen sie sich zwischen dich und deine Feinde!«

»Das hat damit nichts zu tun. Sie schützen mich nicht, sie wollen mich vernichten.« Was Luzifer sagte, ergab keinen Sinn. Wieso war er überhaupt hier? Was hatte seine Anwesenheit nach all der Zeit zu bedeuten? Früher hätte er sich den Rat des ersten Dämons gewünscht, doch heute hatte das keinen Sinn mehr.

»Blödsinn. Wieso sollte ich dir eine Kraft vererben, die dich in den Untergang reißen wird? Hast du denn gar nichts von Lizzie gelernt? Wenn du schon nicht mir vertraust, dann wenigstens ihr. Erinnere dich daran, wie sie das Wasser rief, Sam. Das hatte rein gar nichts mit Kontrolle zu tun. Es ging niemals darum, die Elemente zu kontrollieren. Du musst mit ihnen zusammenarbeiten!«

»Selbst wenn ich dir glauben würde: Wie soll ich das machen? Jedes Mal, wenn ich sie benutze, dann ...«

»Genau das ist das Problem, du sollst sie gar nicht benutzen.« Luzifer rollte mit den Augen, als wäre Sam schwer von Begriff. »Du musst aufhören, dich gegen sie zu wehren. Sie sind das Einzige, das eure Welt überhaupt noch retten kann.« Er deutete auf das Schlachtfeld um sie herum, auf die erstarrten Krieger. »Du kannst diesen Krieg beenden, Sam. Es liegt allein an dir. Doch dafür musst du aufstehen und kämpfen! Das hier ist nichts im Vergleich zu dem, was euch noch bevorsteht.« Sein Blick wurde ernst. »Du denkst, das hier ist der Untergang der Welt? Wenn Lizzie die ist, für die ich sie halte, dann ist das erst der Anfang.«

»Was?«

»Du musst aufhören, in Schwarz und Weiß zu denken. Azrael und Asriel, Engel und Dämonen, Himmelswölfe und Rebellen ... Es gibt mehr als nur zwei Richtungen. Wenn ihr nicht lernt, diese Unterschiede zu sehen, dann wird euch niemand mehr retten können.«

Luzifer legte den Kopf schief, als horchte er auf ein fernes Geräusch, und stieß einen Seufzer aus. »Ich muss gehen.«

»Jetzt?«

»Ich hätte auch gerne mehr Zeit gehabt.« Der ehemalige Engel richtete sich auf, wandte sich um. Er schien Michael zu betrachten, der in der Zeit erstarrt war. Der Erzengel hob sein Schwert, das Gesicht vor Zorn verzogen und bereit, den Himmelswolf vor ihm zu töten. »Bitte grüß ihn von mir«, meinte Luzifer leise, er lächelte sanft. »Gerne hätte ich ihm das selbst gesagt, aber vielleicht ist es besser so. Ich weiß nicht einmal genau, wie er reagieren würde.« Schmerz stahl sich in seine Stimme. Luzifer schüttelte den Kopf, als wollte er diesen Gedanken vertreiben. Er drehte sich noch einmal zu

Sam um. »Es liegt an dir. Du kannst jetzt entweder alles hinter dir lassen und sterben, damit du wenigstens im Tod mit Lizzie vereint bist. Oder du nimmst endlich deinen Mut zusammen und stellst dich der Dunkelheit!«

Von einem Moment auf den anderen war Luzifer verschwunden, die Zeit lief wieder weiter.

Bleib einfach liegen, flüsterte eine Stimme in seinem Kopf. *Du wolltest schon einmal sterben, erinnerst du dich? Das ist deine Chance, diesen Schmerzen endlich ein Ende zu bereiten.*

Aber es ging nicht.

Wieso? Was ist anders als damals? Noch immer steckst du in Schwierigkeiten, noch immer bist du ein Dämon. Nichts hat sich verändert.

Alles hatte sich geändert. Nun hatte er einen Grund, um am Leben zu bleiben. Lizzie brauchte ihn.

Die Dunkelheit durchströmte ihn, so lebendig und kraftvoll wie nie zuvor. Es war, als würde nicht Blut durch seine Adern fließen, sondern die Schatten selbst. Heiß pulsierte die Magie im Takt seines Herzens, erfüllte ihn mit einer Macht, die nur einen einzigen Ursprung haben konnte.

»Diese Flügel gehören zu dir, genau wie deine Kraft«, hörte er Lizzies Stimme, das Echo eines verlorenen Lebens.

Aber er verstand.

Sam gab auf. Er versuchte nicht länger, sich gegen die Schatten zu stemmen, sondern ließ jegliche Kontrolle fahren. Er tauchte ein in die Dunkelheit, sah schemenhaft die Umrisse von Gestalten, die sich um ihn herum bewegten, wie Schatten, die um ein Feuer tanzten. Er hatte keine Angst mehr, im Gegenteil. Er war zu Hause, er war in Sicherheit.

Während er tiefer in die Dunkelheit glitt, konnte er fühlen, wie sich Lizzies Herzschlag kräftigte, als die Elemente sie durchströmten. Sie atmete, lebte, sie hatte Azraels Todesstoß überstanden. Das war alles, was er wissen musste.

Sam richtete sich auf. Was auch immer Lizzie getan hatte, es funktionierte. Er kam auf die Beine, sah die Himmelswölfe, die sich ihres Sieges sicher waren und auf sie zumarschierten, sah Michael, der ihn noch immer verteidigte.

Doch das Siegel war gebrochen, die Spielregeln hatten sich verändert. Ein grimmiges Lächeln formte sich auf Sams Gesicht. Er kämpfte nicht länger gegen die Finsternis an, gab sich keine Mühe, sie zu unterdrücken. Er und die Dunkelheit waren eins und er spürte instinktiv, dass es richtig war. Luzifer hatte recht, die Schatten waren nie eine Bedrohung gewesen, er hatte nur ihre Beweggründe falsch verstanden. Alles, was sie wollten, war ihn stärker zu machen, zum wahren Herrscher der Dunkelheit zu erheben. Er musste sie nur als einen Teil von sich akzeptieren.

Sam war die Ruhe selbst, langsam streckte er die Hände zur Seite. Er spürte, was zu tun war, er konnte die Schatten fühlen, jeden einzelnen von ihnen.

Mit seinem stummen Ruf erhob sich die Dunkelheit. Die Schatten der Kämpfenden lösten sich zäh vom Boden, als würden sie sich nur widerwillig von den Körpern ihrer Personen trennen. Sie richteten sich auf, unabhängig von ihrem Körper.

Michael fuhr herum, als er die Schatten bemerkte, sah ungläubig zu ihm herüber. »Sam?«

»Es geht mir gut«, erklärte dieser, während die Dunkelheit in seinen Adern pulsierte. Um ihn herum sammelten sich die Schatten wie eine eigene Armee. Beinahe konnte er ihre Stimmen hören. Sie waren nicht nur Schatten, sondern eigenständige Geschöpfe, gebunden an einen Menschen.

Mit einer Handbewegung entließ Sam sie.

Michael zuckte zusammen, als die Armee der Schatten an ihm vorbeistürmte. Sie stürzte sich auf das Heer der Himmelswölfe. Sam hob sein Schwert auf und folgte ihnen. Es war sein Kampf, er würde sie das nicht allein ausfechten lassen. Er verband sich mit den Schatten, es fühlte sich an, als würden sie eins werden. Es gab nichts mehr, das sie voneinander unterschied. Mit einem wütenden Brüllen tauchte er in die Schatten ein, hob sein Schwert und griff an.

* * *

Michael trat unwillkürlich einen Schritt vor, um Sam zu helfen. Doch da wurde die Welt vor ihm in Dunkelheit getaucht und die Schreie begannen. Er zuckte zurück. Dies war einer der seltenen Momente in seinem Leben, in denen er Angst in sich aufsteigen fühlte. Wie war es möglich, dass Sam eine derartige Macht besaß? Nicht einmal bei Luzifer hatte er etwas Ähnliches gesehen.

Viele Minuten hallten die Schreie der sterbenden Wölfe über das Feld. Von dem Zeitpunkt an, in dem die Krieger Sam unter sich bemerkt hatten, begann ihr Untergang. Trotz ihres Trainings und ihres Rufes waren auch sie letztendlich sterblich.

Plötzlich herrschte Ruhe.

Michael hatte nichts tun müssen, lose zeigte sein Schwert mit der Spitze zu Boden. Keinem der Krieger Azraels war es gelungen, lebend aus der Finsternis herauszutreten. Doch das hatte er auch nicht erwartet. Mühsam schluckte er und warf einen Blick auf seine vor Gänsehaut prickelnden Arme. Was war nur mit ihm los? Nach allem, was er gesehen hatte, bereitete ihm ausgerechnet dieser Anblick Furcht? Die Reiter der Apokalypse hätten nicht furchterregender sein können.

Die Dunkelheit lichtete sich, als die Schatten nach und nach zu ihren Besitzern zurückkehrten. Argwöhnisch betrachtete Michael seinen eigenen Schatten, aber er konnte keine Veränderung feststellen.

Auch Sam kehrte zurück.

»Unglaublich«, murmelte Michael, beinahe schon ehrfürchtig. Auf einmal war er sehr froh, dass er und Sam beide auf Lizzies Seite standen. Nicht auszudenken, was geschehen würde, sollten Sams Kräfte einmal in die falschen Hände geraten.

Lizzie!, fuhr es ihm da siedend heiß durch den Kopf. Hektisch sah er sich um. Hinter ihnen waren noch immer Kämpfe im Gange, undeutlich konnte er seine Geschwister erkennen. Aber wo war Lizzie?

Er warf einen Blick zum Weltenbaum, der in voller Pracht stand, doch die Tore waren geschlossen. Von Lizzie war weit und breit nichts zu sehen. Wenn Sam wieder auf den Beinen war, ging es ihr dann ebenfalls wieder gut? Aber wo war sie, wieso konnte er sie nicht sehen? Wieso waren die Tore geschlossen?

»Es geht ihr gut«, erklärte Sam, bevor Michael seine Frage stellen konnte. »Lizzie ist am Leben.«

»Wir müssen zu ihr!« Sie sollte das nicht allein durchmachen müssen, wo auch immer sie war. Angst befiel sein Herz. Konnte sie tatsächlich hinter die Tore gegangen sein? Sie hatte ihm versprochen, dass sie das nicht tun würde. Niemand, der hinter die Tore ging, war hinterher noch dieselbe Person wie vorher. Das durfte ihr nicht passieren.

»Noch nicht«, gab Sam zu seiner Überraschung zurück.

Michael sah ihm an, dass ihm das nicht leicht fiel.

Sam erwiderte seinen Blick. »Erst einmal müssen wir zu Ende bringen, was sie begonnen hat.« Er wies auf das Schlachtfeld hinter ihnen, auf dem die anderen Engel noch immer kämpften.

Michael zögerte, er sträubte sich gegen den Gedanken, seine Nichte allein zu lassen. Aber wenn Sam ihm sagte, dass es Lizzie gut ging, musste er auf sein Urteil vertrauen. Er hatte eine Verbindung zu Lizzie, die unleugbar war und die über bloße Gefühle hinausging. Er würde wissen, was das Richtige war.

Sie drehten sich um und beschworen ihre Magie.

Mit dem Kopf wies Michael auf die Höllenfürsten, die in ihrer Nähe kämpften. »Sieht so aus, als hätten wir Verstärkung bekommen.«

Sam stieß einen Seufzer aus. »Ich hätte mir denken können, dass Gabriel alle Hebel in Bewegung setzt.«

»Meine Schwester ist auch hier?«

»Genau wie Raphael.« Der Dämon deutete nach vorn.

Michael entdeckte die goldenen Haare seiner Schwester, kein Tropfen Blut schien an ihnen zu kleben. Sie kämpfte Seite an Seite mit einem Dämon. Der Angriff eines Wolfes brachte sie plötzlich zum Schwanken.

»Nein!« Michael trat einen Schritt vor, doch noch während sich die Flammen um seine Hand sammelten, hatte der Dämon sich bereits umgedreht. Mit einem wütenden Gesichtsausdruck stieß er dem Wolf sein Schwert in die Brust und stellte sich schützend vor Gabriel. Sie griff nach seinem Hemd, hielt sich daran fest und kam langsam wieder auf die Beine.

»Sie haben alles im Griff«, beruhigte Sam ihn. »Sieht so aus, als hätte Gabriel in Zack einen dämonischen Freund gefunden.«

»Diese Neigung scheint in der Familie zu liegen!« Michaels Handbewegung war heftig, als er seine Flammen auf den nächsten Wolf richtete. Brüllend fing dieser Feuer, hastete brennend auf sie zu, bis Sams Schwert seinem Leiden ein Ende setzte.

Mit hochgezogenen Augenbrauen sah er zu Michael. »Ich hatte den Eindruck, dass du mit dieser Dämonensache langsam ganz gut klarkommst.«

»Aber doch nicht so!« Ein weiterer Wolf stürzte zu Boden, sein Kopf rollte haltlos weiter. Michael fing den Schlag eines Himmelswolfes ab, rammte ihm seinen Ellbogen in den Bauch. Der Krieger stieß einen erstickten Laut aus, dann stieß Michael ihm sein Schwert in die Brust.

Sam lachte leise. Die Schatten spielten um seine Hand, als wollten sie ihn liebkosen. Langsam leerte sich das Schlachtfeld. Michael sah, wie der Höllenfürst Astaroth ihm aus seinen goldenen Augen einen irritierten Blick zuwarf und die neben sich stehende Belial anstupste.

»Vielleicht lassen wir Gabriel die Situation selbst erklären«, schlug Sam vor. Er holte mit seiner Hand aus und die Schatten schossen voran. Sie jagten über den Erdboden auf vier Wölfe zu, die Abaddon umzingelt hatten. Der Fürst blinzelte und sah auf, als die Wölfe vor seinen Augen von der Dunkelheit verschlungen wurden.

»Es gibt so einiges, was Gabriel und ich noch zu klären haben«, murmelte Michael. Finster sah er zu seiner Schwester, doch trotz seines aufgewühlten Herzens machte sich Erleichterung in ihm breit. Es war ihm schon fast egal, dass er sie Seite an Seite mit einem Dämon sah. Der schien sie zumindest gut verteidigen zu können, deckte ihr den Rücken und versuchte mit allen Mitteln, sie zu beschützen. Wichtig war Michael nur, dass es ihr gut ging. Er hatte nicht damit gerechnet, sie oder Raphael so schnell wiederzusehen. Gerne hätte er mehr Zeit gehabt, um sich darauf vorzubereiten. Was sollte er sagen, wenn der Krieg vorbei war? Würden sie ihm überhaupt glauben, dass er an Lizzies Seite gekämpft hatte? Wie standen seine Geschwister zu ihm?

»Vorsicht!«, rief Sam. Er prallte gegen Michael, gemeinsam stürzten sie zu Boden. »Pass auf!«, befahl ihm der Dämon. »Noch ist dieser Krieg nicht vorbei!«

»Als ob ich das nicht wüsste!« Michael sprang auf die Beine. Er stellte sich Rücken an Rücken mit Sam, sie sahen den Wölfen entgegen, die sich ihnen von der Seite näherten. Er empfing seinen ersten Gegner mit dem Schwert, wütend prasselten Michaels Hiebe auf den Wolf ein, bis dieser getroffen zu Boden sank.

»Dort vorn ist Idriel!« Sam packte Michael am Arm, riss ihn herum und begrüßte einen neuen Himmelswolf mit einem tödlichen Stoß in den Unterleib.

Erleichtert sah Michael in die Richtung, in die Sam gedeutet hatte. Dem Himmel sei Dank, es ging ihr gut. Ihr kupferroter Zopf schwang Idriel um die Schultern, mit einem Tritt stieß sie einen der Himmelswölfe von sich. Sie reichte einem Engel die Hand, einer jungen Frau mit mausbraunen Haaren. Dankbar lächelte diese Idriel zu und ließ sich von ihr auf die Beine helfen.

»Sam!« Ein weiterer Wolf hielt auf sie zu, seine schwarzen Haare standen in alle Richtungen ab. Die Erde erbebte unter seinen Schritten und Michael wappnete sich.

»Nicht!« Sam berührte ihn am Arm, erstickte die wild tanzenden Flammen. »Er steht auf unserer Seite!«

»Das ist ein Himmelswolf!«

»Er ist meine Quelle.« In Sams blauen Augen konnte Michael keine Spur der Schatten entdecken. Der Junge war bei klarem Verstand und doch konnte er kaum glauben, was er da hörte.

»Ich hoffe, du irrst dich nicht.«

»Hoffe ich auch«, gab Sam zurück.

Der Wolf wurde langsamer, als er sie erreichte. »Ich dachte, du wärst endlich gestorben!«, begrüßte er Sam.

Der Dämon lachte und die Anspannung in der Luft löste sich auf. »Du weißt doch, dass ich nicht kleinzukriegen bin!«

Der Himmelswolf schüttelte den Kopf, musste aber ebenfalls lächeln. Er nickte Michael zu, der zögerlich den Gruß erwiderte.

»Das ist Tychael«, erklärte Sam. »Einer der wenigen vertrauenswürdigen Wölfe.«

Für Michael waren das zwei Worte, die sich in der Regel ausschlossen. Seit wann vertraute Sam einem von Azraels Kriegern?

»Es gibt nicht mehr viele von uns.« Tychaels Gesichtsausdruck verdüsterte sich. »Diejenigen, die Azrael treu ergeben sind, haben bald festgestellt, auf wessen Seite wir stehen.«

»Dennoch habt ihr gekämpft.« Michael musterte den Wolf. Tychael war groß, er überragte selbst ihn noch um einen Kopf. Wieso hatte Sam ihm von seiner Bekanntschaft mit dem Wolf noch nichts erzählt?

»Achtung!« Tychael schob ihn zur Seite, Michael zuckte unter seiner Berührung zusammen. Doch der Himmelswolf zog sein Schwert und schlug dem Wolf hinter Michael die Waffe aus der Hand. Es war Sam, der diesen schließlich mit einem raschen Hieb tötete.

»An diesen Anblick werde ich mich nie gewöhnen«, murmelte der Wolf. Er nickte Sam zu. »Aber deswegen bin ich nicht hier. Ich weiß nicht, was mit Lizzie geschehen ist, aber Azrael ist verschwunden!«

»Was? Aber ... hat Lizzie ihn nicht besiegt?«

Tychael wich seinem Blick aus. »Es gibt Gerüchte, dass sie bei dem Versuch umgekommen sein soll.«

»Das sind nur Gerüchte«, wehrte Sam ab und festigte den Griff um sein Schwert. »Ich weiß, dass es ihr gut geht. Doch sicher können wir uns nur sein, wenn wir diesen Krieg endlich beenden!«

»Darum lass ich mich gewiss nicht zweimal bitten«, murmelte Michael.

19

PARADIES

Lizzie streckte die Hand aus und die Dunkelheit wich vor ihr zurück. Es war an der Zeit, das Geheimnis zu lüften. Ihre Schritte hörten sich in dem steinernen Gang merkwürdig schleppend an. Die Wände waren von der Zeit ergraut, allerdings waren nirgendwo Staub oder Spinnweben zu sehen. Als könnte nichts Lebendes an diesem Ort existieren. Kein Wunder, dass die Urengel freiwillig das Paradies verlassen hatten. War dies wirklich der Ort, von dem Yuriel und Azrael stammten? Wie konnte etwas, das so grau wirkte, derartiges Leben hervorbringen?

Nach einigen Metern blieb Lizzie stehen, als etwas an der Wand ihre Aufmerksamkeit erregte. Sie ging näher heran, zuerst zögerlich, doch dann musste sie lächeln, als sie es erkannte.

Luzifer stand da, in kleiner, eleganter Schrift. Sanft fuhr sie mit den Fingern darüber, fühlte die Einkerbungen im Stein. Der Engel war vor ihr hier gewesen. Wenn es ihn nicht getötet hatte, dann konnte sie es auch überleben. Hatte er mehr über dieses Paradies gewusst? War er sich des Geheimnisses bewusst gewesen, das an diesem Ort verborgen lag?

Sie stockte, als ihr ein Gedanke kam. Lächelnd legte sie ihre Handfläche auf die Wand und konzentrierte sich. Unter ihren Fingern konnte sie die Wärme fühlen, als sie die Zeichen einbrannte. Lizzie nahm die Hand hinunter. *L & S.*

»Unsere Namen werden in Erinnerung bleiben«, hörte sie Sams Stimme in ihrem Kopf. Ihre Initialen standen dicht neben denen Luzifers. Sie wusste nicht, ob irgendjemand es eines Tages bemerken würde, aber eigentlich spielte es auch keine Rolle. Wichtig war nur, dass sie ein Zeichen hinterlassen hatte, eine Spur ihres Lebens.

Einen Beweis dafür, dass sie tatsächlich existiert hatte, dass all diese Dinge wirklich geschehen waren.

Lizzie sah den schmalen Gang entlang. Das Paradies hatte sie sich anders vorgestellt. Genau wie Asriel gesagt hatte, gab es an diesem Ort nichts von dem, was Lizzie erwartet hatte. Es gab hier keinen Garten mit blühenden Bäumen, keinen eindrucksvollen Saal mit den Bildern gefallener Helden. Nur eine graue, drückende Stille. Als hätte der Tod diesen Ort an sich gerissen.

Eine Treppe schien am Ende des Ganges mitten aus dem Boden zu wachsen. Sie führte in Windungen nach oben in die Dunkelheit. Zögerlich stand Lizzie am Treppenabsatz und sah hinauf.

Sie würde vieles dafür geben, jetzt mit Michaels Bruder sprechen zu können. Sie würde ihn um Rat fragen, damit sie wusste, was sie tun sollte. Damit sie wusste, was sie am anderen Ende der Treppe erwartete.

Wie seltsam, schoss es ihr durch den Kopf. Asriel war nur für kurze Zeit in ihrem Körper gewesen und hatte ihr einiges an Schwierigkeiten beschert. Doch nun wünschte sie sich fast, dass der Engel noch da wäre. Dann würde sie sich nicht so einsam und verlassen fühlen. So, als würde das Schicksal der gesamten Welt auf ihren Schultern lasten. Aber vielleicht war es besser, dass niemand hier war. Dann musste es keine weiteren Opfer geben. Wie auch immer das hier ausging, Lizzie würde dafür sorgen, dass es ein Ende fand. Kein Krieg mehr, keine verlorenen Seelen.

Sie setzte einen Fuß auf die unterste Stufe der Treppe, erwartete mit jedem Schritt, dass sich etwas aus der Dunkelheit auf sie stürzen würde. Aber nichts dergleichen geschah. Ihre Hand strich über das kalte Geländer, ihre Schritte verursachten keinerlei Geräusch.

Schweren Herzens ging Lizzie weiter. Es hatte keinen Sinn, das Kommende weiter hinauszuzögern. Für sie gab es ohnehin keinen Weg zurück. Nicht jetzt, nachdem Sams Kette zerstört war. Irgendwo vor den Himmelstoren lagen die Bruchstücke des roten Steins, der ihr so lange Kraft gegeben hatte.

Sie hatte das Gefühl, als könnte sie die Wände atmen hören, als würde der Boden unter ihr pulsieren. Angetrieben von dem

Herzschlag eines riesigen, unsichtbaren Lebewesens. Dem einzigen, das an diesem Ort noch leben konnte.

Dies musste derselbe Weg sein, den auch Luzifer damals genommen hatte. Was würde sie am Ende der Treppe erwarten? Es musste furchterregend sein, wenn es so eindrucksvolle Persönlichkeiten wie Azrael und Luzifer derart verstören konnte. Würde auch sie an der Wahrheit zerbrechen, wie Asriel es ihr immer wieder gesagt hatte? Oder könnte sie es lange genug ertragen, um allem ein Ende zu bereiten?

Sie blieb kurz stehen und warf einen Blick zurück. Ihr Siegel schützte die Tür zum Paradies, niemand würde ihr folgen können. Dennoch hatte sie das Gefühl, beobachtet zu werden. Die Frage war also, ob sie einen Weg zurückfinden konnte. Wenn sie hier starb, allein hinter den Toren des Himmels, würde man dann je ihre Geschichte erzählen?

Die Stufen schienen sich unendlich nach oben zu schrauben, in vielen Windungen und Drehungen. Hier und da sah Lizzie weiße Federn, die auf dem Boden lagen. Azrael konnte keinen großen Vorsprung haben, dennoch konnte sie ihn noch nicht sehen. Kein einziger Laut war zu hören, nicht ein Geräusch. Als wäre sie völlig allein.

Schließlich erreicht sie das Ende der Stufen und stand vor einer Tür, braun und unscheinbar. Ihr Herz schlug schneller, Angst stieg in ihr auf. Würde sie nun die Wahrheit erfahren? Oder würde auch sie ihren Verstand verlieren, wie Asriel vor ihr?

Lizzie streckte eine Hand aus, stieß gegen das Holz. Knarzend öffnete sich die Tür, sie war scheinbar seit langer Zeit nicht mehr benutzt worden. Licht strahlte heraus, aber es war kein warmes, trostspendendes Licht. Eher das genaue Gegenteil.

Sie trat ein.

Das Erste, das ihr auffiel, war der Geruch. Lizzie würgte, hielt sich am Türrahmen fest. Es roch nach Fäulnis, nach Verwesung und Verderben. Als sie aufsah, fiel ihr Blick auf die vielen Monitore an den Wänden. Mehrere Hundert schienen sich über die Wände zu erstrecken, nebeneinander und übereinander. Sie waren von losen Zetteln mit mathematischen Formeln, Symbolen und Berechnungen halb bedeckt. Teilweise waren die Monitore schwarz und erloschen, teilweise zeigten sie Bilder, die sie kannte. Personen, die sie liebte. Sam, der am Boden lag, während er von Michael verbissen gegen die Himmelswölfe verteidigt wurde. Blut lief ihrem Onkel über das Gesicht, doch er schwang unermüdlich sein Schwert. Sie sah ihren Vater, der mit seinem schimmernden Bogen einen Pfeil nach dem anderen verschoss. Gabbs, die eine Wasserfontäne durch die Reihen der Himmelswölfe schleuderte, sich unbeirrbar zur Wehr setzte, als Azraels Krieger von allen Seiten auf sie zuströmten. Sie rief Zack etwas zu, der dicht neben ihr stand. Gemeinsam beschworen sie ihre Magie. Doch selbst von hier aus konnte Lizzie erkennen, dass ihnen nicht mehr viel Zeit blieb. Die Übermacht der Himmelswölfe war zu stark, es spielte keine Rolle, dass Azrael nicht mehr da war.

Bilder von Lillienmarsch flammten auf, zeigten die Maedre, die ruhig dahinfloss, den Forb-Wald. Emanuel aus dem *Grünen Eber*, der seine Gäste mit Bier bewirtete und lachte. Daneben gab es Bilder, die sie nicht kannte. Sie schienen von fremden Orten zu stammen, aus anderen Zeiten.

Lizzie ging einen Schritt vor, zuckte jedoch abrupt zurück, als ihr Fuß auf etwas trat, das sich wand und fauchte. Irritiert sah sie nach unten und entdeckte die Kabel, die den Boden bedeckten. Aber es waren keine Kabel, durch die Elektrizität floss. Diese Monitore waren durch etwas verbunden, das lebte, das mit einem Herzschlag pulsierte. Ein Wirrwarr aus lebenden Strängen, die an einem Ende des Raumes zusammenliefen.

Ihr fuhr es eiskalt über den Rücken, als sie mit ihrem Blick den Kabeln folgte und nach vorn sah.

Ein Thron stand im Zentrum der Kabel. Einst mochte er golden und strahlend gewesen sein, voller eindrucksvoller Verzierungen. Nun jedoch war er alt und zerfallen. Nur noch ein trauriges Abbild seines vermutlich einstigen Glanzes. Allerdings hatte noch immer jemand den Platz auf dem Thron inne.

Eine Gestalt, größer als sie selbst, mit dunkelgrauer, fast schon schwarzer Haut, die sich über sechs ausgemergelte Arme spannte. Die Haare des Wesens fielen bis auf die unbekleidete Brust, hingen lose von der gesenkten Stirn. Die Gestalt musste einst Flügel besessen haben, hinter ihr waren noch immer die Gerippe sichtbar. Doch es hingen keine Federn mehr an den Knochen, sie waren völlig kahl und von grauem Staub bedeckt.

Langsam richtete es sich auf. Der Verwesungsgestank schlug neue Wellen und brachte Lizzie erneut an den Rand des Würgens. Sie keuchte auf.

Aus blinden, ehemals grünen Augen sah die Gestalt Lizzie entgegen. Eine tiefe Müdigkeit befand sich in diesem Blick. Es waren Augen, die schon viel zu viel gesehen hatten. All diese organischen Kabel, die sich durch den Raum wanden, schienen geradewegs zu dieser merkwürdigen Kreatur zu wandern. Deutlich hoben und senkten sich die Rippen unter der gespannten Haut. Wie konnte dieses Wesen nach all den Jahrhunderten noch immer am Leben sein?

»Ich wusste, du würdest kommen«, flüsterte eine Stimme hinter ihr und lachte leise auf.

Lizzie zuckte zusammen, fuhr herum. Ihr Herz schlug ihr vor Panik bis zum Hals.

»Azrael?« Was um Himmels willen war mit ihm passiert? Sie ging einen Schritt auf ihn zu. Er schüttelte den Kopf, aber das hielt sie nicht davon ab, neben ihm auf die Knie zu sinken.

Azrael lächelte, er saß halb zusammengesackt auf dem Boden. Blut tränkte sein ehemals weißes Hemd.

»Spar dir die Mühe, Kleines. Du kannst mir nicht mehr helfen.« Bei diesem ungewohnten Kosenamen aus seinem Mund fuhr sie zusammen. Azrael deutete auf die Stränge, die ihn gegen die Wand drückten, sich durch seinen Körper bohrten. Blut lief ihm aus dem Mund und aus seinen zahlreichen Wunden. Er schien zu wissen, dass ihm nicht mehr viel Zeit blieb. Unbeholfen griff sie nach seiner Hand, sie wusste nicht, was sie tun sollte. Sie wollte nicht, dass er starb. Schon gar nicht so.

Trocken lachte der einstige Herrscher des Himmels auf, als könnte er ihr die Gedanken von ihrem Gesicht ablesen, er hustete Blut. »Nimm es dir nicht zu Herzen. Dinge wie diese passieren, wenn man sich mit dem Schicksal anlegt.« Er deutete mit dem Kopf auf den Thron.

Lizzie folgte seiner Bewegung und sah zurück zu der grauen Gestalt. »Das Schicksal?«

»Ich mag diesen Namen nicht!«, krächzte eine Stimme. Die Kabel wanden sich und bäumten sich auf. Bevor eines davon sich Lizzie nähern konnte, packte Azrael es mit einer Hand und hielt es fest. Gänsehaut bildete sich auf ihren Armen, als sich die Gestalt auf dem Thron aufrichtete. Sie warf noch einen Blick zu Azrael, dann ließ sie seine Hand los und richtete sich auf, stellte sich vor ihn. Allein der Anblick des Thrones verursachte ihr Übelkeit. Das sollte das Schicksal sein?

»Wer oder was bist du?«, fragte sie leise. Einige Meter trennten sie von dem Wesen.

»Ich habe viele Namen.«

Die Stimme klang alt und kratzig, wie Fingernägel, die über Stein scharrten. Nur mit Mühe unterdrückte sie ihren Ekel und wich einen Schritt zurück, als die Gestalt weitersprach. »Manche nennen mich Schicksal, Gott, Zerstörer, Kali …« Die Gestalt schüttelte den Kopf. »Ich bevorzuge den Begriff Logik.«

»Eine Logik, die Luzifer vertrieb.« Ganz zu schweigen von den anderen Opfern. Lizzie ballte ihre Hände zu Fäusten. Es überraschte sie nicht länger, dass Asriel beim Anblick dieses Ortes den Verstand verloren hatte. Es gab wohl niemanden, der vor dieser Kreatur nicht die Flucht ergriffen hätte. Instinktiv fühlte sie sich abgestoßen, Ekel befiel sie. Wenn die Engel wüssten, dass sich etwas Derartiges hinter den Toren aufhielt, wären ihre Gebete sicherlich anderer Natur. Wenn dies das Schicksal war, bekam Gabriel dann von hier ihre Visionen? War dies der Ort, von dem ihre Kräfte stammten?

»Luzifer hätte den Himmel regieren müssen!«, fauchte das Schicksal. Es lehnte sich auf seinem Thron knarzend nach vorne, selbst die Flügel knackten. »Es war Michaels Aufgabe, zu revoltieren. Es war sein Schicksal, nicht Luzifers! Wie alle anderen hätte der Feuerengel bereits vor langer Zeit sterben sollen!«

»Was?« Michael hätte den Himmel verraten sollen? Das war verrückt. Zu so etwas war ihr Onkel nicht in der Lage. Wenn sein Bruder ihm nur im Entferntesten ähnlich war, dann widersprach dies auch Luzifers Natur. Keiner der beiden würde so etwas tun, wieso also …

»Das war es, was du Luzifer gesagt hast, nicht wahr?« Lizzie begann zu begreifen. »Du hast ihm gesagt, was sein und Michaels Schicksal ist. Deswegen hat er sich gegen dich gewendet. Er nahm es auf sich, der Rebell des Himmels zu werden, sie alle zu verraten und das nur, damit Michael es nicht tun musste.« Luzifer hatte seinem kleinen Bruder dieses Leben ersparen wollen. Gejagt, verbannt, verachtet. Davongetrieben von seinem Zwilling, dazu verdammt, ein Leben als Widersacher zu führen. Jeder hatte sich gefragt, was Luzifers Motive gewesen sein mochten, wieso er dem Himmel nach all der Zeit plötzlich den Rücken zugekehrt hatte.

Das also war das große Geheimnis.

»Sein Handeln war unlogisch!«, donnerte es durch den Raum.

Hinter ihr keuchte Azrael auf, als sich die Kabel in seinen Wunden bewegten. Doch Lizzie traute sich kaum, den Blick von der Gestalt vor sich abzuwenden. Unruhig zuckten die Kabelstränge über den Boden, als sich das Schicksal noch weiter vorbeugte. »Ich sagte ihm, was ihn erwarten würde. Eine glorreiche Zukunft lag vor ihm, doch er machte genau das Gegenteil davon!«

Sie trat einen Schritt vor. »Weil es Michaels Verderben bedeutet hätte!«

»Aber ich hatte alles richtig berechnet! Nicht ein Faktor wurde außer Acht gelassen, es ergibt keinen Sinn! Wer würde ein solches Schicksal ausschlagen wollen? Luzifer hätte alles haben können, er hätte über den Himmel regiert!«

»Und was ist mit dem Faktor Liebe?« Lizzie verschränkte die Arme vor der Brust. Es war seltsam, doch sie verspürte keine Angst mehr, nur Abscheu. Was auch immer das vor ihr war, es war nicht richtig, nicht natürlich. Es verursachte ihr eine Gänsehaut und einen üblen Geschmack im Mund. Aber sie hatte keine Angst. Es gab nichts mehr, was sie noch verlieren konnte. »Du darfst Gefühle nicht vergessen. Sie verleiten nicht nur die Menschen dazu, anders zu handeln, als man erwarten würde.« Selbst Asriel hatte das unter Beweis gestellt. Sie erschuf das Siegel, um die, die sie liebte, vor dem sprichwörtlichen Schicksal zu bewahren. Sollte das wirklich der Ursprung ihres Lebens sein? Bestimmte diese Gestalt darüber, wie ihr Leben verlief?

»Liebe ist nur ein Gefühl.« Abschätzig schüttelte das Schicksal den Kopf, die blinden Augen blinzelten. Was mochten sie alles sehen, in welche Ferne war dieser Blick gerichtet? Waren sie ihr ganzes Leben lang durch diese Augen und Monitore beobachtet worden? »Liebe ist ein Ausdruck von Hormonen, die durch einen Körper strömen, den ich erschaffen habe!«

»Dann hast du dich verrechnet.«

»So etwas tue ich nicht!«

Lizzie wich zurück, ihr Körper zitterte in einer Mischung aus Hilflosigkeit und Wut. Dieses Schicksal schien tatsächlich die Quelle ihres Lebens zu sein, von allem Guten und Schlechten, was damit verbunden war. Engel, Dämonen, Menschen, Liebe und Hass, Freude und Kummer ... alles hatte hier seinen Ursprung genommen.

»Es gab nur eine einzige Fehlerquelle und die habe ich ausgemerzt«, erklärte das Schicksal und holte Lizzie zurück in die Gegenwart. »Alles andere sind Folgeerscheinungen, unnötige mathematische Variablen ...« Murmelnd fuhr die Gestalt fort, ihre Berechnungen auszuführen.

»Er redet von Asriel«, erklärte Azrael hinter ihr müde.

»Sie hat mir davon erzählt.« Lizzie sah zu ihm zurück. »Von dem Tag, an dem du ihr Schicksal verändert hast.«

»Er hat die Schicksale der ganzen Welt verändert! Jetzt herrscht Chaos!«, brüllte das Wesen und die Stränge bohrten sich tiefer in Azraels Körper. Gebrochen keuchte der Engel auf und schlug mit dem Kopf gegen die Wand.

»Hör auf!« Wütend trat Lizzie einen Schritt auf das Schicksal zu. Azrael hatte es nicht verdient, so zu sterben. Nicht nach allem, was er für Asriel getan hatte. Er hatte ihre Sünden auf sich genommen. »Das ist kein Chaos«, fügte sie mit zitternder Stimme hinzu. »Du kannst nicht einfach so bestimmen, welchem Weg wir zu folgen haben. Es gibt Dinge, die man nicht voraussehen kann!« Was war mit eigenen Entscheidungen, mit dem freien Willen? Waren dies Variablen, oder war es schlicht Illusion?

»Ich sah deinen Tod.« Die einst grünen Augen richteten sich auf Lizzie, ein Schauer fuhr ihr über den Rücken. »Du solltest nicht hier sein, Amy Elizabeth. So viele Male habe ich versucht, dich zu töten. Am Fluss, auf dem Dach des Krankenhauses ... Ohne diesen Dämon hätte es auch funktioniert. Wenn er nicht in dein Schicksal eingegriffen hätte, dann hätte alles seinen geregelten Gang nehmen können.« Die Gestalt schüttelte den Kopf. »Kreaturen wie Engel und Dämonen sind nicht natürlich, sie sind nicht kalkulierbar. Sie bringen alles durcheinander, verfügen über Kräfte, die sie nicht hätten haben sollen. Sie müssen vernichtet werden.«

»Das kannst du nicht tun!« Lizzie trat einen Schritt vor. »Sie haben ein Recht auf Leben und sie haben sich dieses Recht verdient!« So viel unterschied sie nicht von den Menschen.

»Natürlich kann ich das tun. Ihr Leben gehört mir! Ich habe sie erschaffen und ich bestimme, was mit ihnen geschieht!«

»Nein! Du hast kein Recht dazu! Es ist unser Leben, wir müssen unsere eigenen Entscheidungen treffen.«

»Deine Entscheidungen haben dich zu mir geführt, zu genau dieser Unterhaltung.« Vier Arme gestikulierten wild, während sich zwei andere fest um die Lehnen schlangen. »Was genau denkst du, hier ausrichten zu können? Genau wie der Rest der Welt hängst du an Fäden, die du nicht einmal sehen kannst. Es kostet mich keine Mühe, diese Fäden zu durchschneiden.« Die Kabel und Stränge rührten sich, krochen auf Lizzie zu. Angewidert trat sie einen Schritt zurück. Sie konnte die Magie in sich vibrieren fühlen, spüren, wie die Elemente durch ihre Adern strömten. War auch das in den Berechnungen des Schicksals enthalten gewesen?

Zahlen begannen über die vielen Monitore zu flackern, eine endlose Reihe von Berechnungen, jedoch ohne Variablen.

Nein. Wenn das Schicksal nicht mit Asriels Widerstand gerechnet hatte, dann auch nicht mit ihrem Opfer für Lizzie. Niemand hätte diesen Ausgang vorhersehen können.

»Ich bin hier, weil ich mich dafür entschieden habe«, widersprach sie. »Das hat nichts mit dir oder deinen Fäden zu tun!«

»Woher willst du das wissen? Denkst du denn, diese Fäden seien schlecht? Es sind Regeln, ein Leben ohne Regeln ist sinnlos!«

»Auch so gibt es Regeln. Wichtig ist nur die Wahl, die wir treffen.« Deswegen war sie hier, das war es, was Azrael und Asriel zu Ende bringen wollten. Dafür würden beide ihr Leben gegeben haben, alles, was sie hatten. Die ganze Zeit hatte Lizzie gedacht, dass Azrael der Feind sei, dabei war es nie um ihn gegangen. Es ging darum, das Richtige zu tun.

»Du willst eine Wahl?« Spöttisch hob das Schicksal die Augenbrauen. »Denkst du denn, dass es einen Unterschied macht? Ich weiß ohnehin schon, wie du dich entscheiden wirst.«

»Du weißt gar nichts über mich!«

»Wenn du eine Wahl willst, werde ich sie dir nicht verwehren.« Es bewegte nur die Fingerspitzen, doch das Wasser brach aus seinen Händen hervor wie ein Wasserfall. Es stürzte sich auf Lizzie, schlängelte sich um ihre Füße und Oberschenkel.

»Nicht!« Instinktiv rief sie nach ihrer eigenen Magie, aber sie konnte die Kräfte des Schicksals nicht eindämmen. »Hör auf!«

»Das hier ist deine Wahl, Mensch.« Ruhig sah das Schicksal sie an, das Wasser stand Lizzie bereits bis zum Hals. Wie in einem Schraubstock war sie darin gefangen, sie konnte sich nicht bewegen. Angestrengt versuchte sie, den Kopf über dem Wasser zu halten und schnappte nach Luft. »Du kannst weiter versuchen, gegen mich zu kämpfen«, erklärte die Gestalt vor ihr. »Oder aber du gehst zurück zu jenem Tag, an dem du auf den Dämon trafst. Und entscheidest dich dafür, zu sterben. Dann nimmt alles wieder seinen richtigen Gang, du könntest Tausende von Leben retten. Nicht zuletzt das deines Freundes Camael.« Es legte den Kopf schief und starrte sie aus seinen blinden Augen an. »Also, Sterbliche. Wie entscheidest du dich?«

Bevor sie antworten konnte, schlug das Wasser über ihr zusammen. Lizzie fiel in die Tiefe, als der Griff um ihren Körper urplötzlich nachließ. Sie sank tiefer, immer tiefer, sah zu, wie die Oberfläche des Flusses Maedre sich immer weiter von ihr entfernte. Hilflos streckte sie eine Hand aus, als könnte sie den letzten Lichtstrahl umfangen, als würde sich ihr die Sonne rettend entgegen strecken.

Aber es gab niemanden, der sie rettete.

20

WIEDERSEHEN

»Das dürfte der Letzte gewesen sein.« Michael zog sein Schwert aus dem sterbenden Himmelskrieger. Fürs Erste hatten sie alle Wölfe Azraels besiegt. Zumindest diejenigen, die bei der überraschenden Verstärkung durch die Dämonen nicht fluchtartig das Schlachtfeld verlassen hatten.

Er schüttelte den Kopf. Noch bis vor Kurzem hatte er die Wölfe ausgebildet und nun war er selbst zu ihrer größten Bedrohung geworden. Tychael hatte weiter an ihrer Seite gekämpft. Nicht wenige Augen hatten sich überrascht auf ihn gerichtet, doch es schien den Himmelswolf nicht zu kümmern. Mit einer Sturheit, die nur ihm zu eigen war, hatte er Sam flankiert.

Endlich sah Michael den kupferroten Haarschopf wieder, nach dem er so verzweifelt Ausschau gehalten hatte. »Idriel!«

Sie drehte sich um. Als sie ihn erkannte, lächelte sie.

Mit schnellen Schritten ging er auf sie zu, blieb dann jedoch unsicher stehen. Wie sollte er sie begrüßen? Ihre letzte Begegnung schien ein ganzes Leben zurückzuliegen.

»Ich hätte dich nicht für schüchtern gehalten«, stellte sie mit einem belustigten Funkeln in den Augen fest.

Er schnaubte, dennoch spürte er, wie ihm die Röte in die Wangen stieg. »Das hat damit rein gar nichts zu tun!« Dass sie aber auch immer alles gleich wissen und aussprechen musste! »Ich bin froh, dass es dir gut geht«, fügte er steif hinzu. In Gedanken schalt er sich, was für ein Idiot er doch war. Warum war er in ihrer Nähe stets so unbeholfen? Sie hatten so viel zusammen erlebt, es gab keinen Grund mehr, sich zu verstecken. Neben Lizzie schien Idriel die einzige Frau zu sein, die ihn durchschauen konnte.

Idriel lachte, wurde dann jedoch wieder ernst. »Gibt es etwas Neues von unserer Kleinen? Ich habe gesehen, wie Sam zusammenbrach.« Sie warf dem Dämon einen Blick zu, dieser sah jedoch in eine andere Richtung. Seine Augen ruhten fest auf dem Weltenbaum, als könnte er so endlich die Antwort auf seine drängendste Frage finden.

Tychael stand dicht an seiner Seite. Der Himmelswolf hatte sich in den letzten Minuten als erstaunlich guter Gefährte erwiesen. Nach wie vor wusste Michael jedoch nicht, was er von dem Wolf halten sollte. Noch nie hatte er davon gehört, dass einer von ihnen die Seite gewechselt hätte. Doch Sam schien ihm zu vertrauen und das musste etwas zu bedeuten haben. Irgendwann würde der Dämon ihm vielleicht erzählen, was zu diesem ungewöhnlichen Bündnis geführt hatte. So oder so, es war an der Zeit, endlich etwas zu unternehmen. Sie mussten zu Lizzie. Wenn er nicht bald wusste, wie es ihr ging, würde er noch den Verstand verlieren.

Michael schüttelte den Kopf und sah zu Idriel. »Noch nicht«, sagte er leise. Es war besser, ihr von den Gerüchten um Lizzies Tod nichts zu erzählen.

Idriel griff nach seiner Hand und hielt sie fest. Sie stellte sich rasch auf die Zehenspitzen und gab ihm einen Kuss auf die Stirn, so flüchtig wie die Berührung eines Schmetterlings. »Danke«, erklärte sie. »Dafür, dass du nach mir gesucht hast.«

Er holte tief Luft. »Gern«, erwiderte er leise. Er genoss es, ihre Berührung zu spüren. Endlich war er da, der kleine Moment des Friedens, nach dem er sich gesehnt hatte. Jetzt musste nur noch Lizzie heil zu ihnen zurückkommen.

»Was jetzt?«, erkundigte er sich, »Wisst ihr nun, wen ihr als Nachfolger Azraels einsetzen wollt?« Er hoffte, dass sie noch andere Vorschläge hatten.

Sie zuckte mit den Schultern und löste sich von ihm. »Nach wie vor braucht der Himmel einen Anführer, so viel steht fest. Du kennst meine Meinung dazu. Die Engel brauchen jemanden, dem sie vertrauen können. Jemanden, der an ihrer Seite gekämpft hat.«

»Wieso ich? Geht es euch um das Geburtsrecht? Du solltest mich nun wirklich besser kennen, Idriel. Sicher, ich habe die Sache der

Rebellen unterstützt, aber dabei ging es mir um Lizzie. Ich werde nicht den Himmel regieren, schon gar nicht als eure Marionette.«

»Von einer Marionette hat niemand etwas gesagt.« Sie verschränkte die Arme vor der Brust. »Uns ging es nie darum, den Himmel von einem Herrscher zu befreien, um dann das nächste Übel auf den Thron zu setzen. Eine einzelne Person sollte nicht so viel Macht besitzen wie Azrael. Du liebst den Himmel«, stellte sie fest. »Das habe ich gesehen, als du in unsere Stadt gekommen bist. Ich denke, dass du alles tun würdest, um ihm wieder zu seiner früheren Pracht zu verhelfen. Und ich denke, dass es dir auch gelingen würde. Vielleicht mit einem Beraterstab hinter dir, der nicht nur aus ehemaligen Rebellen besteht«, erstickte sie seinen Einwand im Keim. »Rebellen werden dort sicherlich vertreten sein, aber auch andere Engel. Möglicherweise auch deine Geschwister, oder sogar Lizzie.« Kurz zögerte sie, warf Sam einen Blick zu. »Es wäre eine Überlegung wert, ob man nicht auch den Dämonen einen derartigen Platz anbieten sollte. Ich habe gehört, dass selbst die Höllenfürsten mitgekämpft haben sollen.«

»Ich habe sie auch gesehen.« Michael seufzte. Für einen Moment hatte er Sams Volk völlig vergessen. Dabei wäre der Krieg ohne die Fürsten sicherlich anders ausgegangen. »Wir müssen uns ohnehin etwas einfallen lassen«, fand er. »Ohne sie hätten wir diesen Krieg niemals gewonnen. Wir können sie schlecht einfach auf die Erde zurückschicken.« Zumal es ohnehin keinen richtigen Ort gab, an den die Dämonen zurückkehren konnten. Er runzelte die Stirn. »Ich muss das mit Sam besprechen, wenn wir wieder da sind. Vielleicht hat er eine zündende Idee.«

»Dann nimmst du unseren Vorschlag also an?«

»Was?«

»Michael, du bist bereits dabei, Verantwortung zu übernehmen.« Sie lächelte und drückte seine Hand. »Mach es doch einfach offiziell.«

Er schnaubte. Zu einem kleinen Teil fühlte er sich geehrt, dass Idriel ihn vorschlug. Sollte er nach all der Zeit tatsächlich seinen rechtmäßigen Platz im Himmel einnehmen? Azrael hatte neben dem ganzen Chaos auch große Fußspuren hinterlassen. Konnte und wollte er dieses Erbe übernehmen? Noch wussten sie nicht einmal, ob der Himmelsherrscher noch am Leben war. »Wie wäre es mit einem Kompromiss?«, schlug er vor. »Ich nehme euer Angebot an. Aber nur, bis sich alle soweit von dem Krieg erholt haben, dass sie selbst entscheiden können. Die Engel sollen wählen, wer den Himmel regiert.«

»Das klingt fair«, stimmte Idriel zu.

»Dann mache ich mich jetzt auf den Weg.«

Sam kam zu ihnen und fuhr sich mit dem Handrücken über die blutverschmierte Stirn. »Ich muss zu Lizzie.« Sein Blick schweifte zu Yggdrasil und Michaels folgte dem seinen. Die Tore machten ihm geschlossen fast mehr Angst als geöffnet. Er hoffte verzweifelt, dass Lizzie nicht hinter ihnen war, aber eine leise Stimme sagte ihm, dass diese Hoffnung vergebens war.

»Wir müssen zu Lizzie, meinst du wohl.« Michael würde Sam nicht allein zum Weltenbaum gehen lassen. Gerade erst war der Dämon nur knapp dem Tod entkommen und niemand wusste mit Sicherheit, ob Azrael noch lebte oder nicht.

Sam schüttelte den Kopf. »Nein, du musst hierbleiben. Idriel wird bei all den Verletzten deine Hilfe brauchen. Außerdem steht für dich noch ein Wiedersehen an.« Er deutete auf die drei Gestalten, die sich ihnen näherten und winkte ihnen zu.

Michael seufzte. »Sieht so aus, als wären meine Geschwister hier.« Gabriel und Raphael waren nicht allein, sie wurden von demselben Dämon begleitet, der bereits vorhin an Gabriels Seite gekämpft hatte.

Raphael blickte sich suchend um, sein Blick war hektisch. Es war offensichtlich, nach wem er Ausschau hielt.

Michael schüttelte den Kopf. Das alles kam ihm so unwirklich vor. So viele Jahre war er voller Wut auf seine Geschwister gewesen, hatte sich verraten und allein gefühlt. Unter keinen Umständen hätte er sie erneut treffen wollen. Zu seinem Erstaunen stellte er jetzt jedoch fest, dass er nervös war. Wie würden sie reagieren? Hatten sie überhaupt noch Gemeinsamkeiten, waren sie noch eine Familie?

Er lächelte unbeholfen. Das schien das Signal gewesen zu sein, auf das Gabriel gewartet hatte. Sie ließ die Hand des Dämons los und lief auf ihn zu. Sie überwand den Abstand mit wenigen Schritten und fiel Michael schwungvoll um den Hals. Der damalige Streit, das letzte Gespräch zwischen ihnen, schien vergessen. Er stolperte einen Schritt nach hinten, fing sie jedoch sicher auf und drückte seine Schwester fest an sich.

Für einen Moment schloss er die Augen. Trotz des Krieges und des Geruchs von Blut in der Luft nahm er den Duft von Lilien wahr, der sie schwach umwehte. Es war ein Duft, den sie schon als Kind an sich gehabt hatte. Nicht einmal durch dieses Chaos hatte sie sich verändert, stellte er beruhigt fest. Manches würde sich wohl nie wandeln.

Sie löste sich von ihm, hielt ihn jedoch an den Schultern fest, als wollte sie ihn noch nicht vollends loslassen.

»Es ist lange her«, stellte sie fest und lächelte. »Du siehst gut aus. Etwas zerschunden und arg mitgenommen, aber gut. Der Bart ist neu.«

»Es hat sich viel verändert.« Michael erwiderte das Lächeln. »Du dich dagegen scheinbar gar nicht.« Mit seiner blutverschmierten Hand strich er ihr sanft eine Haarsträhne hinters Ohr. Gabriel hatte nichts von ihrer Ausstrahlung oder Offenheit verloren, geschweige denn von ihrer Schönheit. Mit dem Kopf wies er auf den vernarbten Dämon. »Ist das dein Freund?«

»Sein Name ist Zack.« Zögernd runzelte sie die Stirn. »Folgt jetzt ein Vortrag über die Wahl meiner Partner?«

Er seufzte und warf einen Blick auf Sam. »Nein, das steht mir nicht zu. Besonders nicht, nachdem sie an unserer Seite gekämpft haben.« Zack hatte Gabriel in diesem Krieg beschützt, das war alles, was er wissen musste. Auch Sam hatte ihm in diesem Kampf mehr als nur einmal das Leben gerettet. Ironischerweise schien auf die Dämonen mehr Verlass zu sein als auf die Engel.

Gabriel senkte den Kopf, um ihr Lächeln zu verbergen. Sie schien zu wissen, was in ihm vorging. Ob sie noch immer in die Zukunft sehen konnte?

Sie sah Sam unschlüssig an, dann lächelte sie und schloss ihn in die Arme.

»Huch!«, stieß er aus, wehrte sich jedoch nicht gegen die Umarmung. Sie war auch genauso schnell vorbei, wie sie begonnen hatte.

»Es tut gut, dich wiederzusehen«, erklärte Gabriel.

»Sam!« Raphael hatte sie nun erreicht, schob sich an seinen Geschwistern vorbei und ging geradewegs auf seinen Sohn zu. Die Erleichterung, ihn am Leben zu sehen, stand ihm sichtlich ins Gesicht geschrieben. Er drückte den Jungen an sich. »Dem Himmel sei Dank!«, stieß Raphael hervor und musterte seinen Sohn prüfend. »Bist du unverletzt?«

»Es geht mir gut.« Der Dämon ließ die Begrüßung mit einem Lächeln gelassen über sich ergehen. Er wirkte gelöster als bei Gabriels Berührung.

»Und Lizzie?«

Sams Gesichtsausdruck verdüsterte sich, alle Augen waren auf ihn gerichtet. »Ich weiß es nicht genau.« Sein Blick wanderte zum Weltenbaum.

Auch Michael sah dorthin. »Denkst du, sie ist hinter die Tore gegangen?«

»Sie ist noch am Leben, so viel weiß ich.«

»Reden wir jetzt von Asriel oder Lizzie?« Michael war nicht entgangen, dass Sam ihm keine Antwort auf seine Frage gegeben hatte. Das jagte ihm einen Schauer über den Rücken. Sollte Lizzie ihr Versprechen wirklich gebrochen haben?

»Von Lizzie, denke ich. Aber ich kann es nicht mit Sicherheit sagen. Es fühlt sich alles sehr schwach und diffus an. Sie entfernt sich mit jeder Minute weiter von uns.«

»Wir müssen zu ihr.« Raphael ballte die Fäuste.

Sam nickte. »Ich wollte mich gerade auf den Weg machen.«

»Wir kommen alle mit.«

Michael nickte seinem Bruder zu. »Natürlich.« Keiner von ihnen würde sich das entgehen lassen. Schließlich waren sie alle nur wegen Lizzie hier. Dennoch warf er einen zögerlichen Blick zu Idriel.

»Geh«, meinte diese, ihr Blick war ernst. »Geh und such nach Lizzie. Du ... Versprich mir nur, dass du zurückkommst.«

»Das werde ich.« Immerhin schuldete er ihr noch einen Tanz.

Sie nickte, als hätte sie nichts anderes erwartet. »Dann beeil dich besser. Ich halte hier so lange die Stellung.« Idriel lächelte, aber es war ein Lächeln, das ihn verwirrte. Wieso versetzte es ihm einen Stich?

Rasch trat er auf sie zu. Bevor sie protestieren konnte, berührten seine Lippen sanft ihre Stirn. »Ich bin bald zurück«, versprach er. Dann wandte er sich um.

Sie liefen los, bevor weitere Einwände erhoben werden konnten. Die gequälten Rufe und das Stöhnen der Verletzten hallten weit durch Midgard. Trotz ihres scheinbaren Sieges waren die Verluste unbestreitbar. Diejenigen, die keine Heilkräfte hatten, liefen in Gruppen umher, versuchten, den Verletzten zumindest etwas Linderung zu verschaffen und die größeren Wunden zu versorgen. Auch Zacks Blicke wanderten immer wieder zu den verwundeten Engeln.

Michael sah zu seiner Überraschung die Höllenfürsten mit anpacken. Es schien für sie keinen Unterschied zu machen, ob sie Dämonen oder Engeln halfen. Dieser Krieg hatte die Unterschiede zwischen ihnen fortgewischt, zumindest für den Augenblick. Wie es danach weiterging, würde sich noch zeigen. Doch spielte das nach dem heutigen Tag überhaupt noch eine Rolle? Selbst Belial schien ihren alten Ärger überwunden zu haben.

* * *

Sam und Gabriel erreichten den Weltenbaum zuerst. Er stürmte zu den Türen, versuchte sie zu öffnen, doch sie gaben keinen Zentimeter nach. Sam fluchte und schlug mit der bloßen Faust gegen die Pforten. »Das kann doch nicht wahr sein!«

»Wie konnte das geschehen?« Ungläubig fuhr Gabriel mit den Fingerspitzen über die goldenen Verzierungen. »Wieso sind die Tore geschlossen?«

»Lizzie.« Er lehnte seinen Kopf an das kühle Metall, schloss die Augen. *Wieso?*, fragte er sie in Gedanken. *Willst du mich noch immer beschützen, Lizzie?* Es war seine Aufgabe, auf sie zu achten, nicht umgekehrt. Wie oft würde sie noch derartige Entscheidungen ohne ihn treffen?

»Du denkst, dass sie das war? Das ist doch verrückt! Warum sollte sie das machen? So können wir ihr nicht folgen!«

»Genau darum geht es«, flüsterte er. »Sie will nicht, dass wir ihr helfen. Vermutlich hofft sie, uns so nicht noch tiefer hineinzuziehen.« Wann würde sie endlich verstehen, dass ihm das alles egal war? Er steckte schon mitten drin und das nur, weil er bei ihr sein wollte. Ihm war es egal, wie die Geschichte weiterging, solang sie nur zusammen waren.

Langsam fühlte er die Erschöpfung in sich aufsteigen. Nun, wo der Kampf hinter ihnen lag, hätte alles wieder gut werden sollen. Stattdessen hatte ihn jetzt jegliche Hoffnung verlassen. Dieser verfluchte Himmel trieb ihn in den Wahnsinn. Würde das denn nie ein Ende nehmen? Würden sie immer von einer Bedrohung zur nächsten hetzen?

»Sie wird zurückkommen«, meinte Gabriel. Er konnte jedoch nicht sagen, ob sie sich damit selbst oder ihn beruhigen wollte. »Lizzie wird es schaffen.«

»Woher willst du das wissen? Niemand weiß, was dahinter liegt, ob es unsere Erlösung oder unser Untergang ist. Bei unserem Glück eher Letzteres.« Er fühlte sich müde, ausgelaugt. Alles lief an diesem Tor zusammen und nun hatte Lizzie die Fäden abgeschnitten. Sie ließ ihn erneut außen vor. Wusste sie denn nicht, was sie ihm damit antat? Lieber starb er dort hinter den Toren mit ihr, als davor ohne sie.

Gabriel sah ihn von der Seite an, als wüsste sie genau, was in ihm vorging. »Es spielt keine Rolle, was dahinter liegt. Du musst ihr vertrauen.«

»Das tu ich.« Sam vertraute darauf, dass Lizzie für sich die richtige Entscheidung getroffen hatte. Aber wenn sie starb, dann war er es, der mit dieser Entscheidung leben musste.

Sam senkte den Kopf. Da bemerkte er, wie im Gras etwas rot funkelte. Mit zitternden Knien sank er nieder, er streckte die Fingerspitzen danach aus. Ihm wurde eiskalt, ein Stich fuhr ihm durch die Brust.

»Was ist das?« Gabriel trat näher und sah ihm über die Schulter.

»Ein Versprechen.« Seine Stimme klang seltsam hohl, als er das Bruchstück von Lizzies Kette aufhob. »Ein gebrochenes Versprechen.« *Nichts, was du wieder zusammensetzen könntest.*

Instinktiv schloss sich seine Hand um den Splitter, dann sah er in den Himmel hinauf. »Ich muss da hoch.«

Die anderen schlossen zu ihnen auf.

Als Michael den roten Splitter in seiner Hand sah, blickte er Sam stirnrunzelnd an. »Was hast du jetzt vor?«

»Ich werde einen Eingang ins Paradies finden!«, fauchte Sam. »So groß kann dieser Baum unmöglich sein!« Er würde Lizzie finden, egal was es ihn kostete.

»Das haben wir alles schon versucht«, murrte Michael, als Sam den Weltenbaum umrundete. Dennoch folgten sie ihm. »Denkst du wirklich, auf diesen Gedanken wären wir nicht schon selbst gekommen?«

»Das ist mir völlig egal! Ich muss einen Weg zu ihr finden!« Seine Hand krampfte sich um das Fundstück, der Splitter schnitt ihm in die Hand. Er fühlte, wie Blut über seine Haut lief.

»Vielleicht geht es oben weiter.« Raphael legte den Kopf in den Nacken und sah nach oben. Er deutete auf die Krone des Baumes, sah dann zu Michael. »Habt ihr schon versucht, dort oben nach einem Hinweis zu suchen?«

Der Feuerengel schüttelte den Kopf. »Azrael hat uns verboten, unsere Flügel einzusetzen.«

»Vielleicht aus gutem Grund«, murmelte Sam. Ruckartig schossen seine schwarzen Flügel hervor. Er wartete die Antwort der anderen gar nicht erst ab. Mit kräftigen Schlägen erhob er sich vom Boden. Kaum berührten seine Füße das Holz, rief er die schwarzen Schwingen zurück. Dicht neben ihm landete Zack.

»Willst du bis oben hin klettern?«, erkundigte sich sein Freund.

»Wenn es notwendig ist.« Sam hielt sich an dem Ast fest, der sich auf Höhe seiner Schulter befand. »Ich werde den ganzen Baum auseinandernehmen, wenn es sein muss.«

»Die Frage ist jedoch, ob uns deine Impulsivität weiterbringen wird«, merkte Gabriel an. Sie rief ebenfalls ihre Flügel zurück. Kurz geriet sie ins Schwanken, aber Zack griff nach ihrer Hand. Sie lächelte dem Heiler zu, bevor sie sich wieder an Sam wandte. »Hinter diesem Baum liegt der Eingang zum Paradies, vergiss das nicht. Wenn wir Yggdrasil zerstören, dann vermutlich auch alles, was sich dahinter befindet.«

»Und damit auch Lizzie.« Michael hockte auf dem Ast hinter ihnen. »Dieses Risiko gehe ich nicht ein. Erst, wenn wir alles andere ausprobiert haben.«

Wieder war es Raphael, der mit seiner ruhigen Stimme einen Vorschlag machte. »Ich bin dafür, dass wir uns den Stamm etwas näher ansehen. Da sich am Boden ein Tor befindet, werden wir vielleicht irgendwo weiter oben ebenfalls fündig.«

»Du denkst, es gibt ein weiteres Portal?« Michael runzelte die Stirn.

Raphael zuckte mit den Schultern. »Mir ist ziemlich egal, was wir dort finden werden.« Ein finsterer Ausdruck huschte über sein Gesicht, bevor er tief Luft holte. »Ich will nur meine Tochter nach Hause holen.«

»Das wollen wir alle.« Michael legte ihm eine Hand auf die Schulter. »Wir bringen Lizzie zurück.«

21

LIZZIES WAHL

Dieser Krieg würde niemals stattfinden. Lizzie war wie erstarrt, während ihre Gedanken rasten. Schwer sank ihr Körper tiefer. Die Bilder überschlugen sich, Gesprächsfetzen und Erinnerungen wirbelten durch ihren Kopf. Sie spürte die Blicke des Schicksals auf sich, ohne es sehen zu können. Doch sie fühlte, wie es auf ihre Entscheidung wartete.

Der Fluss Maedre zog sie mit sich, zurück in eine andere Zeit. Zurück an den Tag, an dem alles begann.

Hier könnte es auch enden. Wäre sie an jenem Tag gestorben, an dem Sam sie gerettet hatte, würden viele andere noch leben. Allen voran Camael. Der Engel würde sie nie kennenlernen, müsste sich niemals für sie opfern. Er hätte eine Chance, Audriel wiederzusehen.

Sie schloss müde die Augen.

Raphael würde denken, dass er sie durch einen Unfall verloren hatte. Sicher, er würde trauern, lange sogar. Aber eines Tages würden er und auch Gabbs über ihren Tod hinwegkommen. Vielleicht würde ihr Vater eines Tages eine andere Frau finden, mit der er glücklich werden und eine neue Familie gründen konnte. Eine, die er vor Azrael und dessen Wölfen beschützen konnte.

Sam würde nicht über ihren Tod den Verstand verlieren und daraufhin die Welt vernichten. Vielleicht würde er jemand anderen finden, eine Frau aus dem Volk der Dämonen, vor der er keine Geheimnisse haben musste. Dann würde er nicht immer zwischen den Welten wechseln müssen, sondern könnte das Leben führen, das für ihn vorgesehen war. Das war alles, was sie sich für ihn wünschte. Ohne sie wäre er in Sicherheit, ohne sie würde er Azrael nicht begegnen.

Azrael müsste nicht ihretwegen auf die Erde kommen, würde jetzt nicht im Sterben liegen. Asriel würde weiterhin die Welt nach jemandem absuchen, der für ihre Seele geeignet war, ohne je fündig zu werden. Die Geheimnisse der beiden würden gewahrt bleiben und niemand je die Wahrheit erfahren.

Die rettende Oberfläche des Flusses Maedre entfernte sich immer weiter von ihr. Am Rande ihres Bewusstseins spürte sie die dunkle Präsenz, dieselbe Person, die auch neben Asriel gestanden hatte, als diese sich von ihr verabschiedet hatte. Auch sie schien darauf zu warten, dass Lizzie eine Entscheidung traf.

Wenn sie jetzt starb, dann würde das Himmelsgericht noch stehen, zahlreiche Engel wären noch am Leben. Auch die Stadt der Rebellen würde nicht ihretwegen zu Schaden kommen. Die Engel könnten weiterhin ihre Feste feiern, ihr Leben leben. Lizzie müsste Michael niemals in diese Schwierigkeiten hineinziehen, nicht seine Prinzipien über den Haufen werfen. Dann müsste er nicht sein Leben auf einem Schlachtfeld riskieren.

Wenn sie an diesen Tag zurückging und aus dem Leben schied, wäre alles vorbei. Niemand müsste ihretwegen sterben. Es war eine verlockende Aussicht. War es nicht das, was Helden machten? Sie taten das Richtige, waren bereit, ihr Leben für das Wohl anderer zu opfern. Alles, was Lizzie wollte, wofür sie die ganze Zeit gekämpft hatte, waren Sicherheit und Frieden für ihre Familie. Wenn sie jetzt starb, wäre all das gewährleistet. Sie müsste sich nicht einmal von denen, die ihr wichtig waren, verabschieden. Niemand würde ihr Fehlen bemerken.

Aber sie war keine Heldin, sie war lediglich ein Mensch. Was nicht bedeutete, dass sie nicht das Richtige tun, die richtige Entscheidung treffen konnte. Sie war nicht mehr das junge Mädchen von damals. Sie brauchte keinen Retter, niemanden, der ihr die Hand reichte. Sie war stark genug, um aus eigener Kraft einen Ausweg zu finden.

Ruckartig öffnete sie die Augen.

Das Wasser spürte ihren stummen Schrei, zog sich urplötzlich zurück. Der Fluss teilte sich, rauschte in die Tiefe. Lizzie stürzte zu Boden und landete in der Hocke. Tropfnass hing ihr die Kleidung vom Leib, die Haarsträhnen hingen ihr wirr im Gesicht, klebten auf der Stirn. Um sie herum zerfiel das Element. Aber all das spielte jetzt keine Rolle.

Mit festem Blick fixierte sie die Gestalt vor sich. Lizzie richtete sich langsam auf.

»Nein«, sagte sie leise, aber mit fester Stimme. »Nein, ich entscheide mich dagegen. Ich werde nicht zurückgehen und in diesem Fluss sterben.«

»Was?« Das Schicksal blinzelte. »Nein. Nein, das ist die falsche Antwort. Du musst dich dafür entscheiden.« Es warf einen Blick auf die Zettel mit den Formeln, den vielen Zahlen. »Jedes einzelne Ereignis in deinem Leben läuft darauf hinaus. Ich habe gesehen, wie du gelitten hast, wie du dich durch den Himmel geschleppt hast. Du hast immer alles getan, um anderen zu helfen, obwohl es nicht deine Aufgabe war. Wieso jetzt nicht?« Ein Zittern ging durch die Gestalt. »Du kannst dich nicht anders entscheiden!«

»Doch, das kann ich.« Entschlossen atmete sie ein, fühlte, dass es richtig war. Luzifer musste sich damals genauso entschieden haben.

»Dann lässt du sie alle sterben.« Das Schicksal legte den Kopf schief. »Du schickst all deine Freunde in den Untergang?«

»Nicht ich, sondern du hast das getan. In meiner Welt sind meine Freunde bereits gestorben. Es gibt nichts, was das ändern könnte.«

»Du kannst es! Du kannst es ungeschehen machen! Selbst diesen Engel würdest du erlösen können!« Drei der grauen Arme wiesen auf Azrael, der sterbend an der Wand lehnte.

Der Engel lächelte müde, als hätte er von Lizzie keine andere Antwort erwartet. Er konnte kaum noch die Augen offen halten, bald würde seine Zeit gekommen sein.

»Ja, vielleicht könnte ich sie retten«, erwiderte sie. »Ich könnte ihnen viel Leid ersparen. Und glaub mir, es fällt mir schwer, das nicht zu tun. Sehr schwer sogar. Doch es liegt nicht an mir, für sie eine Entscheidung zu treffen. Stünden sie alle hier, würden abstimmen und sich für meinen Tod entscheiden, wäre das etwas anderes. Lieber würde ich sterben, als ihren Tod in diesem Krieg in Kauf zu nehmen. Aber es ist ihre Entscheidung, nicht meine. Wenn du mich jetzt vor diese Wahl stellst, wenn ich entscheiden soll, wie ihr Leben verlaufen soll, dann bin ich nicht besser als du!«

»Das ist verrückt.« Die Schultern des Schicksals sackten nach unten. »Diese Entscheidung ist falsch. Sie entspricht nicht den Berechnungen.«

»Weil sich manche Dinge nicht berechnen lassen. Du kannst Gefühle und Emotionen nicht mathematisch darstellen, sie lassen sich mit keiner deiner Formeln einfangen.« Lizzie wies auf die zahllosen Zettel an den Wänden. »Genauso wenig wie Glück oder Zufall. Ich habe Michaels Leben komplett auf den Kopf gestellt, das waren seine Worte. Aber ohne mich hätte er sich niemals gegen Azrael gestellt oder Idriel kennengelernt. Gabbs hätte nicht Seite an Seite mit einem Dämon gekämpft, unterstützt von meinem Vater. Und Asriel wäre niemals erlöst worden«, fügte sie mit einem Blick auf Azrael hinzu. »Niemand würde jemals die Wahrheit über Asriel erfahren. Und Sam ...« Sam. Sie wären niemals zusammen aufgewachsen, hätten sich nie kennengelernt. Sie hätte nicht gesehen, wie aus dem Jungen am Fluss ein unglaublicher Mann wurde. Jemand, der bereit war, alles aufs Spiel zu setzen, um für seine Gefühle und für die Menschen, die ihm wichtig waren, zu kämpfen. »Aus Sam wäre nicht der Mann geworden, den ich schon mein ganzes Leben lang kenne«, ergänzte Lizzie leise, als die Bilder ihres gemeinsamen Lebens an ihr vorbeizogen. All die verloren geglaubten Erinnerungen. Die Bowle, die Ruine, ihr Geburtstag. Die Kette und ihr erster Kuss, der Tanz auf dem Dach. Asriels letztes Geschenk an sie. »Er wäre nicht der Mann, in den ich mich verliebt habe.«

»Deine Liebe zu ihm ist irrelevant.«

»Warum versuchst du dann so hartnäckig, sie nicht entstehen zu lassen? Ist es das, was dir Angst macht?«

»Ich kontrolliere alles!«, fauchte das Schicksal. »Ich habe vor gar nichts Angst!«

»Auch Angst lässt sich nicht in Formeln einfangen. Sie ist da, ob es dir gefällt oder nicht. Und was die Kontrolle angeht: Ich denke, dass deine jetzt enden sollte.«

Die Gestalt richtete sich in ihrem Thron auf, zu beiden Seiten spreizten sich die Flügel und der graue Staub tanzte durch die Luft.

»Denkst du wirklich, dass du mich besiegen kannst? Ich habe dich erschaffen!« Er stand auf, mit hölzernen und ungelenken Bewegungen. »Alles, was du bist, gehört mir!«

»Allein werde ich dich nicht besiegen können.« Lizzie wich einen Schritt zurück, bis sie Azrael in ihrem Rücken spürte. Seine Hand streifte ihr Bein, als würde er ihr zustimmen. Sie wandte ihm den Kopf zu.

Das Schicksal stürmte auf sie los.

Die Elemente hörten ihren Ruf, noch bevor sie dazu kam, ihre Gedanken klar zu formulieren. Sie wussten, was zu tun war, ehe Lizzie es selbst wusste. Wasser und Luft stießen in einem Wirbel zusammen, doch anstatt sich zu vernichten, vereinigten sie sich, wirbelten Seite an Seite umher. Gemeinsam begrüßten sie die donnernde Erde, die sich zu ihnen gesellte, den drohend erhobenen Schatten. Sie arbeiteten zusammen, selbst dann noch, als das fauchende Feuer dazu stieß. Immer größer wurde dieser Wirbel, der Zusammenschluss von Kräften, die so lange getrennt gewesen waren. Ihre Vereinigung war lange überfällig gewesen. Nur zusammen waren sie in der Lage, die Welt zu ändern. Die Zettel lösten sich von den Wänden und flatterten haltlos durch die Luft. Auf dem Boden wanden sich Kabelstränge, als wollten sie dem Schicksal zur Hilfe eilen, doch sie wurden von Lizzies Magie zurückgedrängt. Sie würde keine Einmischung mehr dulden. Es würde enden, hier und jetzt.

»Man muss es fühlen«, hörte sie Luzifers Stimme. Nun wusste sie, was es bedeutete. Sie wusste, was der gefallene Engel Asriel damals hatte sagen wollen. Mehr als je zuvor war sie bereit, alles aufs Spiel zu setzen, was sie besaß. Alles, was sie war.

Ihre Magie verstärkte sich, als Azraels Kräfte dazustießen. Mit letzter Kraft unterstützte er sie.

Lizzie konnte sie fühlen, jeden Einzelnen von ihnen. Camael, der hinter ihr stand, ihr eine Hand auf die Schulter legte und sie sanft drückte. Raphael zu ihrer Rechten, der ihr bestätigend zunickte. Er warf einen Blick auf Gabriel, die Lizzies andere Seite flankierte. Michael stand vor ihr, beschützte sie mit seinem großen Körper, obwohl sie keinen Schutz mehr brauchte. Lizzie musste lächeln. Sie vermisste ihre Freunde so sehr, ihren Rat und ihre Anwesenheit. Die Elemente waren ihnen ähnlich, aber sie konnten ihre Freunde nicht ersetzen.

»Du musst das nicht mehr allein machen«, flüsterte Sam. Sie waren alle da, sie waren immer da gewesen, vom Anfang bis zum Ende. Sanft umarmte der Dämon sie, streifte ihre Wange und ihre Haare. Der Geruch von Zimt stieg ihr in die Nase, trocknete die Tränen auf ihren Wangen.

Gemeinsam mit Azrael griff sie an.

Sie legte alles in diesen Angriff hinein, was sie ausmachte, alles, was sie war. Die Erfahrungen, Erinnerungen, die guten und die schlechten Zeiten. All das war ein Teil von ihr, ein Teil ihrer Magie und ihrer Seele.

Eine Explosion erschütterte den Raum, als sie und das Schicksal zusammentrafen. Lizzie wurde nach hinten gegen die Wand geschleudert und prallte auf den Boden. Die Druckwelle der Magie presste sie gegen die Wand, ließ sie erstickt nach Luft schnappen. Sämtliche Elemente schienen gleichzeitig an ihr zu zerren, sie wandte das Gesicht ab. Haltsuchend griff sie nach Azraels Hand, verschränkte ihre Finger mit seinen.

Das Paradies stürzte zusammen, aber Lizzie hatte getan, wozu sie hergekommen war. Wie aus weiter Ferne sah sie zu, wie alles in Brand geriet, wie die ganzen Berechnungen und die Vorsehung in sich zusammenfielen. Es war vorbei, sie waren frei. Jeder Einzelne von ihnen. Stein für Stein brach das Paradies auseinander und die Elemente zogen sich zurück.

Röchelnd ging das Schicksal in die Knie und sah fassungslos auf die Wunde in seiner Brust. Schwarzes Blut lief heraus, langsam tropfte es zu Boden. Mit seinen zitternden Fingern griff es danach.

»So sollte es nicht ausgehen«, flüsterte es. »Das war nicht vorgesehen.« Der Raum bebte, ganze Stücke des Bodens brachen weg und ließen den gähnenden Abgrund darunter erkennen. Die Milliarden von Kabelsträngen, die zuckend in die Finsternis führten. Unter ihnen war nichts als Schwärze.

»Das Schicksal liegt nun in unseren Händen.« Lizzie lehnte erschöpft den Kopf nach hinten. Es war nichts mehr von ihr übrig, sie fühlte sich leer und verloren, als hätten die Elemente sie nach all dieser Zeit nun doch verlassen. Asriels letztes Geschenk an sie war aufgebraucht. »Wir entscheiden selbst, welches Leben wir führen wollen«, flüsterte sie.

Steine fielen zu Boden, der gesamte Raum stürzte in sich zusammen. Die Zettel segelten in die Tiefe.

»Nein, das tut ihr nicht.« Ein letztes Mal flackerte das Licht in den blinden Augen auf und sie fixierten Lizzie. »Sie werden kommen, kleiner Mensch. Sie werden kommen und euch holen.«

Da brach der Boden unter dem Schicksal weg, es griff nach dem Rand, als wollte es sich daran festhalten, dann rutschte es in die Dunkelheit, aus der es einst gekommen war. Es zog einige Kabelstränge mit sich, die peitschend durch die Luft schlugen, bevor auch sie endgültig verschwanden.

Lizzie schloss die Augen. Sie fühlte Azraels Körper neben sich, er drückte ihre Hand. Sie lächelte schwach. Es gab keinen Weg zurück, sie würde hier nicht mehr heil rauskommen. Das war okay, jetzt würde alles gut werden. Ihre Freunde waren in Sicherheit. Das war alles, was sie gewollt hatte.

»Du hast es tatsächlich geschafft«, murmelte Azrael. Seine grauen Augen wirkten trüb, nur mit Mühe hielt er sie noch offen.

»Wir haben es geschafft«, verbesserte sie ihn. Nach all den Strapazen hatte sie nun endlich verstanden, wieso er sie in der Fabrikhalle beschützt und bei Niahmas nicht getötet, wieso er Michael an ihre Seite gestellt hatte. Er hatte nie gewollt, dass sie verletzt wurde. Wie sie wollte er lediglich die Wahrheit wissen und beenden, was Asriel begonnen hatte. Es hatte nur auf diese Weise enden können. Er und sie, zusammen am Rande der Welt.

»Nein, damit hatte ich nichts zu tun.« Azrael berührte sie an der Schulter und Lizzie sah hoch. Ihre Gesichter waren sich so nahe, dass ihr sein röchelnder Atem über die Wange strich. Die Realität bröckelte, schlug fauchend um sich. Zischend wurden weitere Kabel aus dem Boden gerissen, zogen die Monitore mit sich in die Tiefe und griffen nach den letzten Zetteln mit den unzähligen Formeln.

Lizzie fühlte die Leere in sich aufsteigen, die Erschöpfung des

Todes, während um sie herum alles zerbarst. Dieses Mal würde sie der dunklen Präsenz nicht entkommen können.

Müde lehnte sie ihren Kopf an Azraels Schulter. Seite an Seite würden sie hier sterben.

»Es ist vorbei.« Es war ihr egal, was das Schicksal gemeint hatte. Niemand würde mehr kommen, es konnte keine größere Bedrohung geben als die, die sie gerade besiegt hatten.

Der schwarze Riss im Boden weitete sich zusehends, bald würde er sie erreicht haben. Er würde sie und Azrael gleichermaßen in die Tiefe ziehen, wohin auch immer diese führen würde.

»Es ist noch nicht vorbei«, widersprach der Engel. Er streckte seine blutige Hand aus und strich ihr über die zerkratzte Wange. »Du hast es Michael versprochen, schon vergessen?« Azrael griff sanft nach ihrem Kinn, drehte es so, dass sie ihn ansehen musste. Sie blickte in die grauen Augen, die ihr so viel zugemutet hatten und die nun das einzig Ruhige in diesem Chaos waren. Seine Augen waren wie der Ausblick auf Frieden, auf Sicherheit.

»Du hast Michael versprochen, dass ihr euch am Weltenbaum wiedersehen werdet«, erinnerte Azrael sie.

Sie konnte nur schwer seinen Worten folgen, alles hörte sich dumpf an, verzerrt.

»Und seine Versprechen muss man halten.« Er legte eine Hand auf den Boden. Trotz des sterbenden Paradieses konnte sie die leichte Vibration der Magie unter sich fühlen. »Ich danke dir, Lizzie. Für alles.«

Lizzie wurde in ein Portal gezogen, das sich neben der Schwärze aufgetan hatte. Azraels Hand entglitt ihr. Hilflos griff sie nach ihm, suchte den Halt, den er ihr verwehrte. »Nein!«, rief sie. Aber er wandte seinen Blick ab, während sich das Portal schloss.

Doch sie sah, wie er lächelte. Wie er eine Gestalt mit langen, braunen Haaren willkommen hieß, die an ihn herantrat und ihn sanft umarmte. Ihn begrüßte wie die lang verlorene zweite Hälfte einer Seele.

Lizzie fiel in die Tiefe, an den Ästen des Weltenbaums vorbei. Sie waren in greifbarer Nähe und doch konnte sie keinen von ihnen erreichen. Sie raste dem Erdboden entgegen, trudelte durch die

Luft. Instinktiv rief sie ihre Flügel, die sich in einer Kaskade aus weißen Federn aus ihrem Rücken entfalteten. Durch das plötzliche Entfalten ihrer Schwingen wurde ihr Fall gebremst. Kurz wurde sie nach hinten gerissen, doch dann fiel sie weiter.

Die grünen Blätter und weißen Federn rauschten an ihr vorbei, spiegelten das Licht der Sonne wider, doch sie konnte nichts tun, ihren Fall nicht bremsen. Lizzie hatte nie gelernt, mit ihren Flügeln zu fliegen.

Ein schwerer Körper prallte gegen sie.

»Halt dich fest!«, befahl Sam und sie klammerte sich an ihn. Gemeinsam stürzten sie in die Tiefe. Doch Sam rief seine Magie, beschwor die Schatten zu einer letzten, finalen Tat herauf. Sie trudelten hinab, sahen den Erdboden immer näher kommen, immer schneller und immer größer.

Die Macht der Schatten erschütterte den Himmel, als sie auf dem Boden aufschlugen. Die Erde erbebte, Rauch zog über die grüne Wiese. Als er sich verzog, sah sie undeutlich die Gestalten ihrer Familie, sah Michael und ihren Vater, die am Rand des Kraters standen. Seite an Seite lag sie neben Sam. Weiße und schwarze Federn segelten um sie herum zu Boden und bildeten ein weiches Meer.

Im nächsten Augenblick presste Sam sie an sich, als wollte er sie nie wieder loslassen. Sie konnte sein Herz spüren, das Leben, das in ihm pulsierte. Nichts hatte sich verändert, er war noch immer derselbe. Seine Augen waren blau wie der Himmel, keine Spur des Schattens war mehr darin zu sehen.

»Bitte sag mir, dass es jetzt vorbei ist«, bat er leise.

Lizzie schnaubte. Als könnte sie es ertragen, auch nur Stunden oder Minuten weiter von ihm getrennt zu sein, sie brauchte ihn. Wenn es nach ihr ginge, würden sie einfach hier liegen bleiben, bis in alle Ewigkeit. Niemand konnte sie mehr trennen, sie hatte alles erreicht, wofür sie gekämpft hatte.

»Ja«, beruhigte sie ihn. »Jetzt ist alles vorbei. Wir sind frei.« Eines Tages würde sie ihm alles erzählen. Sie würde von Camael berichten, von Michaels Heldenmut, den Irrlichtern und den Rebellen. Sie würde ihm erzählen, was tatsächlich im Paradies geschehen, worum es gegangen war. Vorausgesetzt, Sam würde ihr überhaupt glauben. Selbst ihr erschien es wie ein böser Traum. Doch sie musste Michael sagen, was sie erfahren hatte. Er hatte ein Recht darauf, endlich die Gründe seines Zwillingsbruders zu hören.

»Endlich sehen wir uns wieder.« Sam vergrub das Gesicht in ihren Haaren, schien sich nicht um die Erde und die Federn zu kümmern, die praktisch überall waren. »Endlich«, sagte er lächelnd. »Und ich Idiot habe die Blumen vergessen.«

Lizzie lachte, Tränen rannen ihr über das Gesicht und hinterließen saubere Spuren in all dem Chaos. Sie drückte Sam an sich und weinte völlig ungehindert weiter. Es war ihr egal, dass ihre Freunde zusahen, dass sie in einem Kreis um den Krater herumstanden. Alles, was sie brauchte, hatte sie hier.

Sie waren wieder zusammen.

– Ende –

Saskia Louis

Das Vermächtnis der Engelssteine

Blutopal

Ihren achtzehnten Geburtstag hat sich Ella irgendwie anders vorgestellt. Ein bisschen mehr Luftballons, ein bisschen weniger Menschen die sie umbringen wollen. Der düstere Kerl, der ihr Leben rettet, ist zwar ganz süß, aber auch äußerst unhöflich – außerdem behauptet er, er sei ein Todesengel. Als er ihr auch noch weismachen will, dass sie der letzte Halbengel ist und als Einzige die Auslöschung der Menschheit verhindern kann, wächst ihr alles über den Kopf.

Wem soll sie vertrauen, wenn ihr ganzes Leben eine Lüge zu sein scheint?

ISBN: 978-3-946172-56-7 (Taschenbuch)
ISBN: 978-3-946172-32-1 (E-Book)

Samy Hale

Verfluchtes Blut

Skylar

Als Skylar Coleman erfährt, dass ihr gesamtes Leben auf einer Lüge basiert, bricht ihre heile Welt zusammen. Bald schon wird sie von einer seltsamen Organisation gefunden und in ihr Hauptquartier gebracht. Man eröffnet ihr, dass sie in Lebensgefahr schwebt und der Aufstieg ihrer Dämonenmutter unbedingt verhindert werden muss.

Doch das ist nicht die einzige Gefahr. Denn zwischen ihr und dem attraktiven und arroganten Dämon Koen entflammt etwas, das für Skylar mehr ist als nur ein Flirt.

Kann die Liebe des Mädchens gedeihen oder wird man ihr das nehmen, was ihr am meisten bedeutet?

ISBN: 978-3-946342-86-1 (Taschenbuch)
ISBN: 978-3-946342-39-7 (E-Book)